网事如歌

韩品玉 主编

山东城市出版传媒集团·济南出版社

图书在版编目（CIP）数据

网事如歌 / 韩品玉主编 . -- 济南 : 济南出版社 ,
2022.3

ISBN 978-7-5488-5093-9

Ⅰ . ①网… Ⅱ . ①韩… Ⅲ . ①报告文学 - 作品集 - 中国 - 当代 Ⅳ . ① I25

中国版本图书馆 CIP 数据核字（2022）第 050670 号

网事如歌

出 版 人 崔　刚
责任编辑 张智慧
装帧设计 张　倩
出版发行 济南出版社
地　　址 山东省济南市二环南路 1 号（250002）
印　　刷 济南精致印务有限公司
版　　次 2022 年 4 月第 1 版
印　　次 2022 年 4 月第 1 次印刷
成品尺寸 170 mm × 240 mm　16 开
印　　张 14
字　　数 200 千
印　　数 1—10000 册
定　　价 78.00 元

《网事如歌》编委会

历下区网格化管理标志

释义：历下区网格化社会治理品牌的标识由“天网”“地格”“同心圆”组成。

上网，代表空中天网工程；下格，代表地面网格；“历下网格员”5个字代表人在格中走，事在格中办，网格服务全覆盖，无缝隙；中心图案整体圆形，取谐音“员”，合起来即：“网、格、员”。天圆地方代表中华古老的和谐文化。

序 言

习近平总书记指出："一个国家治理体系和治理能力的现代化水平很大程度上体现在基层。基础不牢，地动山摇。要不断夯实基层社会治理这个根基。"基层社会既为人民群众生产生活提供地域空间，也为社会治理提供基础单元，人的衣食住行、生老病死、文化娱乐等都发生在这里，是社会交往、利益关联的最前沿阵地，也是社会问题和社会矛盾预防化解的最源头防线。因此，加强和创新基层社会治理，既是落实总书记重要指示，夯实党的执政基础、巩固基层政权的实际行动，也是推进国家治理体系和治理能力现代化的必然要求。

历下，因"舜耕于历山之下"传说而得名，至今已有二千六百多年的建城史。千佛山、大明湖、趵突泉三大名胜齐聚，省人大、省政府、省政协和济南市政府等坐落其中，区内大专院校、科研院所、文化媒体、医疗机构云集，是山东省和济南市政治、经济、文化的中心，基层社会治理工作窗口效应显著。

社会治理涉及方方面面，是个系统工程。近年来，历下区积极探索，大胆创新，以网格化为抓手，突出一张网管全域，将分散的治理力量进行优化整合，把党的领导、城市管理、民生服务、综合治理、重点人员管控、应急处突、社会保障等统筹纳入基础网格体系，建立网格事项流转处置工作机制，实行“街呼区应，网格吹哨、所队报到”等制度，为市民群众、驻区单位提供精准服务，化被动应对为主动发现和解决问题，变接诉即办为未诉先办，努力提升城市精细化管理服务水平，形成了“大事全网联动、小事一格解决”的局面，基层社会治理取得显著成效。

推进网格化社会治理，网格员队伍发挥了重要作用。历下区委、区政府专门制定出台《关于加强和完善网格化社会治理的实施意见》，每年从财政安排7000万元，招聘1000名专职网格员，并建立起从招聘录用、工作职责、定期培训、管理考核，到奖惩激励、成长进步等一系列制度机制，使其固化为一种新兴职业。为把这支队伍建设成为“有政治觉悟、有为民情怀，责任感强、作风优良，形象好、社会认可、群众信赖”的基层社会治理新生力量，区委政法委探索推出了“一面队旗、一枚队徽、一篇誓词、一支队歌、一件队服、一部手持终端”的“六个一”队伍形象塑造标志，打造出了“红臂章在您身边”治理服务品牌，为居民群众和驻地单位提供及时准确的公共管理和服务。

正如他们歌里所唱：“走街巷，进商圈……”他们的身影随处可见，大事小情，及时发现处理，充分发挥了“消息树、大喇叭、和事佬、总管家”的作用。他们宣传党的方针政策和政府的号召号令，及时把党和政府的声音传递到千家万户；他们全面掌握辖区基本情况，随时为有需要的群众提供帮助和服务；他们及时了解社情民意，掌握信息，化解矛盾，排除风险；他们充分发挥人熟地熟的优势,协助政府部门、执法力量做好城市管理、民生服务、疫情防控、平安建设等工作。他们是基层治理的宣传员、信息员、调解员、安全员、总务员……

《网事如歌》真实记录了这些网格员在平凡的岗位上,用辛勤的汗水、热切的情怀、奉献的精神创造出的一个个鲜活动人的故事。有天长日久关照孤寡老人的陪伴;有坚守岗位,适时跟踪服务疫情防控的奉献;有化解矛盾,热心调和纠纷使双方言归于好的付出;更有不顾个人安危,排除险情为他人、为社会创造平安的壮举……他们为文明城市创建、为新时代基层社会治理做出了重要贡献,深受广大市民群众的喜爱和赞誉,被大家亲切地称为新时代的"格格"。

"网"事如歌,歌声悠扬。网格里的故事时时发生,天天谱写。愿全社会都关心、呵护这支队伍的成长,支持他们的工作!愿网格员这支新生力量不断发展壮大,网格化社会治理工作不断取得新的更大的成绩!

中共济南市历下区委书记

济南市历下区人民政府区长

2021 年 12 月

目 录

朝着群众向往的幸福新高地出发、再出发

——记荣获“平安中国建设示范县（区）”的济南市历下区

宋俊忠　李兴正

引　子

抒情的视线摇过明湖之畔、千佛山巅，豪迈的歌声滑过大道通衢、蜿蜒的山路。

象耕并鸟耘，赓续有虞氏历久弥新遗风；趵突与黑虎，领唱新时代历下众泉和声。

人民幸福是复兴伟业的底色，“国之大者”乃人民的幸福生活。正是着眼于全心全意为人民谋幸福，党的十八大以来，以习近平同志为核心的党中央相继提出一系列治国理政新理念、新思想、新战略，推动基层社会治理向法治化现代化迈进。党的十九届四中全会强调：“要构建基层社会治理新格局，加快推进市域社会治理现代化。要以市域社会治理为抓手和突破口，推进社会治理现代化”，“健全社区管理和服务机制，推行网格化管理和服务”，“推动社会治理和服务重心向基层下移，把更多资源下沉到基层，更好提供精准化、精细化服务”。在疫情防控进入关键时期后，习近平总书记指出：“各地区要压实地方党委和政府责任，

江山

强化社区防控网格化管理，采取更加周密精准、更加管用有效的措施，防止疫情蔓延。”这一系列重要指示和重大部署，为加强和改进基层社会治理提供了根本遵循。

“我们历下区把加强和完善网格化社会治理机制作为推进社会治理创新、提升社会治理体系和治理能力现代化水平的一项重要决策部署，坚持以网格管理为基础、为民服务为重点、中心建设为平台、部门联动为聚力、信息科技为支撑，用星罗棋布的‘小网格’破解了形形色色的‘大难题’。”中共济南市历下区委书记江山信心满怀地向我们介绍。近年来，历下区切实把增强“四个意识”、坚定“四个自信”、做到“两个维护”落实到各项实际工作中，使广大群众实实在在、及时即时地感受到平安和谐，通过持续加强和完善网格化社会治理体系建设，推动基层治理能力提升，全力打造着共建共治共享社会治理新格局的历下样板。

“网”聚伟力，平安和谐带给千家万户

宏阔的担当胸怀，承载着我将无我的豪迈；如磐的初心使命，辉映着必将有我的前行。

作为省会城市济南的中心城区，拥有百余平方公里辖区面积、80多万常住人口的历下区，近年来紧紧围绕市委、市政府建设现代化强省会的中心任务，坚决扛起全市高质量发展龙头的重任，大力实施“双核引领，东西共进，两翼齐飞”发展战略，领跑之势更加巩固，经济总量稳居全市第一、全省第二，在全市经济社会发展综合考核中雄踞“十三连冠”，基层社会

治理现代化建设一马当先。

杨传军

“基层社会治理是国家治理的重要方面，基层社会治理现代化是国家治理体系和治理能力现代化的题中应有之义。”历下区区长杨传军深有感触地说。基层社会治理现代化功效的一大表现，就是解决人民群众的“急难愁盼”问题，让人民生活幸福。而让人民生活幸福，关键在党，关键在党员领导干部“两个维护”的高度自觉，关键在整体擘画和上下同欲、凝心聚力的高度契合。

据此，历下区紧抓济南市域社会治理现代化试点契机，立足高质量建设一流国际化现代中心城区的发展定位，通过网格化的系统治理与综合施策，完善内部体制机制及理顺“条块”关系等，进一步提升网格化治理的效力，打造具有鲜明特色的市域社会治理现代化的“历下样板”：

强化顶层设计，激发基层治理新动能。历下区委、区政府把网格化社会治理作为全面推进市域社会治理现代化的基础工程，陆续出台了《关于进一步加强和创新社会治理，打造共建共治共享新格局的实施意见》《关于进一步加强网格化社会治理的实施方案》和《关于加强社区治理体系建设的实施方案》等一系列推进社会治理的文件，成立了由区委、区政府主要领导任双组长的网格化社会治理工作领导小组，投入资金 1.2 亿元加强网格员队伍和设施设备建设，形成了统一领导、保障有力、运行顺畅的崭新的工作格局。

坚持“一网统筹”，构筑网格治理新矩阵。在加强和创新网格化社会治理工作过程中，历下区取消了公安、交警、城管等 13 个部门原来各自设立的行业管理网格，以社会治理网格为基础单元进行全面整合，按照居民300至500户一格划定基础网格，根据企事业单位、各类园区、重要商圈、商务楼宇、公园、山体与河道规模大小，划定专属网格或就近纳入基础网格管理。目前，该区已划定基础网格860个、专属网格354个，网格划分做到了边界明确、相互衔接、全域覆盖。各职能部门按照网格重新划分责任片区并配备工作力量，实现了全区基层治理“一张网”。

突出“党建引领”，汇聚多元治理新能量。党建引领是最深厚和最强大的红色引擎。为此，历下区不断强化基层党组织轴心引领作用，全面推行支部建在网格上，实现社区党委——网格支部——党小组——党员中心户的有机联动；实施“工委+专委”模式，在全区13个街道党工委吸纳480多家驻区单位进入专业委员会，参与基层治理。在每个网格都设置了网格指导员、网格长、专职网格管理员、网格信息员等基础力量；同时，把部门派驻和街道科所队专业执法人员及法律服务、社区卫生、心理咨询与人民调解等社会服务力量整合配属到网格，使全区直接参与网格化服务管理的人员达到7500多人，形成了“基础力量一员一格，专业力量一员多格，联动力量一格多员，社会力量共同参与”的治理新局面。

加强“建管孵培”，打造专业服务新队伍。因地制宜结合辖区实际，历下区创新了专职网格员选聘办法，采取自愿报名、社区推荐、街道审核和统一招聘的方式，在辖区常住居民中选聘的910名专职网格管理员和3533名网格信息员，既都来自社区、居住在格内，具有基层情况熟、开展工作快等优势，也解决了“8小时之外”服务群众的诸多难题。为推动网格员职业化发展，历下区还与山东政

历下区社会治理领导小组会议

全区工作务虚会

法学院合作，建立了网格化社会治理实践基地，在区委党校设立了“网格学院”，在燕山街道设立了全省首家“网格员实训基地”，有计划、不间断地对网格员进行业务培训，使网格员实战业务能力不断提升。与此同时，他们拓宽职业发展渠道，把专职网格员纳入社区“两委”后备人选，2021年已从专职网格员当中定向招考城市社区专职工作者77名，激发了专职队伍的活力。

实现“多网融合”，搭建智慧治理新平台。为高效提升网格化治理效率，加大对下沉专业力量的调度，历下区倾力打造了全区基层治理的“智脑”——区城市运行指挥中心，从而全面打通了社会治理、应急管理、环境保护、12345和12319热线等平台。同时，各街道也分别建立了分中心。他们还研发了网格化智能管理信息平台，联通了27个部门的58套信息系统，接入5000多路视频监控，构建起了具有指挥调度、事件分拨、分析研判、应急联动等功能一体化、实体化的区域社会治理“智脑”，一举使风险防范智能化、社会治理精细化和公共服务高效化变为现实。

开展“联勤联动”，构建全民治理新机制。治理当以民众为中心，善治当以机制为先行。历下区着眼于构建全民治理新机制，明确了网格员13大类42项职责，建立了准入和禁入制度。他们制定了区街、社区、网格三级闭环工作流程，建立起“网格吹哨，所队报到”和“街呼区应、上下联动”工作机制；把部门派驻人员党组织关系下沉到街道，推动1500多名机关干部下沉网格、充实力量，赋予街道对部门派驻人员的绩效考核权和对派驻机构负责人的动议权。当遇到需协调多方力量共同解决的问题时，网格员可“吹哨”召集专业力量，助推解决网格问题。同时，他们还建立了网格基础力量与网格专业力量双向考核机制，构建起“条块”有机联动，属地和部门齐抓共管的网格化社会治理新机制。

汇聚“网格之力”，打造“历治久安”新亮点。“基层社会治理现代化建设的核心动力所在是人的因素，一个重要支撑在于高素养和高素质的网格员队伍。”历下区委常委、政法委书记李乐军说。他们以“红臂章在您身边”为主题，在队伍建设方面形成了“一枚队徽、一面队旗、一篇誓词、一首队歌、一件队服和一部手持终端”的“六个一”，所开发的“爱尚历下”APP、“历码办”和“历码通”小程序，提高了为民为企服务的能力和效率，居民群众、外地游客都可通过扫码或拨打电话，适时反映诉求或提出意见建议，确保出现的各类问题第一时间发现，在最短时限内解决，达到“小事不出网格，大事不出社区，难事不出街道”的目标。遍布社区每个角落的网格公示栏，使群众知晓度、认知度和队伍影响力节节攀高。“行走龙洞”“同心格”和“佛山慧治”等一批叫得响、成效实的工作品牌的推出，更是历下区基层网格化治理出成效的显著标志。同时，一大批高品质、高素养且秉持忘我奉献精神的优秀网格员脱颖而出，把平安和谐带给了千家万户。

“网”日情怀，汗水泪水全是心头热血

这是一首充满坚定、自豪和一往无前精神的进行曲：

红臂章，蓝领衫，穿梭在都市网格间。大小事，我都管，阳光路上与您携手向前。走街巷，进商圈，我们的身影随处可见。您需求，我来办， 奉献爱心滋润幸福笑脸。啊，小小网格大空间，平凡岗位书写不平凡。啊，复兴路上共筑梦想，我们是光荣的社区网格员……

相伴城乡文明滚滚向前的洪流，他们，是一股股浩然的正向力量；他们，是一朵朵绚丽的心海浪花；他们，是一曲曲平安和谐的魅力交响。——他们，就是被历下区广大市民亲切地称作“精力充沛、热情似火、无所不能大神级‘干部’”的社区网格员。

网格员授旗、宣誓

“这是一个社情曾经非常复杂的楼盘：夏天蚊虫、苍蝇横飞，垃圾堆得叫人恐怖的时候，在楼道里直接形成了宽、高都一米多长的巨型垃圾带。从垃圾堆中流出来的脏水都是令人作呕的黑色。即便垃圾桶就在楼道里，太多的租住户还是习惯性把垃圾堆放在门口。为把它们清理出楼道，李贤明费尽心思协调物业人员花了一周时间才搞完，又用了5天时间把楼顶主要由破家具和粪便组成的垃圾清理干净……”这篇由济南市作协会员、《齐鲁晚报》著名记者李培乐采写的历下区文东街道网格员李贤明的故事，2021年10月19日在《齐鲁晚报》以整版篇幅报道后，引发市民对历下区网格员的广泛热议和由衷点赞。此前，他在新媒体“齐鲁壹点”分别讲述的另三位网格员的故事，同样赢得众多读者的热情跟帖、如潮好评。

当年10月，包括李培乐在内的省及济南市13位作家走进历下区各街道、各社区，将其敏锐的视线聚焦于基层网格员，以其生动的笔触披露了他们的工作和生活状态，诠释了其精神密码。

“东关街道长南社区的冯玉芹因为管的是老社区，住户年龄普遍偏大。他们经常在晚上用‘飞线’给电瓶车充电。电瓶充电时间过长很容易爆炸。

冯大姐就每天晚上从 11 点半开始巡逻，到所有的充电桩去检查一遍，发现充电器已闪绿灯的就帮着拔下电源线，避免起火。有的位置太高拔不下来，她就电话联系事主，提醒他们用电安全。毕竟是半夜，人影稀疏，冯大姐出来也是胆怯，就常叫老伴陪着。为此网格内的住户都跟冯大姐开玩笑说，服务中心还给你配了一个‘保安’啊？”在省作协会员、著名作家张丽语看来，网格员们虽然都是一些再普通不过的人，但是，他们都有一颗朴素、友善和坚持职业操守的炽热的心。

在省作协会员、《山东广播电视报》著名记者刘锬的叙述下，“五个‘蓝马甲’的心声故事”细腻动感、声情并茂：“在千佛山街道的各个社区都活跃着一批穿着蓝马甲的人，他们入户调查、扶危救困、解决难题……整天忙得不亦乐乎。仔细看来，蓝马甲的左胸上是一个网格员标志徽章，右胸是单位名称。徽章的红底色代表党建引领；中心图案上‘网’下‘格’——上，意为天网工程，下，意为社会治理网格，中间的“历下网格员”体现人在格中走，事在网中办。整体寓意出自天圆地方、天地人和谐的古老智慧。千佛山社区第三网格的网格员田野对我说，在工作中要做到为人民办实事，踏踏实实做好每一件事，使居民相信、信任，并且要树立干一行、爱一行、乐意吃苦、乐意为人、无私奉献的精神，要有崇高的事业心和强烈的责任感，始终不能忘记自己的职责，始终不能忘记做好本职工作，从小事入手，从小事做起，树好自身形象，增强自身责任，才能把凝聚党心、民心的工作做好。”

多么好的站位，多实在的话。田野作为一名普通网格员，只字不提年复一年、日复一日那二十四小时无缝衔接为民服务的艰辛，表达的全是必须担当好每一次的使命、必须完成好每一项工作的决心。这是怎样的素养啊！

“接触到历下区的网格员们，我真的是肃然起敬。他们往往都身兼多职，人人都身怀‘绝技’，为群众办实事不计付出，为完成哪怕很小的一件事也会使出浑身解数。”省作协会员、“全国传统文化优秀传承者”路洪图发出这样的慨叹。

与他抱有同感的，是省作协会员、知名作家布建忠。在《副团级网格员》

一文中，他这样写道："退伍不褪色，不忘军人本色；留队甘做护绿卫士，退伍争当播绿使者。张宪刚就是这样始终用这两句话鞭策和约束自己，他繁忙的身影天天穿梭在事务繁复、社情胶着的网格工作里。或许大家会想，一个副团级退休的干部，拿着过万元的工资，还在如此复杂的社区里日日风里来雨里去，他到底图个啥？这次，经过一番与张宪刚推心置腹的交谈和实地走访，我终于找到了答案：放下身段、定心社区，全出于为民服务的一腔热血，全都为了千家万户的平安和谐。"

"最美志愿者"、大明湖街道县西巷社区第一基础网格的胥凯也是一名退伍军人。他在 2020 年抗击疫情期间写下请战书，投身防控工作，彰显了一名共产党员的底色。因为骨子里有着对社区工作的热爱，他成为一名网格员后把职业当事业，把居民当家人，在"政府连心线，居民暖心人"的道路上前行，一腔热血有的放矢，英雄本色显于网格。对生于斯、长于斯的胥凯而言，网格工作是一种幸福，因此，他发自内心地愿意舍小家、顾大家，奋斗着、幸福着。他在 2020 年 4 月被历下区委宣传部和文明办等七家部门授予"最美志愿者"的称号，骄人的成绩还先后被《走向世界》《济南日报》和《齐鲁晚报》等媒体进行了报道。

拥有如此诗情画意般的热情之源与奉献之源，读者朋友肯定要问，网格员应该不会太累吧？就算累，究竟能有多累？

就让我们来认识一下姚家街道名士豪庭社区的专属网格员汤宁吧。

汤宁负责区域包含了专属网格与基础网格，既要服务企业又需服务居民，负责区域长达 2 公里，东起名士豪庭 1 号公建，西至燕山立交桥东，总共负责 3600 户，单单一个卓越时代广场就 2627 户，各类小型企业多达 300 余家。这 3600 户只是辖区内居民的数量。他还负责着名士豪庭 1、4、5 号公建。

在服务基础网格时，汤宁了解到，山东省地矿工程勘察院宿舍是一个老旧小区，老人居多，上下楼不方便，整天面对着上楼难、生活不便等问题。为彻底解决老人们的烦忧，汤宁首先联系、比对多家电梯安装公司，了解老旧小区电梯安装的相关工作事宜，又带着电梯安装人员深入小区了解民情民意，后经多方努力，很快就把电梯安装完成了。当心存感激的老人们捧着锦旗去面谢汤宁时，却怎么也找不到他了。原来，他早已又把自己泡进了解决社区居民“急难愁盼”繁杂而琐碎的各项杂事中去了。

男性网格员们如此能征善战，女性网格员们也是可以猛打猛冲。智远街道中海紫御东郡社区的网格员刘珊珊，向我们讲了这么一件事儿：“我们这个社区分为八个网格，虽然全是女网格员，但我们毫无例外充分发挥了‘消息树、大喇叭、和事佬、大管家’的作用。疫情防控、人口普查、文明城市复审等等等等所有的工作，我们都无一例外地向社区党委、向居民群众交上了满意的答卷。32 层的高楼，不知有几人一步步爬上爬下过？我们就常这样爬。这个社区特别是在夏天总会在毫无征兆的情况下突然停电。一停电，就往往有人被困在电梯里。每当此刻，我们就都紧急冲到现场来啦。”

在 2021 年夏天遭遇的这类事件中，网格员们经过一层一层拍电梯门，问里边有没有困住的人，确认在 23 层发现有被困的老人和小孩。经与家属联系得知老人有肺栓塞，平时就呼吸不畅，现在情况非常危急。网格员立马安抚老人情绪，在电梯外陪同老人说话，共同等待救援。等消防赶来，老人和孩子终于被解救出来。网格员在确认老人没事后，又匆匆赶往下一栋楼，继续排查情况。

“请问您困在几号楼、几层？我已联系维修工人，马上到，请帮忙告知具体楼层。”

“30 层东梯。”

“收到！”

“维修工人已到达，已经告知他具体楼层，请帮忙安抚被困人员，谢谢！”

“24 层已解救完毕，我马上带维修师傅去下一栋楼了。我自己买了很多蜡烛，有需要的居民喊我啊……”

在各个网格的救援现场，女网格员们、女汉子们这样的声音在园区此起彼伏回荡着！这是居民们在社区微信群中给她们的留言：

“网格员们救援太及时啦！辛苦辛苦！”

“有你们在，居民安心宽心！”

“向比亲人还亲的网格员们致敬！”

浑身早已被汗水湿透、双腿累得发抖的网格员们看到居民的这些留言后，没一个不眼含着泪水。此刻，她们都明白，汗水泪水都是心头热血。网格员的精神密码就是初心共聚、干到最好，就算翅膀折断了，也要飞翔！

“网”事如歌，赶考路上我们意气风发

三万里河东入海，五千仞岳上摩天。

牢记习近平总书记“人民对美好生活的向往，就是我们的奋斗目标”这一谆谆教诲，历下区委、区政府在抢抓机遇，加快经济发展的同时，认真贯彻落实党的十九大和十九届四中、五中全会精神，高度重视社会治理工作，全面构建现代化的社会治理工作体系，把基层网格化治理、区街两级综治中心建设和推升“雪亮工程”实战应用水平，作为加强和创新社会治理的突破口和创新点，着力构建起了共建共治共享的社会治理新格局，显著提升了辖区群众的获得感、安全感和幸福感。

以“泉”心“泉”力开创了基层社会治理新局面的泉城路街道，12345 热线工作是济南市唯一一个连续 24 个月保持服务过程和办理结果满意率“双百”的街道，5 年以上信访积案已全部清零，打造出全市首个 7 分钟社会治理服务圈，实现问题线索 7 分钟面对面现场确认，小事 1 天网格内解决，大事 2 天社区内解决，难事 3 天街道内解决。

分管政法工作的智远街道人大工作室主任刘建平深有体会地告诉我们，党建引领是基层治理最强劲的红色动力。正因为我们以党建为引擎，不断向着更科学、更细致服务群众的方向努力，辖区群众的获得感、安全感和幸福感才不断得到了提升。

在实践中创立了“同心格”网格化治理品牌的文化东路街道，“12345”案件投诉量明显减少，截至目前，已从原来每月八九百件下降到 300 多件，满意度排名连续六个月在全市 500 件以上街道中位列前六，切实凝聚起同心向党、勠力同心的强大治理合力。

在借鉴先进地区经验的基础上进一步提炼深化，千佛山街道办事处近

年来充分调动社会各方力量参与社会治理，打造了涵盖“基层党建、社会安全、城市建设、社会保障”全覆盖的“佛山慧治”社会治理品牌，搭建起“线上微信+公众号+线下指挥”社会治理一体化信息平台，统筹推进社会治理，努力实现“服务零距离、排查零遗漏、联动零缺位、矛盾零激化、平安零事故”的“五零”治理目标，有效助推了辖区经济社会各项事业的高质量发展。

我见青山多妩媚，料青山，见我应如是。

“我们历下区‘四二三’网格化社会治理体系建设是关于加强国家治理体系与治理能力建设在基层的成功探索与实践，具有显著的示范效应与推广价值。”区委书记江山向我们介绍。“四个统一”即网格、力量、领导、管理全面统一；“两个平台”即区、街指挥中心的实体化平台和线上信息化平台；“三级闭环”即网格事件自行处置一级闭环、街道中心指挥合力处置二级闭环、区中心调度指挥三级闭环。如今，通过专业力量、智慧平台共同聚焦网格，历下区基层已逐渐实现了“由单科门诊变专家会诊”治理方式的转变，确保各类事件发现在基层、解决在一线，构建了共治善治的基层治理新格局。

平安中国建设示范县（区）

2020年，历下区荣获“中国社会治理百强县（市）区”荣誉称号，2021年，又荣获“平安中国建设示范县（区）”称号，网格化社会治理板块厥功至伟。在疫情防控、社会治安、城市管理、矛盾纠纷化解及文明城市创建和人口普查等重点工作中，网格化社会治理都发挥了重要作用，产出了令人感奋的多重效益。

在经济效益方面，他们科学界定区域复杂性与独特性，因地制宜配备网格服务管理资源，避免部门各自为政、重复配备人员力量、职能交叉；联动协作闭环式工作体系，制定整套统一规范的治理标准和流程，实现联勤联动、协同配合、综合执法，问题处置快速有力；信息平台数据共享互通，减少各部门街道重复投资建设，信息化规划更加科学合理，数据资源共享共用，实现低成本和有效性的统一。

在民生效益方面，他们将被动应对问题转变为主动发现解决问题；将过去僵化、分散、迟钝的传统管理，转变为现在智慧、系统、高效的云治理，增强基层社会治理的敏锐度、精确性和高效能。今年以来，处置涉及城市管理、民生服务、邻里纠纷等网格事件 16 万余件，全区一般性治安案件同比下降 31%，矛盾纠纷事件处置上行率下降 40%，12345 投诉下降 20.4%，综合满意率达到 99.64%，使基层治理实现由“被动处理到主动发现”、从“接诉即办到未诉先办”等一系列的转变。

在社会效益方面，该区各街道根据辖区地域特色，在每个网格显著位置公示网格划分、网格力量、网格服务电话等信息，一方面督促各类网格力量履职尽责，提高了群众的安全感、幸福感；另一方面调动群众参与基层社会治理的积极性，实现党领导基层治理、依靠群众加强基层治理。特别是 2020 年 10 月，龙洞街道网格员发挥人熟、地熟优势，协助公安机关在不扰民、没费一枪一弹的情况下，一举抓获涉恶势力团伙成员，在扫黑除恶斗争中发挥了重要作用。当年国庆期间，青岛确诊新冠肺炎患者，在节后排查工作中，历下区充分发挥网格化治理作用，仅用 1 天时间就完成了大数据推送的 1.2 万名离青返济人员的摸排随访，同时还及时发现了 1100 余名未在册返济人员，在疫情防控中凸显了网格化治理效能，人民群众获得感、幸福感显著提升。

历史烛照时代，榜样传承未来。在崭新的起点上，江山深情满怀地说，党的十九届六中全会深刻总结百年奋斗的历史经验，主要体现为“十个坚持”。其中前两个“坚持”就是坚持党的领导，坚持人民至上。在既有基础上，我们必将以一以贯之的炽热初心，一往无前地阔步前行，再启新程、再创佳绩；我们必将以坚定的决心和坚强的信念，奋力走好新时代为人民群众谋幸福的赶考路，向着群众向往的幸福新高地出发、再出发，以更加优异的成绩迎接党的二十大胜利召开！

历下“网”事

夏　杨　王玲涛

走在历下区的大街小巷，您会不时看到一群身着蓝马甲，佩戴红臂章的年轻人，他们时而入户居民家中，时而进出商铺楼宇。“王大爷，您最近身体怎么样？有需要我们帮忙的事，请随时联系。”“李阿姨，您反映小区车辆乱停放问题，我们已协调物业解决了，您还满意吗？”“张总，最近咱们公司有没有从中高风险地区返济业务人员？如果有，请及时联系我们。”……他们是战斗在基层社会治理最前沿的一线尖兵，也是历下区基层社会治理的一张靓丽名片，他们有一个响亮的名字——网格员。

看到他们忙碌的身影，看到群众一张张满意的笑脸，作为历下区基层网格化社会治理从无到有、由弱到强的亲历者，心中感到无限欣慰，以往工作中辛酸苦辣，也会不时涌上心头。

初期的探索实践

江山同志参加党建引领基层治理项目观摩活动

历下区是山东省会济南的主城区，面积100.89平方公里，常住人口78万，流动人口30万，辖13个街道，131个社区。区内驻有省人大、省政府、省政协和市几大班子等省市机关和厅局

杨传军同志调研城市精细化治理工作

级以上单位100余家，大专院校、科研机构、省市主要媒体70余所，拥有大明湖、千佛山、趵突泉及芙蓉街、宽厚里等风景名胜和大型商圈，是全市政治、经济、文化和旅游中心。“历下稳，则济南稳，济南稳，则全省安”，特殊的区域位置，决定了历下区在社会治理和维护社会稳定方面肩负着特殊的责任。

2009年，第11届全国运动会在济南召开，主会场设在历下区，为做好全运会安保维稳工作，我们借鉴北京东城区网格化城市管理的做法，率先将网格化管理模式引入安保维稳工作，将全区划分为800个安保维稳网格单元，采取区级领导包联街办，处级领导包联社区的做法，将全区机关人员、社区干部、公安民警和治安联防队员分配到网格内，形成“一格一专班”，具体负责网格内的治安防控和重点人员管理等工作，在完成全运会期间的安保维稳任务中有效发挥了基层基础防控作用。

全运会结束后，我们尝试将这种网格化治理方式进行固化，从单纯的治安防控，向风险隐患排查、矛盾纠纷化解等社会治安综合治理的其他方面延伸和拓展。区委政法委从政策宣传、治安联控、矛盾调解等8个方面拟定了网格工作职责，先后探索尝试招聘大学生公益岗，聘请社区退休老同志、楼院长担任网格员等多种方式组建专职网格员队伍，建立条块联动的问题解决机制。但当时由于受到体制机制、经费保障等诸多因素的制约，工作中遇到了许多意想不到的困难，出现了“人员流动频繁、队伍管理松散、部门之间联动难、解决问题行动慢”等突出问题，网格化服务管理的效果不明显。

2020年一场突如其来的疫情席卷全国各地，也对基层社会治理提出了新的更高要求。2020 年 2 月，姚家街道窑头小区南区突发疫情，需要进行整体封控，该小区是城中村改造小区，建成入住时间长，出租房屋多，村民与外来人员相互杂居，情况复杂，由于基层治理力量薄弱，导致各类基础信息不全面、不准确，迫不得已，只能组织工作人员逐门逐户进行登记，即使这样，仍有个别租住阁楼、储藏室的外来人员被漏排漏登，让整体防控工作陷入被动。

针对疫情防控中发现的短板问题，区委区政府高度重视，党政主要负责同志亲自召开会议、研究部署、做出安排，迅速印发了《关于加强和创新网格化社会治理的实施意见》（以下简称《实施意见》），成立了由区委区政府主要负责同志任双组长的领导小组，郑重决定每年从财政支出 7000 万元，组织一支专业化的专职网格员队伍，明确区委政法委为牵头责任单位，纳入全年重点工作督查考核范围。《实施意见》的出台，标志着全区网格化社会治理工作进入一个崭新的阶段。

在创新实践中实现“凤凰涅槃”

按照区委区政府“敢于打破既有条条框框，大胆创新工作思路，走出一条符合历下实际，具有鲜明特色的基层社会治理之路”的工作要求，区委政法委在深入调研，借鉴北京、杭州、深圳等先进地区经验做法的基础上，围绕网格划分、资源整合、队伍建设、规范运行机制和信息化支撑五大方面重点工作，采取分工负责、以点带面、齐头并进、整体推动的方式，迅速开展工作，仅用几个月时间，一个符合新时期基层社会治理要求，充分体现“历下特色”的网格化基层治理

杨传军同志调研党建引领基层治理工作

全区专职网格管理员培训

模式就展现在人们面前。

“一网统筹”，构筑起治理新矩阵。精准划分网格，实现“一网统筹”是做好网格化治理工作的前提。我们严格按照国家标准，根据居民区、自然村落分布特点和人口数量、群众生产生活等具体情况，按 300 至 500 户一格，统一划定 975 个基础网格；根据机关企事业单位、各类园区、商务楼宇、公园、山体、河道等规模大小，划定 282 个专属网格，全区统一网格 1257 个，并按照国家标准，对每个网格设立唯一的规范编码。以网格为基层社会治理的基础单元，积极推动公安、交警、城管、执法、环保等 13 个职能部门，重新划分责任片区，将各类专业执法人员落实到网格，实现了社会治理全区“一张网”。为了做到精准划分、无缝衔接，区委机关领导干部和相关科室同志全员上阵，带领技术人员深入现场办公，帮助街道、社区理清网格边界，逐个网格进行电子地图标注，在最短时间内完成了网格地理信息数据化工作，实现网格化服务管理横向到边、纵向到底全覆盖。

贴近实际，组建起治理新队伍。组建一支专业化的专职网格员队伍，是推进网格化社会治理的重头戏。我们结合网格员的职业特点，采取自愿报名、社区推荐、街道审核、统一招聘方式，在辖区常住居民中招聘了

最美网格员评选

1000名专职网格员。这些网格员都来自社区、居住在格内，具有情况熟、开展工作快等优势，同时也解决了“8小时”以外服务群众的问题。为了尽快提升网格员的专业素质，又分别在区委党校和各街道建立“网格学院”，与省政法学院联合创办了全省首家“网格员实训基地”，定期组织培训，提升了网格员实战业务能力。为了增加队伍的凝聚力，区、街两级网格化服务管理中心，定期开展星级网格员评选活动，将优秀网格员纳入社区“两委”后备人选。今年定向考入社区“两委”77人，吸纳412名女网格员为社区妇联执委，在13个街道建立网格员工会，依法保障专职网格员权益，进一步稳定了队伍，增强了网格员的归属感、责任感和荣誉感。

多元聚力，汇聚起治理新能量。坚持党建引领，实施“工委+专委”模式，吸纳460余家驻区、双报道单位和两新组织参与基层治理，设立网格党支部946个、楼院党小组2680个，实现社区党委——网格支部——党小组——党员中心户的有机联动。在每个网格都设置了网格指导员、网格长、专职网格员、网格信息员等基础力量；同时，将部门派驻和街道科所队专业执法人员以及法律服务、社区卫生、心理咨询、人民调解等社会服务力量整合配属到网格，全区直接参与网格化服务管理的人员达到7500余人，形成了“基础力量一员一格，专业力量一员多格，联动力量一格多员，社会力量共同参与”的基层治理新格局。

集聚资源，搭建起治理新平台。高标准打造区、街、社区三级综治中心（网格化服务管理中心），区、街两级全部落实人员编制和保障经费，实行实体化运行，做到了有场所、有编制、有人员、有保障。与12345市民热线中心、政务审批中心以及城管、民政、环保等部门建立信息共享、综合联动机制，按照“1+5+N”综合执法模式，将街道科所队资源进行整合，借助网格化智能工作平台，联动专业力量、社会资源及时处理各类事项，化解矛盾纠纷。构建起指挥调度、事件分拨、分析研判、应急联动一体化的区、街道、社区、网格四级指挥运行体系，纵向贯通，横向联动。实现风险防范智能化、社会治理精细化、公共服务高效化。

架构重组，构建起治理新机制。快速有效处置各类事件，及时为辖区群众提供精细化服务，解决群众关心关注的切身利益问题，是网格化社会治理的生命力所在。为此，我们明确网格员13类42项工作职责，包括政策宣传、民生服务、问题发现、矛盾调处等，将其归纳为“消息树、大喇叭、和事佬、总管家”。建立区、街两级问题前端处置运行机制，制定了区街、社区、网格三级闭环工作流程，实行“网格吹哨，所队报到”和“街呼区应、上下联动”工作联动机制；将部门派驻人员党组织关系下沉至街道，赋予街道对部门派驻人员的绩效考核权和对派驻机构负责人的动议权。同时，建立网格基础力量与网格专业力量双向考核机制，每月由街道、社区组织进行考核，督促各类网格服务管理人员履职尽责，构建起“条块”有机联动，属地和部门齐抓共管的网格化社会治理新机制。

品牌创建，打造治理新亮点。以“红臂章，在您身边”为主题，打造网格化管理品牌。队伍建设塑造“一个队徽、一面队旗、一篇誓词、一首队歌、一件队服、一部手持终端”的“六个一”；在每个网格显著位置设置公示牌，将各类网格力量进行公示，不仅让辖区居民了解身边的各种服务资源，扩大网格化工作的影响力，而且便于接受社会监督，倒推服务管理更加精准精细。研发推出“历码办”二维码，居民群众、外地游客均可通过扫码或拨打电话，实时反映诉求或提出意见建议，确保各类问题第一时间发现，在最短时限内解决，达到“小事不出网格，大事不出街道”的目标。

实战检验治理效果凸显

网格化工作开展以来，已采集录入各类网格基础信息120余万条，辖区人、地、事、物全部纳入基础数据库，并通过网格员实时更新，实现了

全市政法惠民实事展评现场

动态管理；处置涉及城市管理、民生服务、邻里纠纷等网格事件近 50 万件，实现了由“被动处理到主动发现”、从“接诉即办，到未诉先办”的一系列转变，全区一般性治安案件同比下降 31%，矛盾纠纷事件处置上行率下降 40%，12345 投诉下降 20.4%，综合满意率达到 99.64%。特别是 2021 年 10 月，龙洞街道网格员发挥人熟、地熟优势，协助公安机关在不扰民、没费一枪一弹的情况下，一举抓获涉恶势力团伙成员辛某某，在扫黑除恶斗争中发挥了重要作用。先后协助相关部门核查信息 2.26 万条，在疫情防控中凸显了网格化治理效能。

“阳光总在风雨后”，一年多实践探索，全区基层社会治理水平全面提升，辖区群众的获得感、幸福感和安全感明显增强，也为全区经济社会高质量发展营造了良好的社会环境，GDP、财政收入等主要经济指标始终位居全省前三、全市首位，在全市经济社会发展综合考核中勇夺“十三连冠”。网格化社会治理的经验做法多次在省、市会议上进行交流，济南市历下区被评为“平安济南建设先进区”，近期又被省、市平安建设领导小组推荐为“平安中国建设示范县（区）”，2021 年 11 月，中共历下区委书记江山代表历下区光荣参加在北京举行的平安中国建设表彰大会，并受到习近平总书记等中央领导同志的亲切接见。

李书静：用脚步丈量民情，以行动践约初心

雨　兰

一

“我宣誓，我志愿成为历下区专职网格员，履行网格职责，严守网格纪律，倾听群众呼声，回应群众关切，维护社会正义，倡导文明新风，用脚步丈量民情，以行动践约初心，高举首善旗帜，争当网格队伍排头兵，筑牢基层治理第一道屏障，为国际化一流城区建设贡献力量！”

这是历下区网格员的誓词。

网格员李书静

2020年的5月，通过层层选拔考试，最终脱颖而出，成为历下区一名专职网格管理员的李书静，在鲜艳的红色旗帜下庄严宣誓。

社区专职网格员，对于李书静来说，这是一个新的工作岗位，也是生命中一个新的开始，还是一个新的挑战。“一定要用心去做，踏踏实实地去做，在工作中更好地成长，不辜负各级领导的关心与信任！”李书静在心里默默鼓励自己。

如今，一年多的时间已经过去。

作为历下区泉城路街道专职网格管理员队伍中的优秀一员，李书静不仅把这坚定而朴实的誓词写在了自己的工作日志里，还铭刻在了自己的心上。她用自己踏踏实实的工作与行动，用爱心与热诚，去应诺当初庄重的誓言。

李书静对此也深有感触。她说，做网格员工作一年多，最大的感触就是：最简单的是最复杂的！没当网格员以前，她想当然地认为社区工作、居民工作多简单啊，动动嘴、跑跑腿就行了；当了网格员才知道，就是这简单的跑腿动嘴才最难！

二

城市网格化管理，是将城市管理辖区按照一定的标准划分成为单元网格。网格员通过加强对单元网格的巡查，建立一种监督和处置互相分离的管理与服务模式，以达到能够主动发现问题，及时处理问题，加强政府对城市的管理能力，将问题解决在居民投诉之前的效果。这是历下区设置专职网格员的初衷。

济南是历史文化名城，是富有特色的旅游城市，还是名满天下的泉水之城。历下区是老城区的核心位置，千佛山、大明湖、趵突泉、黑虎泉、明府城、百花洲……名胜古迹可谓遍布全区，数不胜数。

作为著名历史文化街区和网红打卡地的芙蓉街，每逢节假日，更是人声鼎沸，游人们熙来攘往，摩肩接踵，人流量大，各种安全隐患也多。

芙蓉街，正是李书静所负责的网格。

清明小长假、五一小长假、端午小长假、国庆七天长假……许多个节假日，李书静都是在忙碌的工作中度过。手机上的运动软件显示，李书静每天的步数都在一万到两万之间，有时会超过两万步。微信步数，记录着网格员的辛苦，记录着每天琐碎的工作，也记录着网格员矢志为民的行动力和执行力。

“端午节放假期间，值班入户，挨家挨户摸排居民家中存煤量；家中仍有存煤的居民，了解其存煤的种类、吨数、是否清洁燃煤，并进行详细的记录。家中存煤若是散煤的，告知其散煤的危害，并嘱咐一定要购买政府清洁燃煤……”

这只是李书静日常工作中的一个缩影。

作为直接面对群众的基层服务人员，李书静已真正成为：社情民意收集的信息员、矛盾纠纷化解的调解员、安全隐患排查的协管员、公共服务代办的服务员、政策法律法规的宣传员……

三

历下区的每一个网格员，都会随身携带着一本笔记本，这是网格员的装备之一。

李书静也不例外。

这不仅是她们的工作日志，还是社区民情记录本。上面密密麻麻地记录着她们的日常工作：“逐一入户进行双实信息采集，采集的过程中给居民宣传垃圾分类知识；雨季巡查，检查居民院落有无安全隐患，及时发现细节问题，提醒居民注意安全，下雨不要外出……”“每天例行来到独居老人家中，敲门，打卡，询问老人情况，看老人有什么需要，帮助老人做些力所能及的事情，把爱心、孝心送到老人们家

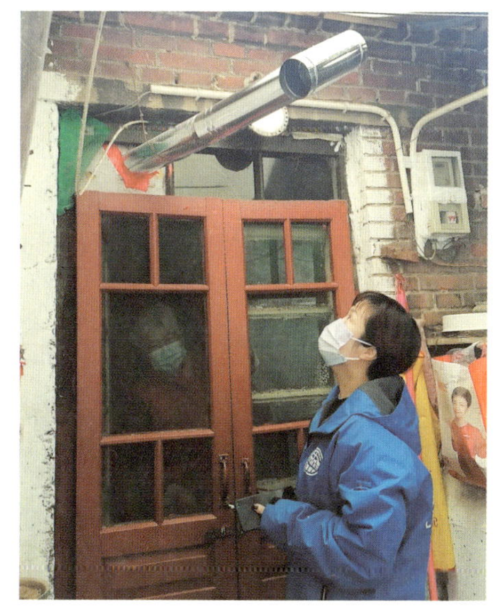

李书静巡查燃煤安全

中。”“关爱独居老人，温暖与您同行。让他们幸福美满地生活在芙蓉街社区这个温暖的大家庭里，大力营造人人敬老爱老的良好社会氛围……”

我一页一页地翻读着，这些隽秀洒脱的字迹，以及一些因为写得匆忙而略带潦草的字迹。仅仅四个月，李书静就密密麻麻地记了一大本。

我还注意到，李书静的笔记本上经常有“加油，切实为居民做好服务！”“在今后的工作中，网格员们将再接再厉！”这样的句子。

从这一页页的文字里，我读到了像李书静一样优秀的社区网格员，他们那一颗颗为社区居民真诚服务、温暖服务的诚挚之心，读到了他们对待平凡琐碎工作的态度，还读到了一颗颗大爱之心。

四

芙蓉街作为泉城济南的网红打卡地，是人气沸腾的商业街，这里历史文化厚重，老建筑、老房子、历史文化遗存密布，但是，里面的情况也比较复杂。有独门独院，也有大杂院；有楼房，也有平房；有公房，也有祖上传下来的私房。里面的住户，也是情况多样，有热闹的一大家子，也有独居的老人；有老住户，也有临时租住的人家。

同时，芙蓉街也是老城区的核心街区之一，芙蓉街既有它光鲜亮丽、热闹喧嚣的一面，也有老城区的尴尬和不便之处。比如，一些房子比较老旧，没有通天然气管道，也没有通暖气管道，居民取暖只能用电或者煤，居民和商户生火做饭，也只能用煤、电或者天然气罐。说起自己负责的格子里的居民情况，李书静如数家珍。

由于群众对网格工作和网格员还不够了解，网格员在工作中也常常遇到许多难题。面对这些，李书静说：“有些工作在居民这里，包括我们网格员在内，都属于新鲜事物，比如垃圾分类，我们网格员先要学习相关知识，学会了再一遍遍不厌其烦地去跟老百姓讲，讲知识，还要讲道理，直到能够让他们改变思想，改变生活习惯，日积月累，点滴渗透！”

说起最近的国家反诈中心软件的安装和推广工作，李书静说：“居民和商户的信任，让我们很好开展工作。这项工作需要验证手机号和身份证，居民和商户便把证件和手机交到我们手里，让我们代为操作。那一刻，我

泉城路环保巡查

感觉特别开心！就因为信任！我觉得信任就是对我工作最大的认可！”

李书静文静、恬淡、内敛、沉稳、大方，一如她的名字，这是李书静留给我的第一印象。后来，通过进一步接触，我发现，在工作中的李书静热情、活泼、健谈，待人处事落落大方，有亲和力。

有一整个下午的时间，我跟从李书静到她负责的格子巡访，看到她和社区居民关系这么熟稔，相处得这么融洽，在居民中进行国家反诈中心软件的安装和推广，一位位居民信赖地把手机交到李书静手里，非常配合地进行人脸识别验证……我在心里由衷地为李书静的工作点赞。

五

对于社区网格员这个工作岗位，从李书静身上，我感受到一种朴素的热爱，一种诚挚的投入。

作为直接面对群众的基层服务人员，社区网格员对于社区的建设和城市的发展都有重要的纽带作用。社区网格员是进行具体服务工作的基本力量，是和社区居民直接面对面经常接触的，必须要有为群众服务的认识和为群众服务的基本本领。李书静用勤勤恳恳的工作热情，用贴心周到细致的服务，逐步赢得了社区居民的理解、信任和尊重，而居民的理解、信任和尊重，也成为李书静做好工作的新动力。

当我开玩笑地问起李书静，社区网格员这个工作岗位有没有压力？选择这个工作有没有后悔？李书静很坚定地回答我说："虽然网格员工作有时候带给我很大的压力，有时候人累得回到家就瘫在沙发上。但是，我喜欢这个工作，因为我能跟居民打交道，能跟他们沟通，给居民带来帮助的同时更是对自己的帮助，从中感觉到自己的价值，自己工作的意义，从来没有后悔过。"

李书静还真诚地说，自己能够在专职网格员这个工作岗位上顺风顺水，自我成长，能够为居民提供如此贴心又专业的服务，离不开历下区以及基层领导的关心和鼓励，离不开街道"网格学院"的悉心培养，离不开同事们的支持和帮助。

"小网格"服务"大民生"。活跃在社区中的像李书静一样优秀的网格员们，是政府部门和社区联系群众的纽带，是城市平安建设的参与者，是社区和谐建设的守护者。他们勤勤恳恳，任劳任怨，用脚步丈量民情，以行动践行初心，在平凡的工作岗位上，奉献着自己的真心和热情！

王建洋：用平凡的工作，温暖着社区居民的心

雨 兰

在济南市历下区的大街、小巷、居民区，活跃着这样一群人。

他们既是社区的民生服务员、矛盾纠纷调解员，也是安全隐患排查的协管员、环境卫生的管理员，还是政策法规宣传员、民情信息收集员……

几乎每一个工作日，他们都静静地穿梭在大街小巷，默默地帮助居民解决各种问题。只要有居民需要他们的地方，就有他们忙碌的身影。

为居民服务零距离，是他们认真恪守的准则，也是他们心中坚守的信念。

他们，就是历下区社区工作中的一个特殊群体——专职网格员。

而王建洋，就是其中优秀的一位。

网格员王建洋

我们把时钟拨回到 2020 年，历下区政府根据区两办《关于进一步加强和完善网格化社会治理的实施方案》精神，按照区政府第十八届 43 次会议要求，列支专职网格管理员工作经费为每人每年 7 万元，全区 1000 名，列支经费 7000 万。

7000 万，充裕的经费为网格化社会治理工作提供了坚实的物质后盾。由此，也可见作为在济南市经济社会发展中发挥着“领头羊”作用的历下区，在加强和完善网格化社会治理工作中的魄力和实力，勇气与担当。

为加快推进基层治理能力现代化，历下区首先在燕山街道建成全省首个基层社会治理“网格学院”，以此试点运行党建引领基层社会治理的“网格学院”新模式，通过研讨深学、导师带学、实景践学、拓展参学等形式，打造建管孵培一体化培训基地，进而在全区形成网格员成长更加多样、网格工作更加专业、网格服务更加精细的基层社会治理新局面。网格学院取得不错的成效后，泉城路街道等历下区的其他街道，也相继成立了“网格管理学院”。

泉城路街道因地制宜，因时制宜，结合本街道的特点和特色，定期组织培训共 20 余次，通过运用脚力、锤炼眼力、激发口力、焕发脑力、调动笔力等训练，全面提升网格员素质，助力网格员在新岗位上成长。泉城路街道还提出了“泉心 · 泉力”网格化服务理念，通过树核心、守中心、筑同心、聚齐心、强信心，进一步强化街道网格化服务理念。“学习 + 考核”的培训模式，让网格员们在本职岗位上迅速成长。

在区、街道、社区等各级领导的重视、关怀和支持下，王建洋和同事们在专职网格员这个新岗位上快速成长起来。

“社区居民的事就是我的事。大事小事我都管，不分难易，只要社区居民有事找我，就尽可能地想办法去解决。”这是在采访中，王建洋经常说的一句话。

王建洋是济南市历下区泉城路街道的网格员，她所负责的辖区是临湖社区第一网格。

“人在网中走，事在格中办”。网格不算大，每天需要王建洋操心的事儿却不少。趵突泉街道为用煤的居民制作了特定的二维码，王建洋每天入户走访用煤居民，检查用煤安全并扫码，保证居民人身安全。对网格内的独居老人、低保户、贫困户、空巢老人，王建洋每天逐户询问是否需要帮助，嘱咐老人安全外出，注意用电用煤安全。对于老人不在家的，王建洋及时打电话联系老人询问情况，确保老人安全。此外，像冬天室外水管冻住，网格员们帮着送水；厕所堵了，网格员们帮忙通厕所；甚至，居民院里长草了，网格员们就帮忙除草，不一而足。

王建洋还要对辖区内的商铺进行安全生产工作检查，重点检查商铺用电、用气、灭火器等是否存在安全隐患。发现问题及时解决，同时告知商铺负责人加强对门店使用的电器、线路定期检查，并对店员进行安全培训，要求大家一定要重视消防安全，做到彻底排除安全隐患。

安全无小事。赶上雨雪等特殊天气，安全隐患排查更要做到不留一处死角，不留一个隐患，全力做到为居民安全“保驾护航”。越是雨雪天气，越要坚守工作岗位。

网格员的日常工作是纷繁忙碌的，也是琐碎的。网格员的朋友圈，都是和工作、和社区居民息息相关的消息。“温馨提示：朋友们，若您身边还有 60 岁以上未接种第一针新冠疫苗的人员，请和我联系，车接车送，不需要排队。”“大风预警天气，注意防风关好门窗，谨防树木、屋顶杂物等高空坠落，雨天注意出行安全！”“近日社保类短信诈骗警情频发，身边不少人已经收到类似短信！每笔损失金额在 1000~3000 元不等。紧急提醒！提醒辖区群众：陌生短信莫轻信，陌生链接莫点击！”……微信朋友圈里，王建洋发布的内容大都是和自己的工作、和社区居民生活息息相关的。翻阅着王建洋的微信朋友圈，总是油然生出一种感动。

细致、周到的工作，体现在方方面面。微信朋友圈之外，王建洋还和同事们一起认真学习美篇制作，学习新闻摄影，学习了解最新的福利政策、救助政策信息等。美篇、微信群、微信朋友圈……这些也成了网格员们宣传政策、推动社区工作的好帮手。

一个优秀的社区网格员，他的日常工作，如春风化雨，润滋着社区居民的心，润滋着整个社区，让社区的氛围因此变得温馨，变得更加融洽。在一个上午，我跟着王建洋在她所负责的格子里巡检，我们在小街小巷以及大大小小的院落里转来转去。这一户，那一家，都住着什么人，是老居民还是临时住户，王建洋都了如指掌。王建洋热情地和社区居民打着招呼，不时地停下来聊会儿家常，一些阿姨辈的、爷爷奶奶辈的居民，都把王建洋当成自家的孩子一样，热情地招呼着她，有的让她坐下休息一会儿，有的要给她倒水喝、洗水果吃。对居民反映的事情，王建洋细心记录在自己的工作日志上，耐心跟他们解释政策、处理问题。可以看得出，王建洋和他们相处得很融洽，他们也很喜欢王建洋，这个朴实阳光、开朗真诚、稳重大方的年轻人。

在每一个人的人生画卷上，平凡是底色。没有平凡，人生的画卷就浅了底色。网格员的日常工作是琐碎的，网格员的日常工作也经常是重复的、单调的。因此，网格员的工作性质注定了，他们身边没有轰轰烈烈的大事。王建洋把热情注入每一天的平凡工作，把真诚带给格子里的居民们。我从和王建洋的聊天中，可以感受到她的细心、贴心、真心、诚心。

做社区网格员工作，和社区居民特殊群体打交道，也体现着网格员的

泉城路临湖社区网格员

共情能力。王建洋说，有不少老人感情很脆弱，我们做网格员的，尽可能去陪伴、聊天、问候，给老人心理慰藉。老人家里的灯坏了，拉盒坏了，以及出现其他问题，我们就利用网格的力量，想办法解决。

为了更好地服务于社区群众，王建洋坚持做工作上的有心人，她认真学习政策文件，了解政策文件，用好政策文件。她主动了解居民家庭情况，为社区居民申请低保、申请低保边缘等国家福利待遇。“让每一个群体都感受到政府的温暖，让每一个群体都能享受到政策的福利。”

王建洋所负责的格子，是老城区中的老城区，不像新建的城区那样高楼林立，街道齐整，地下管道等基础设施齐全，现代化设施完善。这些老城区的老街巷，基础设施比较差。许多房子老旧，没有通天然气管道，也没有通暖气管道，居民取暖只能用电或者煤，居民和商户生火做饭，也只能用煤、电或者燃气罐。不仅没有现代化的卫生间，即使是为数不多的公厕，也是旱厕。房屋的属性也比较复杂，有公房，也有私人房产，还有企业单位房产，有独门独户，也有大杂院。人员流动性比较大，人员年龄构成比较复杂。有城市的老住户，也有租住房屋的临时住户，居民们的性格也各不相同，尤其是那些独居的老人们，有的喜欢热闹，喜欢出来聚集在一起聊天，有的喜欢安静，不喜欢被打扰。

一年四季，王建洋穿梭在自己所负责的格子里，也穿行在居民们的心里。有不少居民，从当初的不理解到理解和体谅。也有不少居民，从当初对网格员的排斥到接纳，再到信赖和依赖。现在，社区居民们都喜欢上王建洋这个热情开朗、周到细致的年轻网格员。

“网格就是我的工作阵地，社区居民就是我所服务的对象。身为网格员，需要了解每家每户的情况，及时掌握居民需求，宣传政策、调解矛盾、关心弱势居民。这是我们网格员的日常工作。”说起自己的工作，王建洋谦虚又真诚，没有豪言壮语，也没有故作深沉。

说起报考网格员这个工作岗位，当初还是婆婆在和邻居的聊天时偶然知道的消息，赶紧打电话告诉王建洋，觉得网格员应该是个不错的工作岗位。王建洋没有辜负家人的期望，通过层层选拔考试，终于成为历下区第一批专职网格员中的一员。

自从从事专职网格员这个工作以来，王建洋的每一天都是忙碌的，如果赶上疫情紧张、汛期等特殊情况，还要加班加点，值夜班。王建洋的婆婆至今说起来都有些歉意：当初让建洋报考这个网格员，以为会是比较轻松的坐办公室工作，风不打头雨不打脸的，谁知道每天会这么忙，还经常加班，晚上还经常值夜班。

王建洋的婆婆，这位善良的老济南人，一直居住在老城区里。赶上值夜班的时候，王建洋就住在婆婆这边。王建洋和公公婆婆的关系很好。王建洋工作忙起来，两位老人就是她的坚强后盾，帮着照看年幼的孩子，接送孩子上幼儿园。

没有卑微的工作，只有不努力的人。王建洋这样理解自己的工作："我是一名普通的网格员，投入工作已有近两年的时间，经过不断地学习，和居民的交流接触，逐渐承担起了作为一名网格员应尽的职责，记录着民情民意，为民服务，上报事件和网格日志。踏踏实实地工作，认认真真地做好每一件事情，让自己的每一天都过得充实、丰盈。"

人生到底有没有意义？有什么意义？王建洋坦言自己像许多人一样，多次为这个问题纠结过，也多次在心里问自己。

记得著名作家毕淑敏在一次演讲中曾经说："人生是没有意义的，这不错，但我们每个人都要为自己确立一个意义。"

是的，很多时候，我们人生的意义是国家赋予的，是工作赋予的，是责任与担当赋予的，是自己为自己赋予的。让社区变得更美好，让社区居民感到更幸福，这大概是所有网格员们工作的意义。

"网格员只是一个平凡的岗位，我们没有惊天动地的壮举，但总是在群众需要的时候挺身而出，网格里的工作看上去是简单的，而实际上是复杂而烦琐的，我还有很多东西要学习，学会灵活地跟居民打交道，与居民交流，随时了解居民需要什么，把居民工作放在第一位，做一名让居民满意、让领导省心的网格员。"

大明湖畔的那束三色之光

蓝　茹

他说，他想做一束光，一束“利万物而不争”的光，一束如“蜡炬成灰泪始干”的烛光一样微小而温暖、能照进缝隙的光。

结果，他就真如一束特别的三色之光，令人“惊奇和欣喜”“佩服和心安”地闪烁、绽放在他生活、工作的济南老城旧巷——大明湖街道县西巷社区。

一

“当时看到他发的那个请战书时，真的是眼前一亮，仿佛是乌云翻滚之际天边突然闪现出一道令人惊喜的光……”说这话的是大明湖街道县西巷社区党委书记、居委会主任郭亚楠。

她绘声绘色的讲述，令人不知不觉就随她来到了那个难忘的时刻，感受到那束特别的三色之光“小荷才露尖尖角”一样的风采。

那是2020年1月24日，庚子鼠年春节即将到来的前一天——大年三十的早上，刚出院在家中休产假的郭亚楠收到了一条微信，她以为是8号楼4单元一位居民发给她的拜年图片，打开一看：竟然是一辆湖北牌照的私家车，正停在小区8号楼下。

她的心顿时像被什么揪住了一样悬了起来，随即将此“敏感照片”转给居委会另一名工作人员，嘱她一定要仔细核查清楚。

转眼就将迎来“月上柳梢头，人约黄昏后”的元宵佳节，看着肆虐的疫情和工作群里同事们辛勤工作的影像纪录，郭亚楠心中的忧虑、不安像一条越拉越长的尼龙绳，弯来绕去地拧着她的心……

与此同时，小区居民、退役军人胥凯的心里同样被焦虑、不安和越来越浓的愧疚紧紧缠绕着：面对越来越严峻的疫情，白衣战士——医护人员都勇敢地冲上去，逆行去疫情风暴中心抗击病毒、救治生命，作为一名当过兵的退役军人，在这关键时刻，岂能只顾自己和家人的安全，躲在家里不出去?

“一声到，一生到。”面对突发的疫情，面对越来越疯狂肆虐的病毒，胥凯无法再“躲进小楼成一统”，心安理得地当旁观者，他拧亮书桌上的台灯，铺开稿纸，用工整有力、漂亮整齐的字体，奋笔写下了那份文字不多、但都是他“当时最真实的想法”的“请战书”：

请战书

我是社区党员、退伍军人胥凯。

今年春节，注定是一个不平凡的春节。一场突如其来的考验，来到我们身边。社区工作人员一直坚守基层，奋斗一线，逆风前行，向你们致敬!

今天是元宵节，冠状病毒疫情仍然严峻。此“疫”攻坚，岂能袖手旁观？抗击疫情，责无旁贷。

一家不圆万家圆，党员冲锋应在前。作为一名共产党员、一名受部队培养的退伍军人，入党誓词犹绕于耳，军人誓词铿锵如昨。

此役，我主动请战：若有战，召必回!

庚子元宵 胥凯

胥凯拿着一气呵成的请战书，神情坚定地对妻子说：明天我要下楼去，把这个交给社区居委会，我必须要为疫情防控做点事。

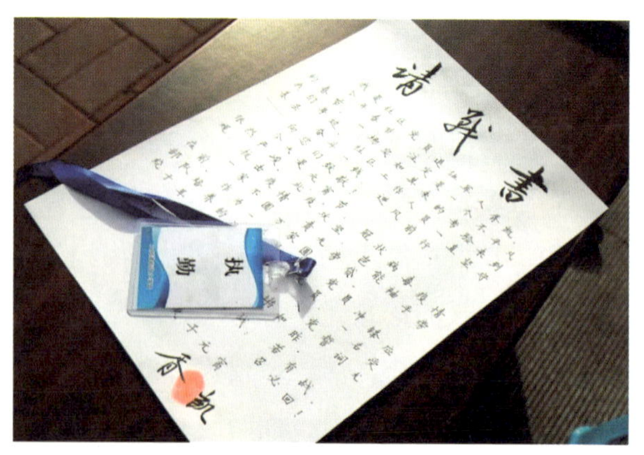

“非得要去吗？现在每天那么多确诊的病

例……”刚说到这儿，妻子的眼中已噙满了晶莹的泪水。

因为她知道，胥凯是“通知”她而不是来“征求意见”的。要不，当兵8年，胥凯怎么能年年被评为“优秀士兵”并两次荣立三等功呢？入伍的第三年就光荣加入了党组织；2004年退役回来后，在社区公益岗位上兢兢业业地工作，像永远在突击的士兵一样铆在工作岗位上，期待着回到地方后能再立新功。

但她仍心有不甘地柔声劝他道：“你又不是社区工作人员，你弄这一套，人家能愿意吗？再说，社区、街道有那么多人，又不少你一个，但家里却离不开你这个主心骨和顶梁柱！”

胥凯感激地对妻子微微一笑说：“放心！别人怎么看或说，我管不着，但我必须得去！”

第二天也即庚子鼠年元宵节的早上，胥凯穿着他最喜欢的军绿大衣，怀揣着那份请战书，步履坚定地走向居委会。

郭亚楠收到胥凯通过微信发给她的请战书后，激动地连连回复了好几个“谢谢”，多日来笼在她心头的浓雾像突然见到了太阳光一样淡了、轻了……

之后，胥凯与小区内另外三四名退役军人一起，每天同社区工作人员并肩坚守在防疫第一线：卡口测量体温、登记车辆，为小区居民投放垃圾、递送他们购买的米、面、油、菜等日常用品，用军人特有的干练、担当和不怕苦、不怕累的精神与底色，让原本因疫情突发、应对经验不足、社区工作人员捉襟见肘的社区防疫工作，迅速步入到更规范、有秩和高效的良性循环中。

随后，省委宣传部《走向世界》杂志以“一封共产党员的请战书”为题对胥凯进行了专题报道，他的这封发自肺腑的《请战书》也被众多纸媒、网媒争相刊发、推送，让这一束军绿色的志愿者之光成为奋力抗击疫情时一道特别的风景。

面对记者的提问，胥凯略有些腼腆地笑着坦言，他当时真没有觉着自己的举动有什么了不起的，只是觉着他是当过兵的人，在这样一个关键时刻，应该挺身而出。“全心全意为人民服务”的思想一直根植在心底，穿不穿军装，都会在遇到困难或危险时不由自主地蹦出来，让他无法心安理得地当旁观者。

现在回想起当时的情景，胥凯觉着自己当时有一点是“真够大胆的”：连一个医用口罩都没有戴，就火急火燎地投入到一线抗疫工作中，一心只想着早点儿走出家门，能做什么事就做什么事。

后来听了社区工作人员的介绍，胥凯才慢慢了解和知道了一些抗疫的知识与防护方法，也才发现自己的防护实在是太简陋了：居民外出买菜还知道戴双手套，他在卡口上做检查、测温等工作，除了妻子给他的一个口罩外，其他什么防护措施都没有……

幸好无事！这大概就是“赠人玫瑰，手有余香”“我为人人，人人为我”之福报吧！虽然有一点点儿后怕，但胥凯灿烂的笑容里更多是自豪和幸福！

二

转眼到了2020年4月，历下区率先在全市试点招聘“网格员”，开展网格化社会治理工作。

胥凯第一时间报了名，社区书记郭亚楠却“不太希望他去应聘网格员”。

“不是胥凯不优秀，而是因为他比较文艺，给人的感觉总是文质彬彬的，而社区网格员的工作比较细碎、繁杂，常会遇到一些婆婆妈妈甚至是剪不断、理还乱的琐碎事儿。”郭亚楠书记的疑虑和担心并非空穴来风，胥凯的书法、篆刻等艺术专长在社区和街道早已有目共睹，而且他在部队时主要是做保密、档案管理、电影放映等文案、艺术类工作，现在他所从事的退役士兵公益岗的工作与他的气质和特长也比较契合，而社区网格员的工作内容则与之相差较大。

“但如果胥凯真想做一名网格员，我们会热烈欢迎。”郭亚楠一脸真诚地说。他们是真心希望有更多有志青年投身到社区网格员工作中，当好政府与基层群众间的“桥梁”，在服务群众、进一步提升群众的幸福感、满意度中，实现个人的追求和价值。

她相信：如果胥凯成为一名网格员后，一定会令人刮目相看。

面对大家的担心、疑虑和期待，胥凯既受感动和鼓舞，也不由陷入了深深的思考中。他在日记中记录下了当时的心路历程：

一路走来，在我求学和工作的过程中，遇到过无数或大或小的困难甚至是阻碍，也曾在面临许多选择的时候，感到困惑或迷茫。但每当此时，总有一束光照进我思绪万千的心间——

军人就是要服从命令、听从指挥，决不能凭个人喜好挑肥拣瘦。

自己选择的路，要坚持走下去。

什么是英雄？小时候读黄继光、邱少云的故事，以为只有像他们那样为祖国抛头颅、洒热血的革命先烈，才配得上“英雄”二字；再长大一些，我知道了袁隆平、钱学森等人的事迹后，又认为只有像他们那样功勋卓越、世人皆知才称得上成功与圆满。

但如今，我已深深懂得：舍小家顾大家的戍边战士，是人们心中的英雄；新冠疫情横行时，冲到最前面“以生命佑护生命，以使命奔赴使命”的白衣天使，是人们心中的英雄；无论严寒酷暑都一丝不苟清扫街道的环卫工作，也是人们心中的英雄……

此时此刻，那些冒着被感染风险、坚守在抗疫一线岗位上的普通社区工作人员、志愿者等，也是值得敬佩和学习的英雄。

他们可能默默无闻，没有可歌可泣的功绩，但却用真诚质朴的言行和默默坚守的行动，惊艳了岁月，温暖了周围的人。

社会上，这样暖心的事很多，也正因有无数这样普通却不凡的温暖，让我们能乐享静好的岁月和幸福的生活。希望这份温暖，也可点亮你我他，汇集出更多的温暖！

让光照进来吧！让我勇敢做一束如永不褪色的绿军装一样蓬蓬勃勃的绿色之光吧！

三

心诚志坚，志坚事成。胥凯如愿成为一名“红臂章，蓝领衫，穿梭在都市网格间……您需求，我来办，奉献爱心，滋润幸福笑脸”的网格员，并在第一时间把他的手机彩铃换成了这首《网格员之歌》，足见他的决心之坚、信心之足。

但他没想到，刚上班没几天，就碰到了一件让他终生难忘的事儿。

那一天是 2020 年 6 月 17 日上午，他跟随着郭亚楠书记在小区里巡查并熟悉情况，突然发现社区卫生服务站前一位老年女性居民焦急万分地转着圈，一看就是遇到了什么难事、急事。

他们快步走到跟前，方知是其丈夫孟某华在小区卫生服务站查体时突然身体不适，浑身冒虚汗，口角流垂涎，四肢无法动弹，需紧急送医院诊治。市立医院近在咫尺，但卫生室的条件十分有限，连副担架都没有，卫生室的小姑娘慌了，她也急得没了主张。

胥凯凭着当年在部队参加野战救护培训时所积累的医学知识，感觉病人的情况有点像脑梗，立即嘱咐大家先不要挪动病人，他去隔壁医院借个轮椅来，这样很快就能把病人送到医院救治，比叫救护车还快点。

话音未落，胥凯已如听到发令枪的百米赛跑运动员一样冲了出去，很快借来了轮椅，大家小心翼翼地把神志已有些不清的病人挪到轮椅上，快速送到医院。

刚到医院门口，早已准备好的医护人员立即将病人送到了抢救室。

二十多天后，病人家属李某新及已基本康复的病人孟某庆带着锦旗和感谢信来到大明湖街道办事处，感谢县西巷社区郭书记和网格员胥凯的积极帮助，让病人第一时间得到了救治，让他们一家人又能平安、快乐地生活了。

看着突发脑梗疾患的病人孟某庆康复得那么好，不仅行走自如，还能口齿清楚地读出锦旗上的感谢之语:“真情救人于危难，视居民胜似亲人”，胥凯的心里比三伏天喝了冰镇蜂蜜水还舒畅和甜美。

“你不知道，病人恢复得有多好！脑梗病人能恢复到他这样几乎没有什么后遗症的，真让人高兴。”虽已是一年前的事了，但胥凯说起来，仍然满脸的幸福和自豪，让人不由自主地想起了那首深情的旋律：“因为爱着你的爱 / 因为梦着你的梦……所以悲伤着你的悲伤 / 幸福着你的幸福……”

也是因为这件事，让刚刚走上网格员岗位的胥凯真切体悟到了什么是“金杯银杯不如老百姓的口碑”，他意识到：自己穿戴的蓝色网格员马甲、红色网格员臂章，不正是警灯闪烁时发出的光芒吗？自己不能只享受那束红蓝之光带来的温馨和安宁，更要努力做一束给人以踏实、温暖和幸福的红蓝之光。

四

之后的日子里，郭亚楠书记就在社区工作群、社区网格现场和居民群众的口口相传中，看到或听到了一个又一个与胥凯有关的信息、场景和赞扬，甚至连 12345 市民服务热线也转来了一份又一份表扬或要求表扬胥凯的工单。

其中有两件事，让郭亚楠书记“记忆特别深刻”，也让辖区内的居民群众对网格员这一岗位一下有了更多的了解、认可和接纳。

2021 年 8 月 27 日晚上 7 点左右，明湖小区东五区六号楼失独老人朱阿姨家的烟感器忽然报警，应急救援站工作人员听到警报后立刻赶往现场，正巧遇到了准备下班的网格员胥凯。

胥凯知情后，立马穿上刚刚换下的蓝色网格服，与应急站工作人员一起飞速赶到朱阿姨家。

刚上楼，浓浓的焦煳味便扑鼻而来。进屋后，发现是朱阿姨家电灯开关烧焦后引发的火警报警，胥凯果断关闭电闸，及时消除隐患。

应急站工作人员查检后发现，朱阿姨家的照明设备年久失修，电线明显老化，建议她尽快寻找专业维修师傅上门更换线路，否则很容易再次引发火警警情。

朱阿姨已年近八旬，孤身一人，一听这话没了主意，立即声音颤抖地连连说：“这可怎么办？怎么办啊？”

“朱阿姨，您别急，今天不修好电灯开关，不换完电线，我就不回家，一直在这儿陪着您。”胥凯一边和风细雨地安抚着惶恐不安的朱阿姨，一边拨通了自己熟识的五金店维修师傅的电话，恳请师傅一定帮帮忙，上门来为老人维修一下，同时更换一下老化的电线。

等待维修师傅的时间里，胥凯也没有闲着，他一边与朱阿姨聊家常，缓解她的焦虑心情，一边和颜悦色地叮嘱朱阿姨，平时一定要注意用气、用电安全，有什么事，就给他打电话，他的手机24小时开机在线，随时为网格里的居民群众服务，尤其是像朱阿姨这样的独居老人，更是他们网格员重点关注、帮扶的对象。

维修师傅来到后，修开关，更换老化线路，不多一会儿，朱阿姨家的灯就重新暖暖地亮了起来。

看着方便好用的新开关和家中焕然一新的照明电线，朱阿姨孩子般地笑了，握着胥凯的手连声致谢道："今天多亏了你啊，小胥，否则我自己一个人真不知道该怎么办好，耽误你下班了，谢谢谢谢你，谢谢我们的网格员！"

胥凯亦深受感染，开心地笑着说道："朱阿姨，这都是我应该做的，我是咱们社区的网格员，您有事只管说，我一定努力做到让您、让大家

网格员胥凯

满意！”

维修师傅被这“不是家人胜似家人”的温馨一幕深深感动了，忍不住拿起相机拍了一张又一张。

晚上 8 点多，郭亚楠在工作群里看到此事的前因后果和大家纷纷的点赞后，也给了胥凯一个大大的赞。

“相信无论谁看到那张照片后，都会被深深地感动。朱阿姨拉着胥凯的手，眼神里透着一种特别的光。那是给她解决了实际难题后，她发自内心地感谢你，自然而然地流露出一种纯粹、真诚又特别依依不舍的神情和光芒。”郭亚楠书记绘声绘色的讲述极具感染力。

胥凯则有些羞赧地抿嘴一笑说：“这都是网格员应该做的。何况我就住在这个小区，有么事，自然是‘近水楼台’先到场。”

另一件让郭亚楠书记记忆犹新的事，是 2020 年初极寒天气突至时。

小区 8 号楼 4 单元楼上不停地往下滴水，滴到电线上后很快就结成了一个个锥子形的冰凌子，时不时就有小黄瓜般大小的冰凌掉下来，在地面形成高低不平的冰层，严重影响到居民的出行安全。

可小区是老旧小区，院内有好多蜘蛛网一样的线路，非专业人员根本就弄不清那些线到底都是些什么线，也不知道水是从哪儿漏下来的。

胥凯他们先后向水务、安监甚至是住建、通信等部门求助，但因零下 17 度的极寒天气，让全市很多自来水管都爆了，有关部门也已倾巢派出了维修人员，后来也有技术人员陆续来到该小区，但都没有排查出具体的漏水原因。

“办法总比困难多。”胥凯暗暗想着，一边等待专业人员来维修，一边找来长棍，从 5 楼的窗户里伸出头，把挂在电线上密密麻麻的冰凌一点一点敲掉，减少越积越多和大的冰凌突然坠落伤人的可能。

正在这时，一户居民反映说，他家的水表一直在转，家里没有用水也在转，怀疑是不是安装水表时装反了。

水务集团的“小白热线”维修人员来排查后，十分肯定地说不可能出现装反水表的事，怀疑是他家的太阳能漏水，可反复去查看了几次，依然没有找到具体的原因。

为了早点探明情况，胥凯决定自己跳进自来水表井里实地查看一下。但井盖早已被冻得结结实实的，胥凯就从一单元楼栋长那儿借来榔头、锤子等，一点一点地把冰封住的井盖弄开，然后脱掉厚外套，跳进了狭窄的井里……

“小伙子，快上来，别冻坏了。等等再修也行。”那位楼栋长焦急地喊着，说早知道他这样冒险，就不借给他工具了。

郭亚楠书记也不停叮嘱胥凯：不好找原因，就抓紧时间上来。她感动的不只是胥凯不怕苦和累的精神，更是他一心为民的担当精神。因为这座楼不属于胥恺网格管辖范围，负责这一网格的小姑娘有事请假了，郭书记就让胥凯暂时代管一下，哪想会碰到几十年一遇的极寒天气……

五

但胥凯最有成就感的，却不是这些事。

“我最感骄傲的事，是看到大爷大妈们很开心地坐在铺了坐垫的长椅上，有说有笑地晒太阳、下棋或唠嗑。”胥凯说这话时，浑身洋溢着雨后彩虹一样清新、纯净的光波。

2021 年年初，小区为迎接建党一百周年，在革命英烈、原山东省委书记刘谦初当年曾租住办公的旧址处精心建了“初心广场”，不少大爷大妈们就特别喜欢聚到广场上。可能是嫌木制长凳有些凉，他们就带着各式各样的布制坐垫或报纸、纸壳等垫着坐，离开时又有很多没有带走，结果遇到刮风下雨，长凳上下或亭子周边到处都是五颜六色的坐垫或大小不一的报纸、纸壳等，十分影响环境的美观。

“群众自带这些东西来，说明需要这些，如果统一加上坐垫，既方便了群众也美化了环境，何不试试？”胥凯反复思考后，把此想法告诉了郭亚楠书记。

“没有问题。只要群众需要，我们就一定要尽力去做，并努力做到最好。”郭亚楠书记便让胥凯负责这件事。

胥凯便从网上搜集有关资料，精心设计坐垫的颜色、样式等，并细心地补充了坐垫防水防晒的设计建议，保证坐垫舒适、耐用。经过十多次的反复修改，最终选定了目前这种枣红色、软包、防雨防晒的长垫。

那些常来此处的群众高兴地说，这个坐垫让“初心广场”一下高大上起来了，他们坐在这个长凳上，像坐在高铁车的坐垫上一样舒服，让他们有种不出小区就能享受到每天坐在高铁坐垫上晒太阳、看风景的幸福感。

《济南日报》等媒体也给予报道，称这种“点点滴滴的小事，虽然不是什么轰轰烈烈的大事，却逐渐汇聚成暖流，滋润着居民的心田”。

六

但胥凯却没有因已有的成绩而“陶醉不醒”，而是把日光投向了更高、更远的地方……

网格员的基本职责简单概括仅12个字：消息树、大喇叭、和事佬、总管家，但如何将这12个字的丰富内涵做深做实，却大有学问——

“消息树”是简简单单地巡查发现、上报问题，还是身入心更入地真切体察民情、民意和民生？

“大喇叭”是普普通通地发发传单、张贴一下“温馨提示”、告示、通知等，还是广泛深入地宣讲好有关政策法规？

“和事佬”是简单地拉架、调处纠纷和矛盾，还是充分调动群众共商、共治和共享？

“总管家”是仅限管房管车管漏水，还是做先进文化的引领人？

“思想的武器有时比物质本身更有力量”，这是他当年在部队时记忆深刻的一句名言，“初心广场”的建立，更似一束刺破云层的金光……

于是，胥凯踊跃报名成为一名“百姓宣讲员”，在讲好社区爱岗敬业、为民服务和奉献等好故事、好传统的同时，也注意把红色故事和精神用群众喜闻乐见的情景剧等形式，生动、传神地播撒到孩子们的心中。

于是，在给小区里的孩子们宣讲“暑期安全防火、防水”等常识的同时，他把孩子们带到“初心广场”，给低年级的孩子们一人一本《闪闪的红星》《小兵张嘎》《鸡毛信》等经典少儿红色故事小人书，然后与他们一起扮演小人书中的人物，通过生动有趣的情景剧等方式，在互动中激发孩子们的兴趣，加深他们对那些小英雄事迹的了解和认识；对小学高年级的孩子们，胥凯则给他们讲述雷锋的故事，让雷锋精神通过一个个有趣的小故事走进他们的心里；再大一些的孩子，胥凯则给他们讲解“初心广场”图文并茂的刘谦初等先烈的感人故事，让孩子们的假期生活丰富多彩，并吸引着不少家长跟着孩子们一起从这些经典红色故事中“忆童年、寻初心”。

在大明湖街道党工委“锻造百年初心，启航崭新征程”启动仪式上，胥凯接过了“红色100”志愿服务队的旗帜；在区民政局“学党史、办实事、惠民生，民政事业成就展”启动仪式上，胥凯接过“民生志愿观察员”的聘书……

有人曾问胥凯：网格员的工作本来就十分烦琐，又加上这么多社会文化活动，不累吗？

胥凯淡淡一笑说，不累是不可能的，但他始终记得当年在部队时，在新闻上听到申纪兰说的那句话——“共产党员活着干，死了算。”

从那时起，这话就深深印在了胥凯的心头。

这或许就是胥凯能不断超越自己，取得一个又一个好成绩的最大动力之源。

网里格里放光彩

蓝　茹

“一树红花照碧海，一团火焰出水来……风波浪里把花开……云里雾里放光彩”，当宋夏微笑着说出他最爱的歌曲是《珊瑚颂》并轻轻吟唱出这几句歌词时，我不由瞪大了双眼，疑惑、好奇且有些敬佩地连抛了三个问号给他：

一位“80后”年轻人，怎么会喜欢这首创作于20世纪60年代初的老歌？是因为喜欢歌剧，还是因为这首歌讲述的故事与解放战争内容有关？

网格员宋夏

宋夏微微愣了一下，大概没想到我会对他这个很私人的业余爱好如此关注。

但随后，他就如在社区网格里巡查时遇到了居民群众“大大小小、各种各样”的“意外”之问一样，迅即真诚、谦和又耐心十足地回答道：“最初是因为它深情的旋律，偶尔听到后，就被深深地吸引了；之后是因为它所表现的内容。”因他从小就很喜欢看战争题材的影视或书籍，喜欢看近现代史；再之后，尤其是成为一名“红臂章，蓝领衫，穿梭在都市网格间”的网格员后，这首歌就如一位良师益友，“每听一次，都会有一种新的感受和启迪，令人激奋，也让人挺治愈的”。

采访结束后，我立即找来他的这位“良师益友”，单曲循环听了一遍又一遍，越听越觉着：有着“济南市数字化城管信息采集员之星”“历下区城管局学习标兵”“历下区城管局环卫标兵”和“历下区城管局环卫好人”等头衔的宋夏，多像那束“不怕风吹浪打，俏丽如一树红花，炙热似一团火焰”的红珊瑚啊！无论在什么工作岗位上，都扎扎实实、一步一个脚印地逐梦实干，把“经历就是财富”变成实实在在的行动和孜孜以求的目标。

一

2020 年 5 月石榴花开红艳似火之际，一则特殊的招聘信息如石块入湖般在宋夏的心头荡起了层层波澜。

虽然那时他并不十分清楚“社区网格员”这个新出现的工作岗位的具体内容，但他相信：凭着他八年来在区数字化城市管理中心巡查员工作岗位上的磨砺和积累，他应该能胜任这个熟悉而陌生的社区工作。说“熟悉”，是因为他的妻子就在社区工作，回到家后，自然会与他这位数字化城管巡查员老师交流或向他请教一些社区工作的相关内容，他也就对社区工作的一些内容多多少少有些了解；其次是他的数字化城管工作中，也会接触到社区的一些内容，这对他做好社区网格员工作应该会有一定帮助的。

经历了自愿报名、社区党委审查推荐、统一组织考试、政治审核、体检、公示等一系列程序后，宋夏如愿成为一名专职网格员。

又经过一个多月的岗前培训，宋夏踌躇满志地走进了大明湖街道按察司街社区第五网格，信心十足地开启了他的网格员生涯。

但他没有想到，看似范围只有几个院落的网格员工作，做起来并不轻松；要做好，就更需身入、心入、真情、真意、真奉献，再苦、再累也不改初心，如深扎海底的红珊瑚一样，纵使“云遮雾盖”“风吹浪打”，也要“云里雾里放光彩”“风吹浪打花常开”，用奋斗和坚守续写无悔的青春之歌和多姿多彩的人生篇章。

二

回想起第一次穿上蓝领衫、戴上红臂章走进社区，履行网格员职责的情景，宋夏忍俊不禁地笑着说：那情那景，真的是一辈子也忘不了。借用一句古诗说，真正是“兴奋与尴尬齐飞，热情与冷淡和狐疑同行”。

他之前也想着，入户采集信息时，可能会有居民不配合，如不开门、不让入户，或是让进门了却不按要求提供有关信息等；但转念一想，大家都住在一个小区里，虽然叫不全姓名，但彼此也都认识，应该不会出现明显的“拒绝入户”的现象。他再多些耐心、真心、真情和热心，“入户难”的问题应该不会多见。

可事实却是，很多原来登记在册的住户，根本就不在那儿居住，具体住在哪儿，现有居住者或是承租人又不愿意提供或是真不了解、提供不了。这种“人户分离”的情况，真挺让人“挠头”的：他们的信息该从哪儿找啊？

“空挂户”找不到人，有些住户的人找到了，却因对网格员这个新兴的职业不了解，一看到穿着蓝领衫队服的网格员，感觉就像是“见到了令人十二分地打起精神、提高警惕”的某些推销员。

“好不容易敲开门，自报家门说，我们是咱们街道办社区的网格员……话没说完，人家已一脸狐疑地说：网格员？网格员是谁啊？不认识，然后啪一下把门关上；再敲门，人家压根儿就不再搭理了。”

宋夏惟妙惟肖地模仿着、还原着当时的情景，说这种情况在刚开始时，不是一家两家，而是比较普遍。

“也许是因我所在的那个社区，原来是济南一中等单位的宿舍，多是一些退休的老师等，他们的防范意识比较强，对个人隐私的保护意识也比较强吧。”宋夏微微一笑说。其中有三户人家让他特别难忘。

一户是他所负责的139号北楼2单元某户，是个群租房，住的人员多，平时回来比较晚，回来后洗洗涮涮、说说笑笑，动静大、嗓门高，影响到邻居休息，楼上邻居意见很大。

接到投诉后，宋夏多次入户都没有找到人，随后数次联系房东马老师，但房东却不太配合，说房子租出去了，让他有什么事直接找租户。

宋夏便找到群租户主——某餐饮公司负责人王某了解情况。一开始，这位王老师并不怎么配合，不愿提供有关人员的情况。宋夏便一次又一次地去与他沟通、协商，最终王老师把群租房所有员工的信息发给了宋夏。

宋夏通过电话、短信、面谈等形式，一一给他们做工作，让他们将心比心，注意“噪音扰邻”之事，与邻里和谐相处，方便他人也快乐自己，最终圆满解决了这一难题，公司负责人也与宋夏成为朋友。

另一户是他所负责的139号北楼一位独居的张女士，周边居民群众都说她性格有点儿古怪，平时也不与左邻右舍有什么交流。宋夏每次去敲门，这位张女士都是隔着门儿说话，连去了5次，张女士仍然是隔着门儿回话道：“这事我知道了。但我现在没空，等有空了，你再来吧。”

“入户难，那就打电话、发短信吧。”宋夏一遍遍拨通张女士的手机，一次次苦口婆心地给她说人口信息普查的重要性和紧迫性，说这是国家的大政方针，希望她能支持配合。怕她记不住，挂了电话后，宋夏又把所讲的内容摘要编成短信发给她。

终于在宋夏第6次敲门时，张女士好歹开门让他进去了，可随后却说：户口本在，但身份证找不到了。

宋夏微微一笑说：“没事。您慢慢找，我等您一会儿。”

张女士煞有介事地在家里左瞧瞧右翻翻，见宋夏仍然不急不躁，丝毫没有要走的意思，她便说要出去找身份证，让宋夏在家里等她一会儿。

“没关系。我就等您会儿。”宋夏极有耐心地对她笑着说，心里暗暗想道：只要能采集到相关信息，多等一会儿有什么关系？总比不让进门、采集不到信息要好啊！

可宋夏万万没有想到，她老人家一去就是一个多小时。

后来才知道，张女士当时根本就没有去找身份证，而且也不用出去找身份证，因她的身份证就在家里，她是借着找身份证，去逛大明湖了，顺便考验一下宋夏这位个儿不高、总是带着微笑的网格员，是否真如工作要求或社区干部所说的那样亲民、爱民、有耐心。

不知是宋夏的耐心和真诚感动了她，还是她的一次次拒绝和“考验”让她自己都觉着有些过了，溜达了一个多小时后返回家中的张女士，竟然一反常态地对宋夏说：“不好意思，让你久等了。”

之后的信息采集，自然是“想要什么，就毫不保留地提供什么”，宋夏十分顺利地将张女士和她的孩子、孙子等情况一一详细登记在册，为之后圆满完成人口普查等工作奠定了良好的基础，也让长期以来因独居带来的安全感缺失而不得不把自己包裹得像蚕蛹一样严严实实的张女士找到了安全感和幸福感，渐渐打开了紧锁的心扉。

几天后，张女士突然给宋夏打电话，说有件事想麻烦他给办一下。

宋夏热情如初地说：“没问题。你有什么需要我做的，请说。我是咱们社会的网格员，职责就是替居民群众排忧解难。”

虽不知张女士让宋夏办的是什么事，但从那之后，她周围的居民都说，张女士不那么古怪了，有时也主动与大家打个招呼、聊聊天了，有时还会告诉大家：咱们社区的网格员是值得信任的，大家有事时，可以放心地找网格员宋夏帮忙。

如今张女士见到宋夏，如同见到老朋友一样热情打招呼，夏天提醒他注意防暑补水，冬天则建议他多穿点，注意劳逸结合，别累坏了身体。

群众的理解和支持，如夏日的绿荫和冬日的暖阳，让宋夏深受感动和鼓舞，也让他在点点滴滴、日复一日的工作中，更真切、具体地感悟到了网格员工作在推进城市网格化治理和“以‘小网格’破解‘大难题’，全力打造共建共治共享的社会治理新格局”中重要而独特的作用和意义了，工作的劲头儿更大了，迎难而上的信心也更足了。

第三户让宋夏记忆深刻的人家，是他所负责的69号院一位姓修的退休老人。

老人七十来岁，家中就老两口，唯一的孩子在国外。他平时不怎么出门，周围邻居家稍有一点儿动静，就打电话投诉，整个楼上的人都知道他的脾气比较暴躁，特别不好说话，连门卫一听去找他家，都会担心地提醒说：注意点吧！别跟他计较。

人口普查时，他死活不让普查员、网格员进门，居委会、业委会或物业的人去，他也拒之门外。

人口普查是“大国点名，没你不行”的大事，大家便耐着性子，平心静气地从法、理、情几个方面，和颜悦色地劝他，但他老人家如吃了秤砣般铁了心，要么一声不吭，要么隔着门气呼呼地大吼一声：“我一见到生人就会莫名地发火、砸东西，别来烦我，走远点。”

宋夏一看这架势，就想方设法找到他爱人的电话，与她动之以情、晓之以理地聊了几次后，她总算答应拿着他的身份证和户口本，与宋夏在居委会见面登记，最终完成了人口信息登记。

三

也许是应了先哲“天将降大任于是人也，必先苦其心志，劳其筋骨，饿其体肤，空乏其身，行拂乱其所为”之言，宋夏等网格员刚到社区正式走马上任，就赶上了济南市创建精神文明城市的复审，他和同事们每天穿梭在社区的大街小巷，查找问题，熟悉情况，了解居民信息。7 月份又赶上了第七次全国人口普查，这是中国在“两个一百年”历史交汇点前夕所开展的一项重大国情国力调查，要求高、难度大，必须要将人口基数查得实、人口底数摸得清。这对刚刚上任的网格员宋夏来说，是一次大考和挑战，也是一次难得的机遇。

宋夏充分利用参与人口普查的机会，每天迎着霞光出门，顶着星星、月亮回家，加班加点地采集、整理普查数据。与此同时，他在社区工作的妻子，也如旋转的陀螺般奋战在自己的工作岗位上，他们刚上一年级的儿子只能托付给曾患有重症心衰的姥姥来照看。只有到了周末，孩子才能回到父母的身边，与一周难得见一面的父母一起过个幸福温馨的周末。

提起孩子和老人，宋夏几次红了眼圈，说他原以为做数字化城管巡查员时，工作范围辐射的是整个历下区，现在做社区网格员了，工作范围只是网格里的几个院落，应该能有机会多陪伴一下儿子，照顾一下老人，替妻子分担一点家事，让妻子、儿子和老人因他的努力而能多一点陪伴，少一点劳累和期待，但真正“穿上蓝领衫，戴上红臂章”履行网格员职责时才发现：网格虽小，但网格员的工作涉及社区治理的方方面面，家长里短，大事小情都得管。不但要熟知网格内的基本情况，如信息采集维护、重点人员和特殊群体服务管理、简易矛盾纠纷排查化解和有关政策的宣讲等；还要协助有关专业部门（如市场监管、生态环境、违法建筑、安全检查、人口普查等），做好相关的执法工作，这两大类工作是网格员必须要完成的A类和需要完成的B类事项；此外，网格员还需要完成C类事项的工作，即对其他一些专业力量负责办理的事项，如民族宗教、交通出行、非法集会、重点信访人动向、城市管理等，要积极巡查发现并上报。

“但我不后悔。因青春就是用来奋斗的，幸福也是靠奋斗出来的。”宋夏坚定的神情让我的眼前不由自主地浮现出几本厚重、鲜红的荣誉证书——济南市数字化城管信息采集员之星、历下区城管局学习标兵、历下区城管局环卫标兵和环卫好人……

这是宋夏在八年城管巡查员工作中所获荣誉的一部分，但他最看重、最珍视的还是2017年12月那个天蓝如洗、暖阳照人的日子，他面对鲜艳神圣的党旗，举起自己的右拳，庄严而激动地一字一句地宣誓道：我志愿加入中国共产党，拥护党的纲领，遵守党的章程，履行党员义务，执行党的决定……

“人口普查工作虽然辛苦，但加快了自己对网格信息的了解，也加深了自己与居民的联系，让居民群众了解、接受了网格员这一职业，有利于打通社会治理中‘最后一公里’甚至是‘最后一米’，有助于矛盾或困难的化解与解决，再苦再累也值得。”宋夏说这话时，语调一如从前，和缓如徐徐流过的清溪，我却听到了一位年轻的共产党员铿锵的誓言和坚定的步履声：生命追着信仰，岁月就披上了光芒；青春追着梦想，汗水就美好了时光。

四

在做好网格员信息统计、政策法律宣传、矛盾纠纷调解等信息员、宣传员、调解员也即俗称的“消息树”“大喇叭”和“和事佬”工作的同时，宋夏也十分用心用力做好网格员“总管家”也即管理员的工作。

“因为这项工作与百姓的切身利益联系最紧密，也是他们最关心、最盼望、最能直接感受到网格化社会治理成果和温度的大事。虽然有些事情本身可能很小，但对百姓来说，可能就是影响他们幸福感、获得感的大事，必须要积极去做好；有些事情则可能因为历史或现实某些原因很难办，但只要群众有所呼与需，就要敢于迎难而上，想方设法去解决。”宋夏不只是这样想和说，更以此为努力的目标和行动的指南。

“我们这儿的天然气何时能通啊？”这是宋夏上岗的第一天，网格里居民群众说得最多、问得最急的一句话。

宋夏立即将此事记录在工作日志的首页上，一边向领导汇报，一边走访了解有关的情况。结果是：这儿是有产权单位的宿舍，当年安装天然气时，单位没有上报安装，这儿就没有燃气主管道，现再补装天然气，就非常费劲儿，不仅涉及产权单位、燃气公司、市政管理等十多个单位或部门的协调，更涉及市政有关多少年一些道路不允许随便开挖的政策规定，这些协调、沟通工作，对一名新上任不久的网格员来说，绝非容易之事。

“没有风吹浪打，哪来的‘珊瑚树红春常在，风波浪里把花开’？”宋夏想尝试一下，挑战并检验一下自己是否能“努力到无能为力，拼搏到感动自己”。

他首先找到居民原产权单位了解情况，得到的答案是：房子都卖了，归个人所有，产权发生了转移，原产权单位也没有这样的费用开支，且居民意见难统一，不是百分之百的想安装天然气，他们也很难办。现在如果真想补装管道燃气，首先要弄清有多少户居民愿意安装，然后再与市政等有关单位沟通和协调。

于是，宋夏加班加点地统计居民对燃气入户的意愿，哪些户居民想安装燃气，哪些户居民不想安装；对于想安装天然气的，要收集其相关的身份证、房产证复印件等，之后每家每户派出代表参加有关协调会，尤其是有关初装费的计算等，这些都需要他这名网格员一一做细、做实。

与此同时，宋夏还见缝插针地到交通局、市政、燃气公司等相关单位走访请教，力争能早一点让这一片居民群众盼了一二十年的“燃气入户”问题得到顺利的解决。

功夫不负有心人。在街道、社区、市政等有关单位和网格员宋夏及居民群众的共同努力下，这个困扰了按察司街老旧城区居民多年的老大难问题终于迎来了曙光。

“盼了一二十年，现在终于快要实现了，真的比过年还开心！”

“希望年底能通上气！”

提起居民代表与燃气公司、施工方等单位签订“燃气入户”施工合同那天的情景，年逾八旬的退休老师梁文兰老人忍不住热泪长流，说她和其他一些老街坊老姐妹们商量好了，等燃气通了以后，他们要好好做几道菜，有滋有味地庆贺一下这个期盼了十几二十年的喜事和好日子。

随后，梁文兰老师从上衣口袋里掏出一张叠得四四方方的信纸，一边展开一边递给我说，这是她与另外两位老师写好、还没来得及交给社区领导的表扬信，不知对我的采访工作有没有帮忙。

五

我致谢的同时，快速默读起这份字迹不是那么工整、感情却饱满如泉涌的群众肺腑之言——

尊敬的按察司社区领导：

我们要表扬社区网格员宋夏。他自从分到我们墨北路 71 号居民院以来，一直兢兢业业、勤勤恳恳，不怕苦不怕累地为我们居民服务。

如刮十级大风并下大雨的那天晚上，别人都往家里跑，他却往外跑，查看路况，提醒（过往的）车辆、路人：这棵树枝掉在马路上影响交通，那棵树枝快掉下来了，注意安全。我们看到他在风雨中奔跑、忙碌的身影，既感动，也很心痛。

还有明湖东厦拆迁，他靠在那里，动员住户搬迁，不怕劳累，放弃休息，几个月未休。有时一直忙到晚上很晚。

还有我们院里贮藏室顶部的瓦片松动了，他及时提醒大家注意安全。

疫情出现后，他时常提醒大家戴好口罩、清洗手，及时打疫苗。

对我们这些 80 多岁的老人，他时时上门关心、问候，让我们心里温暖又很感激 。

还有很多事，我们都看在眼里，记在心上。

总之，我们都认为宋夏是非常优秀的网格员，待人和气，工作努力，成绩突出。他积极为我们争取了天然气通气问题，解决了一大问题，特此表扬。

张文媛、梁文兰
2021 年 8 月 31 日

在我默读表扬信的同时，梁文兰老师意犹未尽地补充道："仅开通天然气这事，我们在居民服务群里看到，他非常不容易，跑了很多部门。他是一名真正的共产党员，不怕苦，不怕累，全心全意为居民服务。"

我不无自豪地告诉梁老师：宋夏 2017 年在历下区城管局光荣入党，是历下区数字化城管指挥中心第一位入党的巡查员呢！

"好孩子果真是到哪里都孬不了。给他两个大大的赞。"梁老师呵呵笑着伸出竖起大拇指的双手，我们被她的幽默、热情逗得忍俊不禁，愉快的笑声顿时盈满了整个房间。

宋夏却微微羞红了脸庞，真诚而感激地坦言，谢谢居民群众对他及网格员工作的理解和支持！他会继续努力，做一名群众满意的网格员，当好社区网格的"消息树""大喇叭""和事佬"和"总管家"，为群众安居乐业贡献出自己的力量。

"网"事如歌

——东关街道网格员群英谱

宋俊忠 张丽语

这是万籁俱寂的夜晚，和所有普通的夜晚一样的阒寂。万家灯火陆陆续续熄灭，忙碌一天的人们渐渐进入梦乡。

闪着亮光的地方，除了天上的繁星，高架桥边的霓虹带，大厦上的广告牌，还有一处似乎很隐蔽的地方——网格化服务管理中心，电子墙上仍然不间断地传送着社区、街道、十字路口的图像内容。

这个夜晚与以往没有任何不同，只是因为疫情的特殊，所有的网格员

二十四小时手机随时开着，以防有突发事件需要他们去紧急处理。

子夜如水，空气都凝重得结成露珠，正是香甜的美梦发芽的最佳时刻。通知来了，一份督办单要求一个小时内落实一趟列车所有乘坐人员的信息。特殊的来电提示音，惊醒了东关街道所有的网格员。

一个都不能少

凡可以献上我的全身的事，我决不献上一只手。

——狄更斯

东关街道位于历下区西北部，地处三区交界处。东至山大路北段与历城区接壤；南起山大南路延长线，沿历山路至省征兵接待站，分别与建新、解放路办事处相连；西临大明湖、历黄路；北接胶济铁路与天桥区接壤。辖区面积约 2.66 平方公里，总户数 23798 户、总人口 61090 人，街道共有 8 个社区居委会，55 个网格，其中基础网格 52 个，专属网格 3 个。

2020 年 5 月份以来，东关街道党工委认真贯彻落实区委、区政府《关于进一步加强和完善网格化基层治理的实施意见》，提出了“把支部建在网格上、把服务做到家门口”的党建品牌建设方案，构筑“社区党委 + 网格党支部 + 楼院党小组 + 党员中心户”四级网格组织管理服务体系，街道班子成员包居指导、街道干部包网联系、社区班子包干负责、网格员包片到位的四级联动机制，网格内同步建立党支部，推行网格支部书记兼任志愿服务队长，党小组组长、党员骨干兼任志愿服务队员，加强网格员队伍，以“微心愿”搭建党群连心桥，以“微治理”构建睦邻和谐社区，用党员的志愿服务凝聚起各方共同参与社区建设的强大合力，从而形成“一个网格、一个党支部、一支党员志愿队伍、一面服务旗帜”的社区治理新模式。

别看这些冷冰冰的数字和框架式的语言似乎没有温度和热度，但在这背后却倾注了网格员们大量的心血和汗水。他们需要用脚步去丈量每家每户，去落实每个小区单元楼栋的实际人数。有的外出不在家，甚至把房子租出去的人，网格员总要想办法联系上房主，确保“一个人都不能少”。网格员们通过街道培训学习，通过“爱尚历下”手机终端 APP 完成“双实信息"录入三万余条，结合辖区居民工作生活特点，在早、中、晚居民下班在家时段入户进行走访，按要求对辖区住户的基础信息进行重新核实、补充，全面掌握辖区楼宇住户数、家庭成员的基本情况、就业情况等信息，做到不留死角、不留盲区。

这些前期烦琐细碎又看似杂乱无章的工作，一旦用网格化确定下来，后面的工作似乎就理顺了。就像这夜晚来的督办单，虽然只有一串电话数字，网格员按照前面整理的目录搜索，迅速去联系手机业主。

夜半时分，网格员实在不忍心去打扰业主们的睡眠，可是这关系到千家万户所有人的健康问题。一旦疫情不能控制，就像一个核爆发点迅速引燃，后面的恶果不堪想象。他们硬着头皮，不好意思地拨通与之有关的手机联系人。

有的通情达理，明白网格员的电话来意，积极配合；有的睡得迷迷糊糊，一听在调查他们外出情况立刻破口大骂，以为是被坏人骚扰；有的手机在半夜关机，督办员就每隔半个小时打一次电话尝试接通。历山社区的俞亦乐打通电话时，对方说的是日语。他听不懂，这可怎么沟通呀？忽然想起上学时学的英语，他就笨拙地用英语和对方交流了几句，问他家里有没有中国人，对方也用英语回答"My wife is chinese."这下好办了，俞亦乐就让他妻子接电话。这样他们又切换成汉语，很顺畅地沟通了信息。

"你们不知道南方人说话语速快，像说外语似的，我们也完全听不懂。"几个网格员坐在我们对面，聊起那天的场景，恍如昨日。"您能说得慢一点吗？我记一下。"他们用各种方法挑战了难关，终于把那次督办的所有相关人员信息在规定时间内上交给相关部门。

"还不止如此呢，我们一上班，12345的工作人员就打过电话来了。"原来，有的手机业主不理解甚至怀疑他们打电话的动机，就投诉了网格员。他们又赶紧电话回访，再次解释半夜打电话的原因。这次，手机业主被感动了："对不起呀，误会了！为什么咱们国家人口基数那么大，疫情能控制得住，就是有你们这样的人在努力，这就是中国速度、中国力量啊！"这样的业主会用自己的知识去维权，但一旦明白真实的情况，也一样会想办法去维护公理。东关街道网格员的事迹被他们用微信大加宣扬赞美。

轻伤不下火线

我没有别的东西奉献，唯有辛劳泪水和血汗。

——丘吉尔

确实，这些网格员值得大写特写！为了辖区的安全和稳定，他们背后付出的艰辛常人难以想象。正常工作时间是八小时，实际上他们经常早上八点上班，干到晚上一两点是常事。尤其是在疫情防控阶段，一旦接到紧急任务，网格员五分钟内要到岗处理问题。

防疫是重中之重，节假日他们更是绷紧了弦，特别关注旅游、出差人群。虽然有了处理督办单问题的经验，但是有时候在单位里打电话，几个网格员同时和相关人员联系，声音就会互相干扰。为此，他们需要戴着耳机。打的电话多了，“嘴都打谯偏了”。泺河社区王甜打到后来耳朵犯了中耳炎，用了快两周的消炎针，还觉得耳朵嗡嗡的。历山社区王延华为有效利用时间，边打电话边在电脑上记录。她本来就近视，长时间连续盯着电脑屏，视线常常模糊成一片。

2021 年 6 月 30 日，十一级大风在那天下午肆虐狂啸，才下午两点多，刮得历山路天昏地暗，倒了二十多棵大树，还把电线杆刮倒了。网格员们迅速到位，紧急联系供电部门先处理高压电线的问题，然后又和城管消防联系，赶着在下班高峰期来临前，争取把隐患解除。

等到忙完，他们饥肠辘辘时才想起来，中午本来就没顾上吃饭，这一下直接到晚上了。同事们脸对脸，你指着我说嘴上起了泡，我指着你说脸颊擦破了一点皮。有一个觉得手疼，这才发现刚才捡树枝时被划了一道长口子，流血了。

长北社区的魏俊萍那次和同事去正常巡访，发现 31 号楼的楼上楼下两家住户正吵得不可开交，声音从老远就传过来，让他们加紧了脚步。仔细一问，原来是下水道堵了，楼下的责怪楼上自私自利，冲厕所不注意；楼上的埋怨楼下没事找碴儿，他家下水道堵了和他有啥关系？两人的矛盾由来已久，经常为这件事争吵不休，这次直接火线升级，甚至想大打出手。

网格员们上前劝阻，楼下的挥着袖子直言说要和楼上的打官司。魏俊萍在当网格员前一直在公司里当主管，她性格豪爽惯了，说：“你们有在这儿耍嘴皮子的工夫，一起齐心协力就把下水道通好了。”见劝他们不听，魏俊萍直接和同事拿来疏通工具，亲自帮他们处理。那些屎尿裹着一些废纸、碎塑料被抽上来，臭气让向来干净利落的魏俊萍差点当场呕吐。她忍着恶心，和同事把现场清理干净，又对两家邻居进行了教育，使两家冰释前嫌。

她回到家，正赶上饭点儿。老伴儿做了一桌子好菜——南瓜烧排骨、清蒸鲈鱼、麦芹炒蘑菇，还有酸辣汤，都是她平时爱吃的。看老伴这么用心，还拿出了珍藏的好酒，魏俊萍才想起来今天是结婚纪念日。

可她哪有胃口吃得下，拿起筷子就想起了下水道里那些又脏又臭的垃圾，她忍不住跑到洗手间呕吐起来。老伴听她讲了来龙去脉，很不理解地说：“我说你怎么今天一进门一股臭味儿，你放着原来公司的高工资不要，非要干这样的活，费力不讨好。”可谁让她喜欢和邻里打交道呢？她再出门，对所有的人仍是和颜悦色，笑从心来。可是没人知道她那几天有了轻微的厌食症，吃饭没了一点儿胃口。她吃了几天药，又跑到心理咨询室，好歹疏通了心结。咨询员笑她：“魏大姐，平时都是你疏导别人，现在你成了被疏导对象了。”魏大姐也不好意思：“主要是没心理准备呀，我干净惯了，一下子顺不过来。”是呀，魏大姐穿着工作服也显得英姿飒爽，连短头发烫的小卷儿都一丝不乱。

大家劝她休息两天，她坚决拒绝：“我心理上缓过劲儿来就好了，咱好几个同事都带病工作，轻伤不下火线，我得向他们看齐。”

把委屈咽到肚子里

是非曲直苦难辩，自有日月道分明。

魏大姐又马不停蹄地跑开了。她片区的拆迁楼没有房产证，居民们又找到她。魏大姐积极地找到相关部门进行协调，有时候为了盖一个章，甚至得跑断腿。有些程序她也不完全了解，还要到多个部门去打听。可是有的拆迁的居民不理解她，用怀疑的眼神看着魏大姐：“为我们这房产证，

东关街道网格员丛晓雪（左）宣传反诈

你跑得这么勤快，捞了什么好处？”一句话噎得她快喘不上气儿来。

泺河小区的丛晓雪负责东关街道的第五网格。她是1986年生人，作为曾参军入伍的女兵不怕苦，不怕累。入职一年多来，她每天巡查自己所负责的网格区域，在她的网格内有500多户1500多人，商铺69个。入职之初，她在网格长的带领下，用一个月的时间建表建档，还每天查看沿街商铺是否按照城市化管理要求经营，是否存在安全隐患。居民楼道灯不亮了、井盖破损了这类事情，一年多来，她共处理上报解决了四百多起。

那天才凌晨四点多，网格内的独居老人给她打电话，说起床摔倒了，让她过去看看。想到丈夫正在值夜班，丛晓雪看看身边的孩子，只能忍心把他摇醒。孩子迷迷瞪瞪地爬起来，揉着眼睛说：“这么早就起床上学了？”丛晓雪帮着孩子收拾了书包，匆匆忙忙带他边出门边解释：有个老奶奶摔倒了，需要过去看看；又怕过了点儿耽误上学，等看了老奶奶直接送他去学校。

孩子一脸委屈地跟着妈妈去了老奶奶那里。老奶奶一开始还不高兴：“我让你来，你怎么还带着孩子过来？”幸好老奶奶没啥事儿，倒在地毯上只是皮肤受了点伤。但这样一折腾，孩子上学差点迟到。后来家人都知道了，觉得她也没法正常接送孩子，还带着孩子去受罪，劝她别干这份工作了。

丛晓雪的委屈是，网格内的居民不理解，她还可以通过时间多做工作；让家人也跟着付出了却不被理解，也真让她苦恼了一段时间。

这样的例子不胜枚举。有的被社区居民称作“刺儿头”的人，最初见网格员们戴着红袖章，穿着蓝马甲出去，就指着他们鼻子骂，说他们“爱管闲事”。有的老人爱捡垃圾，堆到楼道里影响居民上下楼，还弄得整个楼道又脏又臭，网格员去做工作，老人干脆给他们糊大字报，诅咒网格员出门撞死。老小区里的楼道乱堆乱放现象一直是个让人头疼的事。有的楼没有电梯，他们要楼上楼下跑。一个网格员管七八栋楼二十五六个单元，他们一周内要巡视完所有网格内的人员。可最初在居民眼里，他们就是来找麻烦的。

东关社区有个人性格偏执，他有房有车，可是非要办低保，说自己有精神病。网格员按照要求让相关部门对他进行疾病鉴定，但他又不同意。看着网格员和相关人员站在门外，他死活不开门，在里面还骂骂咧咧，后来在外墙上涂上血淋淋的"杀"字。

另外一次，网格员把一个急症老大爷送到了医院，没有联系上老大爷的儿子，自己掏钱先垫付了住院费用。后来老大爷的儿子知晓后把钱转给了网格员，老大爷却怀疑网格员把儿子给自己的钱占用了。面对老大爷的质疑和纠缠，网格员有理说不清，幸亏老大爷的儿子还明白，要不这委屈都没处说去。

爱是给你的一片天

德国存在主义哲学家卡尔·雅斯贝尔斯曾说，教育的本质是用一朵云推动另一朵云，一棵树摇动另一棵树，一个灵魂唤醒另一个灵魂。教育是如此，爱更是如此。

委屈吃得多了，但网格员们没有停止爱的付出。作为街道的"大喇叭"，他们经常去宣讲政策法规，传达通知号召；作为总管家，他们大事小事都要操心。比如黄台南路46号院垃圾堆放问题；春天花园小区楼外施工，外露深坑问题；盐业宿舍小区、花园路平房电线裸露，路面雨天容易积水问题；辖区中小学校开学，守护孩子安全入校问题；辖区内施工工地、汽车修理厂、河道、主次干道安全隐患等等。发现问题及时反馈给城管、执法、公安、环保、绿化、环卫多部门，第一时间做出整改；积极配合学校，维护学生的入校秩序，筑起孩子们入学通道的安全屏障。

最常规的，是他们要经常去独居老人家看望孤寡老人，有时还亲自送菜送药，尤其是特殊天气更是跑得勤。在东关，你会经常看到这些画面：

画面一 泺河的小园庄 42 号冬天没有暖气，网格员李超就亲自挨家挨户收了房产证、户口本，帮着他们去跑手续，终于把暖气入户手续办下来了。大家很激动，一起给李超送了一面锦旗。

画面二 历山社区低洼地带还有平房。网格员担心里面的住户冬天烧煤不安全，越是冷天往他们家跑得越频繁。虽说现在用的是清洁燃煤也安了报警器，但是风大也容易导致煤气倒灌。网格员总是反复提醒他们注意安全。

画面三 东关街道有 10 条河道，8 个社区，越是在刮大风下大雨等恶劣天气的时候，越是网格员在外巡视最频繁的时候。2020 年冬天，有一天晚上零下 17 度，属于多年来罕见的极端天气。网格员全体出动分头行动，去桥下边、商场附近、地下车库、自动银行等容易有流浪汉蜗居的地方，看是否有需要救助的人员，给他们做通工作，送他们去救助站保暖。去的时候他们拿着军大衣，准备给需要救助的人穿。虽然自己也穿了保暖的衣服，但还是冻得手脚都僵了。甚至网格员还要再回最先救助他们的地方查看一下，毕竟去救助站是自愿原则，要防止流浪汉再跑回来。泺河社区有个流浪汉徒步走到七里河，被网格员发现了，把他送到救助站，又联系上他弟弟，流浪汉被领回家得到了妥善的照顾。

画面四 社区里的老年人是网格员用心照料的弱势群体，整个东关街道的独居老人都安上了一键呼，并且有红外线装置能随时监督到老人的安全情况。一旦有意外，他们二十四小时随时可以紧急联系救助人；而这些老人第一想到的就是网格员。有一次，一位老人晚上不小心摁了一键呼，长南社区的网格员冯玉芹收到了信息，一下睡不着了，赶紧和对方联系，可对方总是不接。冯大姐不放心了，半夜跑到老人家里。老人这才解释是自己不小心摁的，但没想到网格员这么上心，老人感动得握着冯大姐的手久久不松开。

说起这位冯玉芹大姐，很多同事也是向她竖大拇指。她原先做过五个单元的楼长，相对来讲比较有经验，也善于动脑筋解决问题。冯大姐把自己网格内的人员建了十五个群。比如房东必须进一个群，这样对楼层可以进行准确的消息传达，同时把片警拉进来，有问题及时交流；包括租房的房东，如果换了租户要及时回馈。有的房东嫌麻烦不愿反映，冯大姐就自己要了电话和租户联系，给所有网格内的租户建群。为让对方放心，她还把工作照发给对方并签订保密协议，证明只是为了保证他们的安全和更好地服务。其他的像辖区内的餐饮、网吧、棋牌室、美容院等营业者也给他们建群。冯大姐网格里的独居老人有二十多个，她为了能打开手机随时和他们联系，专门把这些老人的手机号输到自己的电话里。她在这些人名前面加一个大写字母“D”代表独居，方便第一时间找到他们。

冯玉芹因为管的是老社区，住户年龄普遍偏大。他们经常在晚上用飞线给电瓶车充电，充电时间过长有可能会爆炸。冯大姐每天晚上十点半就开始巡逻，到所有的充电桩去检查一遍，发现已经绿灯了的就帮着拔下电源线，避免起火。有的拔不下来，她就打电话联系业主，提醒他们用电安全。毕竟是半夜，人影稀疏，冯大姐出来也是胆怯，就经常让老伴陪着。为此网格内的住户都开冯大姐玩笑，说服务中心还给你配了一个“保安”保护你的安全。

是啊，安全无小事！为百姓服务，最基本的就先是要保证安全，安全永远是第一位的。这是网格员们的一致观点，尤其是在防疫工作上，更是时时处处以健康安全为准则。采访时，东关的网格员们讲了很多印象深刻的经历。

有一个 75 岁的独居老人，无儿无女，因为自己是季节性过敏体质，暂时打不上疫苗，老人焦虑不已。在网格服务中心的心理辅导间，心理咨询师专门对她进行心理抚慰。网格员也向她建议，等过了过敏季节、体质增强的时候再打疫苗也不迟。经过多次沟通，老人终于放下心来。相反，因为打疫苗的事儿也有些人拒不配合，认为别人都打了自己就不用打了；再者又认为自己不出门儿，也不会有什么影响。网格员就上门讲解打疫苗的益处。他们持之以恒的态度，让辖区内的住户打疫苗的积极性很高。区委区政府做了统计，根据十二至十七岁、大于十八岁和六十岁以上人员的接种疫苗的比例，东关街道都做到了前面。为了这项工作，他们对网格内的人员进行了预约上门登记，老年人打疫苗车接车送。在他们看来，老年人抵抗力差，疫苗是道基础屏障，否则一旦被传染，转重症的概率比较大。

在网格员的努力下，他们统计出来的数据显示，辖区内打疫苗的最高年龄为89岁。

33号楼一位居民出差去了疫区，回来以后需要做核酸检测并按要求隔离十四天，可该居民非常抵触。网格员就坚持不懈地做他的思想工作。一直到凌晨三四点，这位居民终于想通了。等到网格员放下心头一块石头，这才发现外面天已经麻麻亮，卖油条的开始出摊儿了。

在疫情防护的特殊时期，你又会看到一个新画面：老年人乘公交车需要刷健康码。为了方便他们出示证件，泺河社区的网格员采取了帮他们实时打印健康码的行动。等到七天有效期过了，网格员就重新给他们登记办理，这样极大地方便了老年人的出行。这一温暖的举动也让他们上了“学习强国”，受到了表扬。

铁打的营，盘着“流水”的兵

一个人像一块砖砌在大礼堂的墙里，是谁也动不得的；但是丢在路上，挡人走路是要被人一脚踢开的。

——艾思奇

网格员的工作经常要外出巡逻，挨家挨户去巡防，像流水的兵，但总是雷打不动地回归到服务中心这个铁打的营盘里。

长盛南区乔珊书记介绍，社区一共七十五座楼，纯居民楼四十五个，有七个网格员。每人都要分管十四项基础工作，包括防疫工作、人口普查等。每周他们都会开例会，把反馈的信息及时疏通，配合解决。

自从去年四级联动机制成立以后，网格内同步建立党支部，以“微治理”构建睦邻和谐社区治理新模式，得到辖区内居民拥护。为了让网格员科学有效地做好工作，培训和考核是必不可少的手段。为此，服务中心做了很多切实可行的部署。

一是健全管理平台，按照“一体化打造、一体化提升、一体化运行”的思路规范街道网格服务中心设置，由街道党政主要负责人牵头，分管副书记具体负责，职能科室定人、定岗、定责，负责街道层面网格化治理工

东关街道网格员于寅虓清理积雪

作的信息流转、事件处置、跟踪督导，以及社区专职网格管理员、网格信息员的选任把关、资格审查、上岗培训、督导考核等工作。依托网格化管理中心，网格指导员牵头负责，组织网格长、专职网格管理员、网格信息员及网格专业力量，做好网格化治理工作。

二是建立规章制度。街道成立了网格化社会治理工作领导小组，研究制定了《东关街道关于进一步加强和完善网格化社会治理的实施方案》《东关街道专职网格管理员工作制度》《东关街道专职网格管理员工作职责》《专职网格员工作流程》《东关街道专职网格管理员考核奖惩细则》等相关规章制度，并带领全体网格员进行学习领会，确保网格员规范履职，通过严格考核，督促网格员积极作为。

三是规范工作流程。街道专职网格管理员在社区“两委”和网格长的领导下，具体负责网格内基层党建、信息采报、便民服务、矛盾化解、治安防范、人口管理、政策宣传、心理疏导等工作。按照区委政法委统一要求，为网格员配发马甲、工作证、臂章，街道网格管理中心为专职网格员下发工作包、网格员工作手册、工作日志等规范工作用品，定期对网格信息员进行业务指导、培训并对日常工作开展情况进行记录、评价、考核。

有了营盘坚实的后盾支持，网格员做事更有方向，说话更有分寸，心里更有底气，而不是只凭一腔热血地苦干蛮干。

“上善若水，水利万物而不争。”正是网格员像及时雨、送水工一样孜孜以求的努力，才使社区的治安稳定，百姓和谐，才使每个夜晚都能宁静平和地度过。虽然网格员仍然是二十四小时待机，虽然电子墙上仍昼夜不停地进行着数字显示，可这些汇聚着爱意的光一点点、一簇簇，形成强大的合力，覆盖经纬有序的地表，在浩瀚的宇宙时空里，给这颗富有生命力的星球增添了更多的绿色和蓝色。

辛勤的蜜蜂儿

——济南市历下区建新街道网格员的故事

吴文峰

引 子

2021年秋，应邀采写济南市历下区网格员。在区委政法委组织的座谈交流会上，看一眼大屏幕上的《网格化社会治理工作汇报》，突然想到了一首诗，一首堪称世上最短的诗：网。作者是现代著名诗人北岛，题目俩字：《生活》。

“以300至500户为一格，统一划定975个基础网格；以机关企事业

单位、各类园区、商务楼宇、公园、山体、河道等为单元，划定282个专属网格。全区重新划定网格1257个，做到‘一张网’覆盖。”

“按照‘基础力量一员一格，专业力量一员多格、联动力量一格多员’的原则，配备专职网格员1000人，与社区干部、公安、城管、环卫等专业力量，党小组长、楼长、热心居民等一起，形成了‘一张网聚力，同心格共治’的局面。”

“为了便于理解和记忆，我们把网格员职责通俗地归纳为：消息树、大喇叭、和事佬、总管家……”

看着看着，我的脑海里突然又蹦出两句古诗：“采得百花成蜜后，为谁辛苦为谁甜？”

在场的区委常委、政法委书记李乐军也是一位作家，由他作词的《网格员之歌》响彻解放阁下、砚池山巅：“红臂章、蓝领衫，穿梭在都市网格间，大小事，我都管……”他说，全区13个街道都可以选择，最好就近，便于深入生活。我没有急于举手。等泉城路、趵突泉、大明湖、千佛山、解放路、文化东路、甸柳新村、东关、姚家、龙洞等街道被大家纷纷锁定后，我报出了我最想去的地方——建筑新村。

建筑新村，位于济南市历下区历山路以东，建于20世纪50年代。与二七新村、工人新村、运输新村、邮电新村、济钢新村等七个新村一起，属于当时市政府针对居无定所的贫困市民实施的重大“安居工程”。选址原则是“东西南北四面，沟壑涝洼八方”。

1981年夏天，我从南京地质学校甫一毕业，报到的地方就在建筑新村地界。路面不宽坑坑洼洼，路旁红砖小楼座座，是历山东路留给我的深刻印象。后来四海为家、探矿寻宝，远离繁华多年。等成家立业、正式迁户口时，才知道建筑新村街道办事处（以下简称建新街道）早在1982年1月30日业已宣告成立，办公地点就在历山东路30号。成立之初，面积为3.25平方公里。1985年底，辖和平路、花园庄东路、利农庄路、山大南路、益寿路、闵子骞路、山大路、建筑新村南路、历山东路、解放路10条马路和甸柳新村、建筑新村、和平路新村；设和平路新村东居、西居，解放路二居、三居、四居，建筑新村东居、西居，历山东路，山大路，山大南

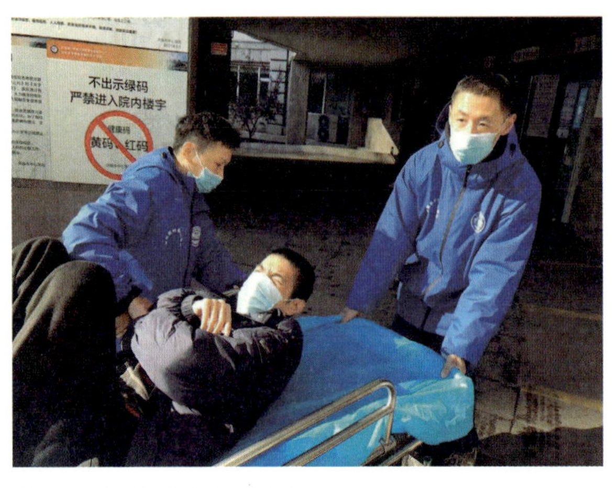

建筑新村网格员崔毅工作中

路，马家庄，利农庄12个居民委员会。这个时候，花园庄从历城区划入历下区，居民的农业户口转为非农业户口刚满6年。新命名的花园庄东路、利农庄路、山大南路、建筑新村南路、历山东路才5年。等这些细枝末节被我从志书里看到的时候，我已经在山大南路上居住了10余年。据此创作的散文《爱上山大南路》，后收录《历下倾城》一书。爱的理由：这是一条有文化、有品位的路，路旁遍植的国槐浓荫匝地，像极了北京的国子监街。路的东头连着山东大学及闵子骞路，拐弯就是以孝闻名的“笃圣”闵子骞墓。西边连着环城公园、护城河，向北一拐就是大明湖景区，有鹊华桥，有超然楼，有秋柳园，有闻韶驿，人文历史和风景名胜形影相随……我为此满怀自豪。

怀着同样自豪的心情，在一个秋雨绵绵的日子，我走进山大路183号——建新街道新的办公地点，近距离和网格员代表接触。我进一步深入了解到：经过1988年、2005年两次区划调整，目前建新街道总面积2.68平方公里。东到山大路，西至历山路，南至和平路，北到花园路，下设和平新村、解放路、历山东路、绿景嘉园、熙霖苑、花园路（第一、第二）七个社区居委会。常住居民1.5万户，近5万人，另有流动人口七八千。其中熙霖苑为2020年5月成立，位于解放路和山大路交界西北的中建国熙台小区内。10余年前，这里是济南铁路机械学校校址，校园里有两辆用于实习演练的绿皮火车，时常鸣笛声声，是一道独特的风景。后来，学校迁走，校园东南角建起华强广场，成为建新街道范围内最高的建筑。站在楼顶，俯瞰整个辖区呈北窄南宽的直角梯形分布，46个基础网格和11个专属网格紧密排列，52个专职网格员，天天奔走在57个网格内，上为政府分忧，下为百姓解难。

一、锦旗赞美诗

和平新村社区位于解放路南，有居民 3449 户，12000 多人。划分了 8 个网格，张海华任网格组长，同时为第七网格网格员。1980 年出生在菏泽农村的她，个子不高，白白净净，脑袋上梳着马尾辫，透着职业女性的干练气质。中专毕业后，她来到济南打拼，先后在大润发超市和银座购物广场工作多年。后来结婚生子，孩子上幼儿园时考取了育儿师，在济南阳光大姐家政公司当月嫂，一干就是 14 年，成为“金牌月嫂”。

2020 年 1 月末，新冠肺炎疫情突然来袭，张海华自觉参加了社区工作。她家住山大路 185 号院，有居民 89 户。为方便群众采购生活用品，她及早建起了团购群，为本院和周围的居民送货上门。看到社区工作人员忙忙碌碌，回家一商量，便做起了志愿者，和儿子一起参加了社区防疫执勤。有一天，张海华到居委会送货，工作人员告诉她社区近日将招聘网格员，问她愿不愿意干，她说“中”。报名后还没面试，她主动请战来负责处理一栋居民楼化粪池管道堵塞问题。当时屎尿横流一个楼洞，臭气熏天。社区薛书记找到她，手把手、心对心为她出谋划策，最后通过协商楼上楼下 10 户居民，请来维修人员连夜施工，在最短时间内成功解决了问题。这为她后来的顺利录取、4 月 30 日报到、5 月 1 日走马上任开了个好头。

网格员是总管家，大事小情都要管。张海华上任不几天，刚刚把自己网格里的楼院走了一遍，就接到居民李女士的电话，说山大路 183 号院一户业主趁她不在家，霸占公用楼道并安装了防盗门，严重影响她家作为中户的厨房油烟和热气排放。眼看盛夏来临，不解决可能会出大问题。放下电话，张海华既欣慰又着急，欣慰的是居民开始对网格员认可，因为李女士说是看到楼道里的“网格员公示牌”才知道有新官上任，说可有管事的了。那上面有照片，有联系电话，有工作职责。最下面一排大字，写着“我是联络员，有事您请讲”。工作职责有六项：信息员、协调员、巡查员、安全员、调解员、宣传员，调解员的任务就是化解矛盾纠纷。着急的是，人生地不熟，有点老虎吃天无从下口。和居委会领导做了汇报后，张海华明知山有虎、偏向虎山行。开始对方有意识躲着，电话也不接，张海华就和同事张雷联手，想方设法联系到当事人，请他自行拆除。顶着炎炎烈日奔波，几次苦口婆心劝说，对方就是不点头，说自己安了自己拆，这不是吃饱了撑的吗？张海华说：“你光顾自家吃饱了，没考虑邻居家油烟无法排没饭吃吗？远亲不如近邻，得相互照顾。”但那人就是不拆，最后上报区城管局，由执法人员依法进行了强制拆除。居民李女士对此结果非常满意，8 月 1 日送来感谢信后，又送来一面锦旗，上写“服务热情，为民解忧”。

这是她参加社区工作后收到的第三面锦旗。第一面锦旗，就是她穿上蓝马甲之前，因连夜协调解决化粪池污物横流问题而获得的，锦旗内容为“一心为民、热情服务”。第二面锦旗，获得于 2020 年 5 月，居民张先生用“热情服务、廉明高效”8 个字感谢她与第四网格员肖彤为其解决了家中厕所堵塞问题。第四面是和平新村五号楼二单元的三家住户所赠，内容是“服务热情，一心为民”，以感谢包括张海华在内的网格员及居委会，协助解决了厕所漏水及漏电停电问题。

得到帮助，无以为报，把精练的文字印上大红的锦旗，当面表达谢忱，这就是朴实的中国老百姓最朴素的感情表达。据了解，自担任网格员以来，无论是疫情防控、创建文明城市，还是第七次人口普查，张海华都是马不停蹄的节奏。所在网格内有 6 院、12 座楼，329 户居民，981 人，党员 74 人，残疾人 20 人，老人 89 人，妇女 79 人，低保 4 人，志愿队伍 2 个，商铺 46 个，她都了如指掌。她共为本网格居民解决大事 10 多件，小事 200 多件，采集信息 1450 件。除了 4 面锦旗 3 封感谢信外，还有济南 12345 市长热线反馈的表扬工单 8 个，其中就有 2021 年 8 月 26 日为旧楼申请的煤气管道改造。她说：“我觉得干网格员是累并快乐着，毕竟有能力帮助别人，是一件令人高兴的事。今年有居民朋友要送锦旗，我都一口回绝了。我们网格员不是外来户，街道就是我们的家，给自家亲人做点事，用不着这么客气！”

张海华和同事们的一言一行，居民都看在眼里，记在心中。家住山大路 184 号院内的李复云先生，老两口都是热心人，儿子一家在国外定居，网格员肖彤与张海华经常上门探望。2020 年 12 月 30 日，李复云给二位打电话，说无论如何到他家去一趟。担心两位耄耋老人有什么事情要帮助，俩人很快跑去。迎接她俩的是弥勒佛一样笑嘻嘻的脸和一首打印在粉红色纸片上的四言诗《赞网格员》：“海华肖彤，雷厉风行。入户走访，体察民情。群众困难，牢记心灵。疏通管道，路灯复明。扶老助残，百姓安宁。邻里和睦，感谢华彤。”

收到这样的新年礼物，做了 7 个月网格员的张海华和肖彤特别高兴。她们说，这不光是对我们俩，也是对全街道 52 名网格员、对全区 1000 名网格员的褒奖，换上谁的名字都合辙押韵，因为我们是同行。

“我把咱们的网格员都宣传到美国去了。儿子住在达拉斯，是个高级电脑工程师，更是个爱国迷，知道有网格员照顾，他和孙子都很放心。”李复云说这话的时候，一脸郑重。

其实，这样的赞美诗，好多网格员都收到过。其中解放路社区基 05 格的梁艳红去年下半年就陆续收到 6 首。

二、梁艳红和赵斌

蓝色马甲红臂章，网格服务我担当。
居民生活有不便，第一时间到现场。
协调疏通下水管，正常生活有保障。
失去亲人老人痛，入户安慰平悲伤。
社区和谐我幸福，社区美好我光荣。

以上诗歌就是梁艳红收到的 6 首诗歌之一。作者宗建新，是一位 60 多岁的退休干部，显然是以赞美网格员的口气写的。梁艳红说：“建新老师写建新街道的网格员，我非常喜欢，其实我家就住在建新南路 4 号院，属于历山东路社区。但那天网格员报名去晚了，名额满了，赶快去了解放路社区，终于梦想成真！”

是的，每个人都有梦想，尤其是青年人。梁艳红，一个高个子女孩，1981 年 2 月 13 日生，2000 年从省立医院卫校护理专业毕业后，先后在省府医院、武警医院、省中医、省妇幼等医院工作过。她是个非常细心的人，做过的有意义有成效的工作都做了记录，有的还做成了“美篇”，包括宗建新做的 6 首诗，都配图展示，赏心悦目。

解放路社区，有一对吕氏姐妹，俩人都患有精神障碍疾病，需长期住在市精神卫生中心，进行康复治疗。每月，梁艳红会雷打不动前去探望。为她们购买爱吃的水果、牛奶等营养品和热腾腾的饺子。每到换季的时候，还主动为她们购买合适的衣物，并按时为她俩缴存住院费，真正做到了胜似家人般的照顾。2020 年 12 月 4 日一早，解放路社区接到精神卫生中心电话，告知正在住院的姐姐吕华林昨晚摔了一跤，目前病情不明，担心脑血管出现问题，希望社区尽快派人过去。社区主任孙薇听到后万分着急，立刻通知梁艳红等前往。到达医院后，梁艳红及时拨打了 120 急救中心电话，并与医护人员一起就近把她送到九〇医院进一步检查。挂号、就诊、拍片，在暂时排除脑血管问题之后，又预约了三天后的核磁共振。12 月 7 日下午，梁艳红又一次赶到市精卫，接出吕华林来到九〇医院，直到检查结果出来，知道并无大碍，才放心地送她回去，并与卫生中心的主治医生做了详细交代。此时天色向晚，等她冒着寒冷赶到家中，又过去了一个多小时。儿子问她冷吗？她说冷，但心里热乎乎的，因为她听到了意识清醒时的吕大姐说的五个字：谢谢网格员。

2021 年 1 月 9 日晚 9 点，梁艳红突然接到居民反映解放路 122 号 2 单元 4、5 层停电的电话。考虑到情况紧急、线路问题复杂棘手，她急忙向居委会主任孙薇做了汇报。建新街道应急办、建新街道党工委张宁副书记等第一时间赶到现场，进行督办。经排查，找出空气开关烧毁导致停电的原因后，她又和相关产权单位的领导进行沟通，经多次磋商，达成一致意见，故障最终得以排除。她的工作做到了行动不迟滞、服务零距离。

2021 年春天，历东花园 5 号楼独居老人周阿姨，因身体不适到医院就诊，医生给开了中药调理。因病人较多，药下午才能配好。梁艳红和同事得知后，主动到医院取药并送至家中。当天，周阿姨专门拨打了 12345 市民服务热线，点名对两名网格员表示感谢。

2021 年 8 月，梁艳红在巡查时发现，中心医院过街天桥上时常有“街头算命”诈骗团伙作案，有人专职“算命消灾”、有人专门放风、有人专门做“托儿”，以此骗取群众钱财。经多次蹲点，于 8 月 24 日抓其现行，并联合城管、民警将诈骗团伙送交派出所，同时对现场群众进行反迷信、反诈骗宣传。

这些大事小情，都反映出了网格员的用心用情。难怪有人还编了快板书送给梁艳红：打竹板，走上前，我们是社区网格员。立足社区为居民，是社区大家庭的一成员。网格服务进万家，大事小事不嫌烦，邻里之间要谦让，日常生活礼当先。小社区里大社会，全民参与莫旁观。和谐社区大家建，复兴大业定实现，复兴大业定实现！

那天采访，我还无意中拍到了梁艳红为同事赵斌整理红臂章的镜头。红臂章上，象征地球的圆形图案中间，写着“历下网格员”五个大字，下面八个小字写的是“大美历下，网格服务”。大字小字，都金光闪闪。

赵斌是花园庄第二社区的网格组长，当上网格员，是必然也有偶然。

2020 年 5 月 1 日之前，他是历下区城管队的巡查员。当时 32 岁的他，已经在这个位置上干了 8 年。21 岁那年，他从山东电子职业技术学院毕业，做过眼镜加工师，也打过零工。他通过参加社区疫情防控，看到张贴的网格员招聘广告，没有丝毫犹豫就进去报了名。他说工资待遇是一个方面，主要是对最基层工作有种好奇和热爱。原来的城管工作也不错，及时发现问题上报配合各部门处理；但防疫期间，通过参加楼院执勤和为居民服务，与许多基层一线的社区工作者接触，感觉到他们的工作更充实、更扎实，想加入他们能更好地为居民服务。

“原来一天 8 小时工作制；当了网格员，又兼着网格组长，天天 24 小时开机，24 小时在岗。老人得病了打电话，家里上不去网也来找，累是累，但觉得很值！”一脸忠厚的赵斌说着说着，对着我点了一下头，“你说对吧？哥！”

2020 年 5 月 22 日一早，赵斌接到利农庄路 31 号院热心楼长的电话，告知院内一对无儿无女的高龄夫妻，男的长期卧病在床，最近病情严重，需住院治疗。第一时间上报居委会主任后，赵斌立即和同事杨军一起赶到老人家中，和楼长一起把老人从 3 楼背下，用轮椅推到医院，帮助办理入院手续并进行各项检查。老人住院期间，赵斌定期前去看望。后又和 120 一起护送老人转院治疗。一个月后，老人不幸离世，赵斌又帮着料理后事，

网格员杨军

像对待亲人一样祭拜并送最后一程。接下来，他把定期看望独居的老奶奶列入日常行程。老奶奶十分感动,送来锦旗表示感激。锦旗上写着“帮贫扶困无私，爱在人家温暖”。看到这几个字，赵斌偷偷地抹起了眼泪。他说：“能让孤独的老人享受温暖，干这份工作，干对了，值得了。”赵斌的工作态度也得到了各级领导的认可,在历下区统战部、区文明办、区直机关党委等单位举办的“历下榜样.最美青年”选树中，他获得“崇德守信好青年”荣誉称号。

利农庄北边就是花园庄。花园庄里两棵上百年的古槐在城市改造中得以保留，并立碑保护，至今枝繁叶茂，成了居民乘凉聊天、记住乡愁的好去处。采访中了解到，为了社区管理更美好，花园路社区第八网格的网格员贾祥莉，还在街道的统领下，协助请来管家——物业公司入驻神光花园小区，博得了居民称赞。

神光花园，位于山大路57号，建成于1990年代。3栋楼132户，户均130平方米。30年来，一直没有正规物业。目前，老住户只占三分之二，其余都租了出去，要么是隔断群租，要么成了山大路科技市场经营人员的仓库。环境脏乱差，安全存隐患，居民有意见。2020年12月，经过长期调研制定的整治计划开始实施，违规改建的隔断限期拆除，随意停放的车棚限时清除，冻坏的污水管道快速修复。随后经过民意调查，并在建新街道领导的直接过问下考察物业公司，今年5月公司正式入驻。俗话说，没有白花的钱，物业公司开门大吉后，首先在车棚内增加了充电桩，入口安装了门禁及ETC，机动车及电动车车位也画上停车线，小区的景色焕然一新。有老人笑着说，过去住在神光脸上无光，现在住在这里精神焕发，满面红光。大家参与社区管理的热情高涨。

凭着赵斌的热情，这两年，无论是利农庄 31 号院的暖气改造项目，还是 29 号院 3 号楼的电梯维保改造工程，以及花园庄小区的小区改造和引进物业与卫生清理现场，都有他埋头苦干的身影。但他谦虚地说，抽空和我们社区的袁帅和孟昭美两位网格员聊聊吧，一个最大一个最小，一男一女，都特别敬业，他们都是我的榜样！

三、最大龄和最小龄

国庆节放假七天，通常称为“黄金周”，今年也不例外。但由于疫情原因，好多人没有出门远行。但对于居住在花园庄路 250 号、76 岁的盛老太太来说，坐着网格员孟昭美的电动三轮车去历山东路 30 号接种新冠疫苗的经历，她觉得比黄金都值。

孟昭美，今年 55 岁，花园路第二社区的网格员，家住山大北路 100 号。这里过去是农村，叫官屋子庄。刚参加工作那会儿，她在济南童装厂上班，后来厂子倒闭自谋生路，曾在山大北路西头的“五花八门”小市场卖过早点。再后来，小市场拆除，自己到社区干 40、50 公益岗，一干就是 6 年，与社区干部一样，早来晚走。一是打杂，二是调节居民纠纷。去年参加招聘，成了专职网格员，负责第二网格，398 户，1200 人，工作更加兢兢业业。

10 月 1 日，孟昭美值班。上午参加创城活动，下午一上班就来到了花园路 250 号的中国重汽商用汽车总装厂第一宿舍。这个地方她之前来过，动员 60 岁以上的老年人去街道接种疫苗。当时这里一个姓盛的 76 岁老太太查体查出血压高，还有其他毛病，暂时不想打。今天，她了解到老人血压高压到了 160 以下，属于正常范围，就又来问问。

“大姨，最近身体好吗？血压咋样？降下来了吗？”

“基本正常了，托您的福，别经常挂牵着。”

“昨晚看电视了吗？美国死亡病例快到 70 万了。”

“看了，就这样他们那里不是好多地方还反对戴口罩吗？”

“是的。最近南方也发现了新增病例。您想打吗？”

“想打啊，就是我晕车咋办？”

“我用我的电动自行车驮着你去好吗？”

“好是好，就是太麻烦您了！”

“没事，走吧。早去早回！”

孟昭美趁热打铁，推过电动自行车，将老人慢慢扶上，说一声抱住我，便驶上花园庄东路，拐进利农庄路，穿过绿景尚品小区，从绿景嘉园南门出来，向南不远来到街道接种点。“这条路基本没有车，老太太不大害怕”。注射完毕后，两人按原路返回。

与孟昭美从公益岗转行为网格员相比，新来的大男孩袁帅则是从防疫志愿者成为网格员。

2020年2月6日（正月十三），利农庄路23号院发现确诊病例，实行紧急封闭管理的消息惊呆了好多人。当然也包括住在利农庄路4号院的袁帅一家。袁帅，2001年3月17日生，山东劳动职业技术学院汽车检测与维修技术专业即将毕业，正在一家汽车4S店实习。按往常，此时的4S店生意兴隆，可受疫情影响，仍在关门。2月8日元宵节，袁帅从网上看到确切消息:《济南21小区出现确诊病例！济南市防疫指挥部紧急通知！》消息显示，截止到当日12时，济南累计确诊42例！其中7例居住在市中区，7例住历下区，1例住历城区。这俩区与花园社区都是一道之隔。居住在历下区利农庄23号的丁某某，男，48岁，从湖北襄阳自驾返回济南，1月27日凌晨抵济后居家隔离观察。2月6日市疾控中心复核核酸检测阳性…… 此时，袁帅已经得知建新街道正在“泉心愿”平台招募党员志愿者，要建立“红色管家”“爱邻联盟”志愿服务队伍，马上报名参加。他每天下午站在楼院门口，对进出人员测量体温、登记信息，直到2月20日24时，利农庄路23号院疫点正式解除隔离。第二天，大众网便以《利农庄路23号院顺利“解封”幕后故事:网格化管控，全闭环管理，建筑新村街道“0531”工作法见成效》进行了报道。其中提到这里的网格事务由网格员“一人通办”，网格员既是信息员、管理员，也是服务员、宣传员，承担党建、综治、公安、城管、安监、环保等六大职责。还提到正式解除隔离的“第二天，建筑新村街道党工委副书记、办事处主任李刚等同花园路社区党委书记杨矗、居委会主任杨学华一行对解除隔离的居民，分别登门进行慰问，送去党和政府的关怀”。

2020年3月2日，袁帅从网上看到一篇《坚守一线，抗击疫情：济南市历下区这些平凡人的不平凡事》，里面提到了“双杨合璧 实力搭档”，说的就是花园路社区杨蠹书记与杨学华主任，“双杨”组合发挥“硬核”力量，带领社区干部、网格员、志愿者们共同奋战在防控第一线，成为最美的“逆行者”的故事。这些平凡人的不平凡事就发生在他的身边。

通过此事，历下区感受到了网格化管理的魅力，决定大张旗鼓招聘网格员。消息一发出，19岁的袁帅先给自己做了一回主，第一时间跑去报名，成了花园路社区年龄最小的网格员。直到4月30日报到，袁帅已担任“防疫卫士”近3个月了。

“不光在花园路社区最小、建筑新村街道最小，恐怕在历下区1000名网格员中，也是最小的！”赵斌介绍。

“当了一年网格员，最大的感受如何？”根据赵斌提供的手机号码，电话打过去，《网格员之歌》响起接通后，我直奔主题。

“说实话吗？这活真苦啊！天天闲不住。开始说六大职责、四大员，一人通办，其实是13类职责42项任务。好在都熟悉了。和55岁的孟大姐相比，我干不好也说不过去啊！”

“我现在属于花园路第二社区第三网格，这个社区今年五一后才刚刚划分出来，内有453户居民。以前的辖区里有位106岁的老人，隔一段时间就去看看他。我俩相差近一个世纪，听他讲讲艰苦创业，感受一下幸福生活，再苦再累也觉得没什么啦！”加微信查看朋友圈，发现袁帅身高足有一米八多，方头大脸大眼睛，是个十分健壮的大男孩。

袁帅，作为最年轻的男网格员，都说工作极累。其实，上有老下有小的更累，譬如唐燕。

四、谁衔甜蜜入百家

绿景嘉园社区网格员唐燕，长着一张娃娃脸，是那种面带三分笑，说话笑十分的开朗女士。1980年3月3日出生的她，2002年从山东劳动技术学院毕业后，一直在山东省交通运输集团从事财会工作，风吹不着、雨淋不着，地点是天桥区济泺路的济南长途汽车总站。每月工资4000多元，加上年终奖，平均下来月月超过 5000 元。近两年，公婆相继患病，她父母身体也不是很好，9 岁的儿子刚上小学。为了就近照顾老小，她辞职当上了网格员。

“招聘时，社区书记和我谈话就说过，要有心理准备，下雨下雪、过年过节时最忙，居民在家里，我们到外面。当时不理解。疫情防控，天天早出晚归，已经习惯。没想到了大年三十，值班值到深夜 12 点。破五那天，又是 12 点。我家住在历城，来回骑电动车。夜里路上人少，心里直扑通……”

2021 年 7 月，唐燕被抽调到派出所协助疫情调查。主要任务是打电话摸排核查有关人员信息，从身份证号码到出行详情，仔仔细细询问，工工整整记录，每人至少 10 分钟，一天 100 多人，一坐就是十几个小时。低矮的小板凳硌得她屁股疼，不间断重复相同的问话，非常枯燥。

“当时，婆婆在医院化疗，母亲又患了脑梗也住进了医院，没办法，只好雇了陪护照顾我妈。实在是有点挺不住了。俺对象说别干了，3900 块钱，还不够交陪护费的呢！理是这么个理，本来是想为了照顾老的少的方便，没承想忙得不可开交。我说，咱们的爹妈有咱们，可社区的那些独居老人，身边无儿无女，我实在是放心不下呀……”

换工作一年多来，唐燕像只小燕子在自己的网格里飞翔。刚开始，有人不理解，逛什么逛？赶快回家吧。后来，楼道里有人乱堆东西，也找到她来反映：“对门处户的，我不方便说，你去说说吧！”“好，我去劝劝！”

山大南路 69—1 号居民，一直用的是商用高价电，一度一块多钱，已经十几年。唐燕知道后，主动到历下区供电局反映情况，来来回回五六趟，最后终于圆满解决问题。

后来，再有居民见到她，就说：“蓝精灵又来了！”

现在，担任网格长的唐燕，手下有 5 名网格员，24 小时开机。孩子说妈妈你这是当了领导吗？她说不是领导，是全天候服务员。

与绿景嘉园社区一路之隔的历山东路社区居委会，就在山大南路上。原来这里是鞋店和花店，是 30 年前街道的自建房。前几年收回来，重新设计装修，并挂上了社区党群服务站和社区民兵连的牌子。去年我从门前路过，瞥见里面的一面锦旗上写着“疫情无情人有情”，足有七八面。

这里的社区主任孙学玲曾被称为战疫“拼命三娘”。那段时间，她曾经连续工作36小时，心脏病发不离岗，抽空打针到半夜；50斤的消毒水桶一次提2个，一天走2万多步。当时，这个社区内有4100户、10000多居民和科技市场、赛博数码广场近2000家商户。居民区多是半开放式院落，5~6层的无电梯楼房，使得所有工作基本都要用脚丈量。当时志愿者张长永说“一天走26000多步，20000步在楼上”。后来，张长永成了历山东路网格员，49岁的他把坚实的脚印叠压在社区的角角落落。谈起那段经历，他说从大年二十九起，就主动承担了辖区内43个无物业管理楼院的消杀工作。每天一早，他戴上口罩来到社区，配好消毒液，灌满十几个喷洒器、喷壶，放到自家的电动三轮车上带走。随后，背着重达40斤的喷雾器，足迹遍布辖区43个楼院、81栋楼、346个单元，汗湿衣背，口罩摘下来里面都是水，衣服让消毒水漂褪色了好几身。历山东路3号院的楼长王润凯说，张长永消杀特别负责，一个小角落都不放过，刮风下雨，一次也没少过。每次在院里看见他都是一头汗，让他在检查点上歇歇，他都拒绝，说还有其他楼、其他事没干完呢。

2021年6月，随着中建国熙台小区居民的大量回迁和入住，从历山东路社区分离出来的熙霖苑社区应运而生，位于华强时代广场以西原济南铁路机械学校旧址。6月15日，花园路社区网格员巩兆琴调到熙霖苑社区，并担任网格组长。这个地方她非常熟悉，因为她之前一直在附近的科技市场工作，人称“科技市场热心大姐”。出于热爱，她考取了历下区首批网格员。上任不久，她就主动联络，解决了官屋子庄38号老旧小区的路灯安装、路面硬化、垃圾桶摆放、停车线划定等问题，使整个小区的环境焕然一新。居民送锦旗她不要，只好送到居委会。来到熙霖苑，她很快了解到，这里有回迁房有商品房，共有1716户，4065人，80岁以上老人197人，90岁以上老人40人，100岁老人2人，残疾人65人，党员111人，还有沿街商户等。

7月28日这天，巩兆琴做了一件感动居民的事。那天，第六号台风“烟花”逼近济南，她带领网格员们对辖区内所有独居老人进行全面摸排，并入户进行走访慰问。当走到国熙台8号楼1602室马翠芹老人的门前敲门时，无人应答，随即拨打电话，也无人接听。此时，巩兆琴一颗紧张的心又一下子悬了起来，这位独居老人无儿无女，肢体还有残疾，该不会出门或走远。她赶紧联系小区物业与大门门岗，协调沿街商铺查看监控，终于发现了马阿姨的出行轨迹。发现老人出门时没带雨具，她又立刻骑上电动车沿街寻找，终于找到树下避雨的马阿姨，并将其扶上车推回家中。马阿姨情绪有些激动，握着她的手一边流泪一边说："你要是我的闺女多好！我谢谢居委会！谢谢政府！"巩兆琴笑着说："不客气，只要您愿意，我们都是您的子女。"

相对于赵斌、张海华、梁艳红、唐燕、袁帅、孟昭美等，此次采访活动的指定联络员田玉敬的网格员工龄整整短了一年。1985年9月11日出生的她，2006年山东师范大学市场营销专业毕业后，在传媒公司工作多年。她第一次知道网格员是2020年，偶然在一家融媒体上看到，上海一位网格员在巡查楼宇时发现火情并及时扑灭。当时她心中充满好奇，觉得网格员是个神圣的职业，因此心生向往。2021年4月，她看到历下区又在招聘，便第一时间报名、备考，经过笔试、面试等，5月17日光荣地成为建新街道办事处的一名网格员。近5个月下来，她深深体会到，社区的工作虽然繁杂琐碎，但群众利益无小事，群众的需求就是自己的责任。作为一名社区网格员，只有全心全意为社区着想，尽心尽力地为居民服务，才会为广大市民美好生活的提升出上一把力。

走出建新街道办公楼，随田玉敬深入采访。瞥见铁栅栏上的8句话：见知心贴心而行，见民心聚力而行；见爱心善心善行，见细心身体力行，见关心同心躬行，见匠心踏实前行，见初心红心启行，见实心相偕同行。驻足细数，竟有11个心字。到对面不远的院中，传达室的墙上挂着"网格员驿站"的牌子。上面写着宣言：蓝马甲为你解忧，红臂章在你身边！

此时大门口有一位小男孩，正伴着《绣红旗》的音乐节拍，在"见心践行""鼓动心声"的鼓阵前蹦蹦跳跳。歌声起处风雷动，拳头落处鼓面红。

此刻，田玉敬的手机响了，《网格员之歌》的铃声响起：红臂章，蓝领衫，穿梭在都市网格间。大小事，我都管，阳光路上与您携手向前……啊，小小网格大空间，平凡岗位书写不平凡，复兴路上共筑梦想，我是光荣的

社会网格员！

看着她们远去的身影，我的眼前似有一群蜜蜂儿飞起。

这些平凡的“蜜蜂儿”，忙忙碌碌飞入寻常百姓家，用自己的辛苦为“网”中的人们排忧解难，带来百姓生活的甜蜜。

五个“蓝马甲”的心声故事

——千佛山街道网格员工作面面观

刘 锬

前 言

在济南市历下区的各个社区里，活跃着一批穿着蓝马甲的人，他们入户调查、扶危救困、解决难题……整天忙得不亦乐乎。仔细看来，蓝马甲的左胸上是一个网格员标志徽章，右胸是单位名称。徽章的红底色代表党建引领。中心图案上“网”下“格”，上，意为空中天网工程，下，意为地面治理网格；中间“历下网格员”体现人在格中走，事在网中办。整体寓意天圆地方、天地人和谐的中华古老智慧。

带着好奇心，记者近日走进千佛山街道综治中心，近距离接触这些“蓝马甲”，了解了他们的工作日常和喜怒哀乐，还原网格员这个群体的本真。

走进千佛山综治中心一体化办公区，网格中心负责人史淑菁热情接待，并带领记者参观起来。史主任介绍到，近年来，千佛山街道党工委、办事处积极贯彻落实中央十九大、十九届四中全会精神，进一步加强和创新社会治理，完善党委领导、政府负责、民主协商、社会协同、公众参与、法治保障、科技支撑的社会治理体系，打造共建共治共享新格局。根据历下区建立完善“1+4+4”社会治理工作体系的总体要求，逐步形成以党建引领为核心，以区位聚和为特色，以多元共治为载体，以智治支撑为保障的社会治理体系，构建了“佛山慧治”社会治理品牌，并且收到了很大成效，网格员在社区中的作用正在逐渐凸显。

千佛山街道千佛东路社区网格员队伍

综治中心共有平安建设办公室、网格服务管理中心、司法所等 14 个功能室。其中，为了有效化解社会矛盾，做好居民调解工作，中心引入了“和合”调解工作室，还开辟增加了心理辅导室。2020 年，历下区“有话好好说”栏目在千佛山街道综治中心正式挂牌，并且建立了有话好好说调解工作室，进一步开展心理疏导、情感支持、心灵慰藉等服务，有效预防个人极端事件发生。

在网格化风采展示区，展示着新近评选出来的星级网格员。史主任说，社区网格员是进行具体服务工作的基本力量，是面对面经常接触群众的，社区网格员必须要有为群众服务的认识和为群众服务的基本本领。两年来，在综治中心的不断努力和有效管理的基础上，不断涌现出一批批优秀的网格员，今天我们就来听听这些“蓝马甲”的心声故事吧。

人在格中走、事在网中办

我们网格员进入社区工作有优势，也有劣势。优势是我们有一定的文化水平，可以为社区带来新的管理理念和创新意识；劣势是经验还不够丰富，需要进一步锻炼提高。因此，进入社区后，我们就像鱼儿在格子间游走，向社区居委会的前辈们虚心请教；另一方面，也要充分发挥自己的优势，为社区居民实实在在地服好务。

——千佛山社区第二网格网格员苏红红

苏红红所在的网格内有 8 栋楼，464 户，独居老人 32 人，肢体残疾者 9 人，精神障碍者 3 人，低保 1 户，失独家庭 2 户，党员 13 名。

在入职网格员之前，苏红红一直在千佛山办事处城管科担任内勤工作，主要负责 12345 案件处理。工作期间为更好地处理投诉案件，解决居民的实际诉求，提高居民满意率，苏红红学习了《物权法》《 城市管理条例》等相关法律法规，也曾多次到济南市 12345 指挥中心培训学习。她通过学习充实自己，积累工作经验，妥善处理居民各类投诉案件，并得到了广大居民的认可。2020 年春，得知千佛山街道招聘网格员时，苏红红毫不犹豫地报了名，而之前的工作经验也为她进入网格工作奠定了基础。工作从原来的电话沟通处理方式，变成了面对面的这种模式，一种全新的工作方式，新的挑战。如今回忆起来，苏红红还是记忆犹新。

2020 年 5 月份苏红红入职时，正值疫情严峻的时刻。在这场没有硝烟的战斗中，苏红红看到社区工作人员身先士卒、主动担责，深受触动。有了这些榜样，就有了前进的方向，她迅速调整状态投入到工作中。为摸清网格内的人口情况，掌握流动人员信息，她逐户走访，挨家挨户填写住户调查表；并结合原户籍底册、疫情防控登记表、民情日志等信息，为每一户居民建立了详细的户籍信息登记表；备注每一户家庭情况，做到网格内各项数据一目了然。即使是 60 周岁以上居家老人、独居老人、特殊关注家庭和精神异常、残疾低保等人员，她也做到了有详细的数字及家庭情况信息。

苏红红负责的东院宿舍里退休老年人居多。整个千佛山社区 80 岁以上的老年人有 511 人左右，东院占 260 人左右，且多数子女不在身边（外地或国外）。如何掌握他们的最新动态并施以援手，成了她的心事。为此，她制定了计划：每周电话回访一次，每半个月上门走访一次，及时了解他们的实际需求，解决他们实际存在的困难。

采访中，苏红红说起了印象比较深刻的一件事：东院有一位王阿姨，今年 87 岁，子女长期不在身边。王阿姨是一名阿尔茨海默病患者，苏红红跟她无法正常沟通。不巧的是，其子女的联系方式也无人知晓。王阿姨的情况刻不容缓，为此大家都非常着急。苏红红想起了党的群众路线方针，于是走访楼上楼下邻居，并将工作电话号码留下，拜托他们转达给其子女。邻居很给力，积极配合工作。不久，苏红红接到了王阿姨子女的联系电话，并被告知：老人意识时而清楚，时而糊涂，糊涂起来不让任何人进门，有一定的妄想症状。了解到详情后，苏红红便把王阿姨列为重点关注对象，与她的子女添加微信，及时沟通，同时拜托邻居发现问题随时与自己联系。在后期的工作中，由每半个月走访一次改为每周走访一次。有一次，苏红红在外出巡查的路上遇到了王阿姨，发现老人独自在路边徘徊，好像忘记了要去哪里。担心她迷路，于是苏红红一直将她护送到家，并将情况告知其子女。他们对此表示非常感谢。

帮助居民解决家常事情外，作为网格员还要各方面技术过硬。东院有一位老教授蒋世英，1944 年生人，是中国科技与人才中心特聘研究员。2020 年因疫情原因，蒋教授遇到一件知识产权案件，官司需要网上开庭。但是他的子女都在国外，而他又不会操作电脑。时间紧迫，无可奈何的蒋教授只得向社区求助。在得知情况后，苏红红和同事第一时间赶往蒋教授家中，协助他进行语音设备调试；并在第二天开庭之前再次赶到老人家中，帮助他熟悉会议流程，确保了案件的顺利进行。最后蒋教授感动得热泪盈眶，感谢工作人员帮了他一个大忙。

在与居民的相处中，从陌生到熟悉，从冷漠到热情，苏红红深刻地感受到辖区居民对她态度的转变。与居民维护良好的关系，是网格员的义务，也是一份荣幸。

2020 年 10 月，社区迎来了第 7 次全国人口普查，划分普查区域，确保普查全覆盖，按照第 7 次全国人口普查工作的总体要求，以地毯式的摸排方式逐一进行人口普查工作。当时能够参与人口普查这项光荣而艰巨的任务，苏红红感觉非常自豪，也很幸运，辖区居民对普查的支持，也成为她工作顺利前行的动力。

苏红红的心声：通过这一年多的网格工作，我更加坚定了自己当初的选择，我适合干社区工作，我热爱这份工作。用汗水服务百姓，用脚步丈量民生，设身处地地为居民们着想，运用自己的专业知识和能力去帮助和服务更多的人，我觉得自己的工作特别有意义。

居民无小事，“民情日记”来助力

工作不仅是为了拿份薪水，还为了成长和快乐。我觉得只有踏踏实实地用心去干，有责任感，才能把工作做好。谁家有人失业，谁家有人享受低保，谁家有空巢老人……我手里有一本厚厚的‘民情日记’，记录着社区里的大事小事。

——千佛山社区第三网格网格员田野

网格员田野

田野所负责的网格里有15栋楼，484户，1210余人，其中有独居老人17人，残疾者12人，精神障碍者5人，低保2人，失独家庭2户，党员19名，80岁以上老人72人。

田野是2021年5月份入职的，虽然时间比较短，但是他已经迅速适应了网格员的工作节奏。在采访中，田野说：“这几个月的成长和历练离不开同事们的协作和帮助，更离不开办事处领导和社区书记的关怀和指导。千佛山社区给了我很多温暖的力量和融入的归属感。在党委书记的带领下，短短几个月中，我经历了从疫情防控到宣传接种疫苗，再到上门入户做核酸检测，还有夜间抗洪防汛值班以及消防安全检查和创城等工作。”顿了一会儿，田野若有所忆地说道：“现在回忆起来，虽然过程充满了汗水和艰辛，但能够和领导同事们并肩作战、齐心协力、勇往直前，攻克了一个又一个难关，还是充满了成就感的。”

在平时工作中，田野关注的更多的是社区重点服务人群，包括独居老人、精神障碍者等弱势群体。平时，除了提高居民一户一档的信息准确率，他还坚持写工作日志，也就是“民情日记”，把为民解忧、调解邻里矛盾、消除安全隐患等如何办好群众“急难愁盼”的事情都写进去。现摘录几篇：

日记一：关心独居老人

在入户时，我认识了有精神妄想症的75岁独居老人谭桂清阿姨，并开始关注她。她曾经在家里把锅烧干了，玻璃锅盖炸碎了，她说有人在捣鬼，要陷害她。我们安抚她情绪之后，让她注意居家安全，并联系她儿子常来看望老人。从那以后，她经常来找我聊聊，倾诉一番。如果赶上我不在居委会的话，我们的同事也会热情地接待老人，陪她聊聊天。有段时间，我们晚上几乎天天加班，她说晚上如果看到居委会的灯还亮着，心里就特别踏实，因为知道只要有我们在，坏人就不敢来。

日记二：协调邻里关系

家住北院的居民杨晓泉，通过我们在每家每户张贴的网格员便民贴，添加了我的微信号，并给我打电话说：对门的住户几天前把空调外机安装在她家的窗户下面了，晚上空调外机的声音很大，严重影响休息。她自己不想去找邻居，害怕影响邻里关系，所以想让我们出面协调一下。我马上找到该住户的联系方式并打电话沟通了一下，得知他家里安装空调的时候，可能找的不是专业的工人，所以在选择安装位置的时候没有找到合理的地方。了解这件事情之后，我马上找到一个专业安装空调的工人，并介绍给了该住户，当天就把空调外机挪到了合理的位置。安装完毕之后，我拍照发给了杨晓泉老师，她看了之后非常满意，连连道谢，说居委会办事效率真高，帮她解决了一块心病大难题。

日记三：宣传疫苗接种

2021 年 6 月 28 日，14 号楼的鲍文杰老师请我协助她的孩子去接种疫苗。由于她的孩子常年在外地，对济南的道路不熟悉，就让我引领着去接种点。我走后鲍老师悄悄地去超市买了十几瓶饮料，给我们同事送过来表示感谢。鲍老师说："看你们很年轻，比我的孩子大不了几岁，现在天这么热，我每天都能看到你们从早到晚在大街上宣传接种疫苗，真是让人心疼。我们全家除了响应党的号召之外，也会积极配合你们的工作，请你们一定要注意自己的身体，小心不要中暑。"大家接过饮料后都非常感动，有的同事眼睛里泛着激动的泪花，感觉有这么认可我们的居民，就是再累也值得。这饮料喝到嘴里，真是一直甜到心里啊。

田野的心声：我从小就在千佛山脚下生活，这里有看着我长大的邻居叔叔和阿姨，也有发小和亲朋好友。我要为我爱的和爱我的人们出一份力。我热爱自己的工作，愿意倾听社区居民的心事，为他们排忧解难。我热爱自己的单位，更感谢关怀我们的领导和可爱的同事们。虽然前方还有很多的困难等着我，但我相信只要自己踏实肯干、任劳任怨、多向同事学习、多请领导指正，就没有克服不了的困难。

宁可备而不用，不可用时无备

一个人，一方格，一双腿，穿梭在居民楼院之中；
一个包，一支笔，一个人，记录着社情民意；
一张嘴，一双眼，一颗心，心系社区平安。
——这是我的工作缩影，网格是我的工作阵地。

——千佛山街道千西社区第四网格网格员胡安超

27 岁的胡安超，是个喜欢骑摩托的大男孩。自从他考上社区专职网格员，就承担起守护社区居民的一份沉甸甸的责任。因为他性格活泼开朗、爱开玩笑，所以被同事们亲切地称呼为“胡胡”。同事们眼中的胡胡是个阳光大男孩，是繁忙紧张工作中的“开心果”。

面对2020年初防控疫情的重大考验，胡胡用他充满青春活力的付出和坚守，在疫情的寒冬里播撒着爱与希望。“无论多晚，只要你们有事情都可以找我，我的手机24小时开机”，这是胡胡常说的一句话。正是有了这些基层工作的历练和感悟，让胡胡能够全情和扎实地投入社区网格工作，从容应对各种挑战。

平时一有工作安排，胡胡总是第一时间冲上前，他是千西社区最年轻的网格员，却主动承担起社区内许多的重活、脏活和累活。他负责的网格，有8个院落、590户，常住人口近1600多人，平时维护的居民信息量很大。他挨家挨户更新和补充居民信息，为残疾居民和独居老人建立一人一档，一直把保障居民的健康安全视为己任。

2021年7月份，济南的雨水与大风天气较为频繁，已进入“七下八上”防汛的关键时期。为应对突如其来的大风、暴雨袭击，切实保卫辖区内居民的安全，千佛山街道千西社区对辖区内可能存在的安全隐患进行突击排查。

在走访中胡胡发现，此前千佛山西路李老师提出的几棵生长茂盛的树，对两院间隔墙体产生挤压的问题尚未得到解决。他立即联系了楼长详细了解情况。因历下区政务审批大厅提出，对于树木的砍伐与修剪必须要由相关产权单位盖章批示，而两座楼分属两个单位，其中一个已倒闭，无法提供单位公章，所以事情一直很难解决。胡胡没有嫌麻烦，他和同事们迎难而上，多方联系相关单位落实盖章事宜，并按照规定在社区内张贴树木砍伐处理的公告……最后居民们都没有意见，才将所有材料送交历下区政务审批大厅，后由市园林部门对存在安全隐患的树木进行砍伐处理。

胡胡说，一件小事情也能反映出大问题，他们已经将此事的办理过程和方法步骤记录下来存档了，作为今后处理类似问题的母题方案。“宁可备而不用，不可用时无备”，这样以后遇到类似的问题，就可以照方抓药了。

从最初的腼腆问候，到现在跟居民热情话家常，人家见证了这个“机车大男孩”的成长和蜕变。时代在呼唤，青年有担当。每一个青年都在贡献着自己的力量，在大事面前不退缩、不畏惧，勇于担当。相信风雨之后，阳光会更加灿烂，青春韶华的风采会更加飞扬。

胡安超的心声：我感觉网格员其实还是信息员、协调员、巡查员、安全员、调解员、宣传员，集多重身份于一体的。用我的真心，换你一份信任；用我们勤劳的双手，共同编织出更加美丽的网格治理大花环。

小事不出门、大事不出格

作为一名网格员，必须掌握‘格格’内的大事小情，了解‘格格’内的不稳定因素和不稳定人群，掌握‘格格’里的一切基本信息，力所能及地为居民排忧解难。争取做到小事不出门、大事不出格，力争把自己的网格建成一个和平温馨的大家庭。

——千佛山街道棋盘社区网格员张乐

今年 34 岁的张乐坦言，能从事社区网格员这项工作，对于她来说是一种特别的缘分。

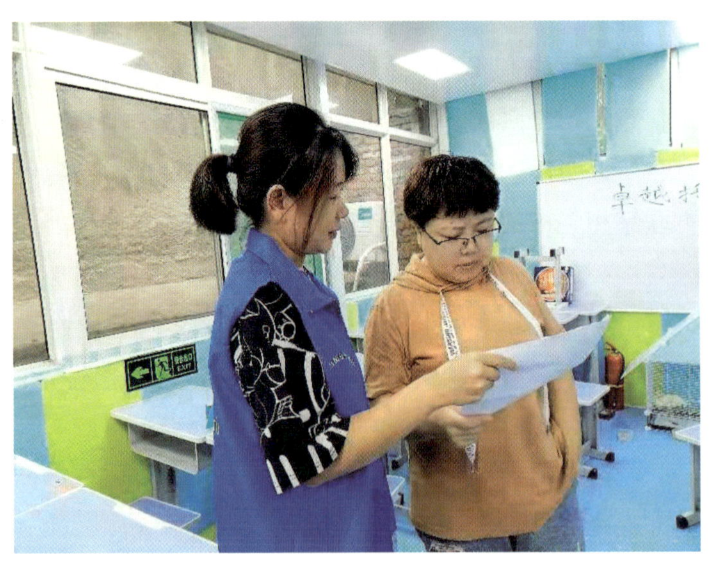

网格员张乐

2021年4月17日，对于张乐来说是个特别的日子，她报名了历下区网格员招聘考试，通过层层选拔，终于成为一名社区网格员。这使得从外地刚回济南的她有了正式的工作，并且能更方便地照顾家里的老人和孩子。所以，张乐特别珍惜这个工作机会。刚入职的时候，由于缺乏社区工作经验，张乐对网格工作有些摸不着头绪，后来经过社区领导的耐心教导和同事的热心指点，她很快适应了新岗位。

棋盘社区属于开放式老旧小区，张乐接管的网格又都是安置回迁楼，辖区居民老人多，出租户多，人员流动频繁，想要摸清居民的情况必须要做到脑勤、腿勤、手勤、嘴勤。网格内有8栋楼，26个单元，397户，其中有独居老人25人，在册残疾人14人，包括精神残疾3人，低保2户，刑满释放1人。

辖区内有一位特殊的老人，今年71岁，同属于独居老人、失独家庭和低保户。现在老人自己一人居住，生活无法自理，享受8小时居家养老服务。针对老人现在的情况，张乐总是定期上门探望，确保老人的正常生活，给老人送去了亲人般的问候和温暖。现在老人逢人就夸，张乐不是亲闺女，胜似亲闺女。

2021年夏季多雨，担心出现漏雨问题，张乐她们在领导的安排下每天坚持去各个楼层排查。一天，居住在3号楼2单元顶层的居民王先生找到张乐反映，因为下雨房顶漏雨，房子刚刚装修完毕，眼见新居被泡，心里很是着急。了解情况后，张乐立即上门查看，发现漏雨点比较多，地板已经泡得翘起来。由于老旧小区没有物业，只能找当时负责保温层的施工方来修补渗漏。经过她积极地联系督促，雨后第二天工人就上门维修了。事后王先生对结果非常满意，给张乐她们送去了一面大大的锦旗表示感谢。

张乐的心声：自参加工作至今刚满百天，亦属于网格员中的“新生宝宝”。但是，我珍惜来之不易的工作机会，珍惜与社区居民相处的美好时光。我会尽快增强工作能力，提高工作本领，用自己的热心和耐心更踏实地到网格中去，察民情、访民意、解民忧，在平凡的岗位上做出更大的成绩。

网格无小事，事事皆民情

我深深体会到在网格化工作中，‘网格化管理’织起了便民服务之网，感情沟通之网。做到群众的需求在网格中办理，矛盾在网格中化解，不仅提高了办事效率，也将党员干部与群众融为一体。

——千佛山街道佛山苑小区网格员秦易

秦易所在的佛山苑小区里有一户低保户，家里就母子二人，两个人都有智力残疾，还好能够听懂话，跟人可以简单地交流。平时这娘俩自己买菜做饭，基本能够自理。不过，这样的家庭仍是网格员们重点关注的对象，大家都会经常拜访他们家，看看有什么需要帮忙的。

有一段时间，这家的母亲生病了，儿子不懂得照顾病人，秦易马上联系了社区第三方服务人员，人家上门来看家里这种情况，直接说照顾不了。没办法，秦易跟居委会商量帮忙，请来医生护士上门服务，看好病。然后，他们还每天轮流上门督促老人吃药，帮忙买些生活用品回家，一日三餐热乎乎地端到老人手上。就这样，一干就是半个多月。

网格员秦易

突然有一天，老人家的门敲不开了。秦易在请示领导后，联系派出所民警一起把门撞开，才发现老人已经去世了。现场的人都很悲痛，可是后事还得处理。老人的儿子啥也不懂，帮不上一点忙。秦易跟同事们一起忙前忙后地处理各种事宜，叫来救护车，秦易亲自把老人背下楼，送上车……给老人送完人生的最后一程，秦易这才松了一口气，心里默念着希望老人一路走好。

2020 年 7 月份，佛山苑小区一区 15 号楼居民向居委会反映，因楼宇老旧破损，楼内电线老化，下雨天楼内漏雨出现严重的安全隐患，以及常年来楼内没有安装双气对居民来说很不方便，希望社区帮助解决。

一区 15 号楼始建于 1979 年，该处楼址长期处于产权不明晰的状态，事情解决起来非常棘手。秦易在佛山苑社区居委会的指导下，多次联系最初的产权单位，还到济南市、区两级土地局、规划局、档案局等相关部门查询，经过几个月的反复努力，终于让问题得到了解决。

居民为感谢社区网格员及社区领导的关心，将定制的一面锦旗送到社区居委会。现在，该楼已经安装天然气，集中供暖也正在进行中。

秦易心声：时间久了，网格内的叔叔阿姨们有什么问题都会给我打电话。一有时间我就入户与居民聊天，收集居民的难题和需求；没事的时候我就和他们唠唠家常，互相了解才能建立信任。我会用更大的努力、更贴心的服务，做一名让居民们更满意的网格员。

后 记

政贵有恒，治需有常；千里之行，始于足下。看来“小网格”真能破解“大难题”呢！采访结束，我已对网格员工作有了深刻的了解，并被他们的事迹和奉献精神所深深地感动着。

随后，我又找到千佛山街道综治中心负责人丁鹏主任了解更多情况。丁鹏是自始至终工作在一线的网格员管理者，他对网格员工作有着深切体会。在采访中，丁鹏坦言，网管工作两年以来，苦过累过，笑过也哭过，酸甜苦辣都在心头。但是每次为居民解决了问题，看到他们露出了满意的笑容，心里的成就感和幸福感就满满的。两年来，千佛山街道逐渐构建起了“佛山慧治”的管理局面，打造起了这个响当当的社会治理品牌，并且初见成效。

丁鹏将他们的几点心得体会奉献出来，以期与诸多同行共同探讨：

一、首先要选择合理的入户时间

经常会听到同事说，费了好大的力气爬楼，可上去了人却不在家，既浪费了时间，又消耗了体力，工作效率提不上去。对待这种情况，我们参照2010年的人口普查与“两实”资料，分析住户年龄层次，合理安排自己的工作时间。对于上班族，我们只能利用他们的休息时间上门；对于退休老人家庭，我们就避开早上老人晨练与买菜的时间、午休时间，比如雨雪天气就是一个较好的上门时机。

二、注重拜访他人的礼仪

目前的小区有物业型小区、单位型小区和杂居型小区等。物业与单位型小区的住户一般都是有正规单位、生活水平与文化素质都比较高的人群，对外界的警觉性也高。所以上门入户时，可以与物业管理部门联合进行。先征得住户同意，衣着要得体稳重，待人要礼貌诚恳，赢得住户的信任，便于后面工作的开展。杂居型小区一般是老居民楼，里面住户的情况就比较复杂了，有的是出租户，部分独居老人，还有的是几代同堂。对待这类居民，我们的穿戴不能太华丽，否则与居民很难拉近距离；言语要亲切，通俗易懂；更要注重礼貌，给他们多一份尊重，他们会给我们多一分理解。拉近心的距离，才能顺利开展工作。

三、巧妙地进入话题

做了简单的自我介绍后，说明自己的工作目的，这就让居民与自己的心理距离拉近了很多。如果住户是老人，在接下来的谈话中可以询问老人的身体状况、饮食情况以及子女居住工作情况，这样在聊天的轻松氛围中就了解了大多数信息，并且关系更亲密，后面的谈话就自然展开了。如果住户是上班族，前面的两项做到位了的话，就较容易得到他们的支持。在与他们聊天时，了解其工作性质，关系近了，在工作上还会给予我们很多建议与想法。总之，真诚地面对居民，用言语与行动打动对方，收获是意想不到的。

四、及时答复居民提出的问题

在调查过程中，经常会有居民提出有关社保、医疗、养老、计生等与其生活息息相关的问题。所以，这就对我们的业务知识与综合素质提出了较高的要求。如果碰到了自己不是很清楚的，或是一时难以解决问题，先记下来，承诺居民回话的期限，回来后咨询相关部门，及时与居民联系给予答复。这样既增进了相互之间的感情，又提高了网格员在居民心中的可信度，为后期开展工作搭桥铺路。

五、做一个勤快的有心人

社区网格管理工作是一项长期的工作，不是一朝一夕就能将工作做好，特别是在与居民的关系建立上，更要花一番心思。要做到腿勤：每天到辖区里转一转，到楼栋里走一走；嘴勤：多与辖区居民朋友聊聊天，及时掌握他们的生活动态，不懂的问题多问问相关部门与领导；手勤：将每天的工作记录在案，及时写下心得与感受；脑勤：多想想，多反思，怎样将自己的网格工作做到更好，做一个工作上的有心人。

最后，千佛山街道党工委副书记董正总结道，2020 年，千佛山街道办事处创造性地提出了“佛山慧治”的工作理念，并且不断完善“慧”治理，推广“五治”模式，逐步实现“平安零事故、矛盾零激化、联动零缺位、排查零遗漏、服务零距离”的五零目标。专职网格员充分发挥着“消息树、大喇叭、和事佬、总管家”的作用。疫情防控期间，在人员排查、单位消杀、复工复产、巡逻值守第一线，总能看到他们的身影，成为一道靓丽的风景线。

下一步，他们将在夯实网格管理工作基础之上，进一步提升“佛山慧治”市域社会治理特色品牌的“大平台”作用，发挥其为民服务中承上启下的枢纽作用，突出其守住安全稳定底线的阵地作用，增强其基层治理以点带面的引擎作用，从而能够更好地发挥网格员这个队伍的潜在能力，更好地为社区每一位居民服务，真真正正地为群众办实事。

一滴水可以折射出太阳的光辉，一寸阳光可以照亮一片黑暗。同样的，一个小小的网格员也可以担起守护一方居民的大责任。“小网格”破解“大难题”，那么，相信随着我们的网格员队伍建设得更加完善，以及“互联网＋社会治理平台”等智慧化工作职能的提高，我们所希望的共建共治共享的社会治理新格局，就会变成现实。

平凡的岗位书写不平凡

陶玉山

红臂章，蓝领衫，穿梭在都市网格间。
大小事，我都管，阳光路上与您携手向前。
走街巷，进商圈，我们的身影随处可见。
您需求，我来办，奉献爱心滋润幸福笑脸。

这首由历下区委常委、政法委书记李乐军作词的《网格员之歌》，用精练简朴、明了和韵的语言，比较生动形象地概括出了网格员这个新生岗位工作的性质特点和职能，使得我们对网格员有了更加深刻的了解认识。

是的，网格员的工作非常琐碎零杂，甚至不显山不露水，平时我们不格外关注，几乎可以忽略他们的存在。可是，如果我们在生活中遇到具体问题，我们就会由衷地感叹：宜居安逸祥和的生活，还真的离不开社区网格员呢！

刘永民，男，51 岁，历下区趵突泉街道文化西路社区第四专职网格管理员。2020 年 5 月，在趵突泉街道城管工作的刘永民看到区里发出的招聘专职网格员的信息，他第一时间报名，并且以名列前茅的成绩通过了政法委组织的面试，经过审核、专业培训后，分配到文化西路社区上岗，开始从事社区网格员工作。通过实际工作，他切身体会感受到了“小小网格大空间，大小事，我都管”这句话的精确到位。对这个岗位由喜欢到热爱，他走过了一段不平凡的历程。

刘永民管辖的社区区域内有 8 栋楼，33 个单元，392 户人家，大约 1200 人。这是一个以百年左右老建筑为主的大学宿舍居民生活区，老人居多，单是 80 岁以上的就有 150 人，另外还有失能独居的 12 人，残疾人 17

人。人员成分构成复杂，居民素质修养参差不齐，这给网格员的日常工作带来诸多不便。古人说得好："一切为民者，则民向往之。"初来乍到，刘永民就从和居民交朋友做起，以诚待人。人熟了，事就好办。他在手机上定好闹钟，每天上午九点和下午一点半在社区报到后，就在自己辖区转悠巡逻，看到有居民散步行走，就主动打招呼。同时按照相关规定要求，把自己的姓名、电话和近照等信息合在一起做成招牌张挂在辖区的显眼处，以备居民有事联系方便。时间长了，好多居民都熟悉他了，这为他做好本职工作打下了坚实的基础。

2021 年 8 月 9 日，星期一的上午，刘永民和往常一样，正在辖区内巡逻时，一个自称姓滕的非辖区市民拦住他求助，说是让刘永民帮着联系居住在辖区的姓宋的居民。原来，这个姓滕的前不久曾经帮着宋先生家里干活，尾款没有结。今天上午他来这儿，打电话给宋先生，对方不接；到他家里敲门，也不开，让他非常着急、懊恼。看到墙壁上张贴的刘永民的信息，他就记下来了，看到刘永民从对面过来，赶忙打招呼联系求助。

网格员刘永民

对辖区内居民情况已经大体了解，尤其是独居、身体状况不好的更是了如指掌的刘永民知道，今年59岁的宋先生身体不好，又独居，就急忙赶到西村，一边联系楼长，一边询问周边居民。有人说昨天下午还曾经见过宋呢；还有人十分肯定地说是昨天下午大约四点在西南门见过。听到这些，刘永民来到宋先生家门口，打电话，听到屋内有电话声，却无人接听。刘永民的第六感告诉他情况不妙。他马上和社区居委会的李建华主任和负责片警联系，汇报这个情况，同时简明扼要地说了自己的预感担心。李主任、社区网格长和片警不一会儿就赶过来，众人商议，不能耽搁，应该立即想方设法先进门，查看实际情况。主意已定，马上行动。大家通过窗户进入房间，打开门，却见宋先生歪倒在床前，早已经没有了生命迹象……

由于到场的社区主任、网格长、片警等诸人第一时间工作方法得力，应对措施得当，更由于刘永民这个网格员对辖区内的居民情况的熟悉了解，甚至烂熟于心，以及高度的责任心，最大限度地避免了一起独居居民死亡无人知晓的悲剧事件。“抓铁有痕，踏石有印”，细微之处见精神。由此更加证明了古人所说的“无论习何等业，总不可有粗浮心”的正确。而在辖区内的显眼处张贴网格员的信息，则为处理这个突发事件提供了最为直接的帮助。任何的收获不是巧合，而是每天努力与坚持的结果。

常言道：取法乎上，专注勤勉。把每一件简单的事情做好，就是不简单；把每一件平凡的事做好，就是不平凡。态度决定一切。网格员的具体工作就是和居民打交道，身体力行地为民排忧解难，解除后顾之忧。平时没有具体事情看不出网格员的重要。一旦遇到，就会觉得网格员的作用突出明显，甚至是不可取代的。毕竟在现实生活中，别人看来是微不足道、不值一提的事儿，而作为当事者却会认为是影响正常生活、影响身心健康的大事。正所谓：时代的一粒微尘，落到谁头上都是一座沉重的大山。

2021年8月13日，12345热线接到文化西路15号楼某室居民张某的电话，语气诚恳地指名表扬社区网格员刘永民，说是困扰自己的家里漏水的管道已经修好了，这下可以安心睡觉过日子了；同时，为刘永民的精神点赞，并且由衷致敬!

对于每天和市民打电话打交道、见多识广的12345市民热线来说，听到反映问题、牢骚满腹等是习以为常、司空见惯的家常便饭，居民实名打电话请求表扬一个社区网格员，真的是非常稀罕的。由此充分显现出能够打动人心的恰恰是那些和我们的日常生活息息相关的事情。平时少说多做、每天深入了解辖区居民基本情况的刘永民用自己无声的行动解决了困扰居民的实际问题，甚至是难题，让人感动不已，居民建议市民热线公开表扬是发自内心的呼声，也是理所当然的。这从一个侧面反映出我们社区网格员工作绝对是不能忽视的。一个合格称职的网格员，心中有民，脚下有路，心中有温暖，才会让平凡岗位真的不平凡。

从年轻时就爱好文史知识、喜欢记日记的刘永民自从成了专职网格员后，就养成了记日志的习惯。每天按时记日志，如同他每天在辖区内巡逻走访一样雷打不动。他的这个习惯，社区里的同事都知道。有时回忆某一天干了什么事，一时半会儿想不起来，就立马找刘永民，一点儿都差不了。

在采访的间隙，我饶有兴趣地查看了一下他的日志，有时文字只有三五行，高度概括；有时好几页，内容详尽周全。有的文字非常潦草，可以窥见当时记的时候是多么仓促急就；更多的是字迹工整清晰，一目了然。说到底，一本日志，就是刘永民的经历，就是他的足迹。对刘永民来说，记录每天的所做、所想、所思，越记越觉得充实有趣。原来看似平淡无奇的日常工作，用白纸黑字记录下来，给人一种收获满满的感觉。闲暇时看看，回味日志中所记录的过往，想想都是妙不可言的。

刘永民日志中简明扼要地记录了这么一件事儿：由于调解圆满，社区居民给 12345 热线打电话，要求表扬一下刘永民。我对此非常感兴趣，就让刘永民给我介绍一下这个事的来龙去脉。他有点不好意思，说是主要工作都是社区主任、网格长以及其他一个社区的网格员做的。在我反复询问，刨根问底下，刘永民翻看了一下日志时间，告诉我这件事的过程是这样的：

2021 年春天，15 号楼 4 单元的楼上楼下两家因为卫生间漏水而产生矛盾，后来矛盾加剧升级，发展到不可调和的地步。社区李主任和刘永民等网格员，不管白天还是晚上，多次利用值班时间上门调解，甚至牺牲休息时间，前去走访查看。他们不怕辛苦，不怕麻烦，苦口婆心，锲而不舍。常言道：耐心之树，结黄金之果。功夫不负有心人，通过动之以情，晓之以理、细致到位的工作，他们最终找到了两家都可以接受的解决方案，圆满解决了矛盾，楼上楼下两家和好如初。作为当事者双方都为社区和网格员的真诚情怀所感动，于是就有了给 12345 热线打电话，要求表扬的这件事情。说到这里，刘永民非常动容地说，对我们这些网格员来说，居民给 12345 打电话要求表扬我们，就是对我们工作最好的认可、肯定；知道这个事，心里非常激动，再苦再累也值得。一句话，小事成就大事，细节成就完美。认真做事，只是把事情做对；而用心做事，才能把事情做好，不留遗憾。

心中有光芒，脚下才有方向。作为一个社区网格员，不仅要有孺子牛、拓荒牛、老黄牛这“三牛精神”和“位卑未泯济民志”的情操，更要有突出的工作能力。这就需要时刻认清自己，知道自己存在着诸多不足，弱点，需要经常充电，不断弥补缺陷，完善自我，就像古人所云：“为学无间断，如行云流水，日进而不已也。”把“时时伸出援手，事事有回音”当作工作信条的刘永民是这样想的，也是这样做的。一句话，想要走得更远，必须常给自己充电。平时多用功，以后遇到难处不为难。所以，能力更强，业务更精的他无论遇到什么问题，都能在第一时间应对，真正做到了怀揣梦想，居民为上，持之以恒，久久为功。时间长了，辖区内的居民都知道这儿有个热心认真的网格员，有事找他，差不了。

2020 年 8 月 23 日上午 10 点 30 分，刘永民在社区里正和其他工作人员有条不紊地做着入户调查问卷分类工作，一名年逾六旬的社区居民急慌慌地推门而入，语气急促地请求救助。原来，刚刚他和老伴抱着孙子出门散心，不仅忘了带手机，更忘了带着门锁钥匙，厨房炉灶上煤气开着，炖着一铁锅排骨！大家一听，这可不得了啊！根据铁锅的大小和加水量，如果半个小时之内不能打开门，关上煤气灶，后果不堪设想。事不宜迟，时间就是安全，必须马上采取行动。社区李主任当即安排人电话联系开锁公司，让刘永民告知消防队。10 点 40 分，消防人员带着灭火器、破门器火速赶到，而开锁公司的人员还没有来。屋内的危险随着时间推移而增加。当断则断，万一开锁公司的人员不能按时赶到，只有强行破门而入。所幸的是，10 点 55 分，开锁公司的人急急忙忙赶到，没用两分钟就打开了门锁，心急火燎的刘永民和消防员不顾一切地冲进水雾弥漫、能见度很低的屋内，第一时间关上煤气阀门，却见锅里散发出一股股非常难闻、令人要窒息的烧焦的糊气味儿。目睹此景，户主后怕得站在那儿哆嗦着，半晌挪不动脚步，不住地念叨：“谢谢，谢谢……”

不知不觉间，一上午的时间倏尔而逝。大多数时间，我都是面对刘永民，一直在仔细认真地听他讲着自己从事网格员工作以来的心得和收获。我没有给他什么主题，中心，就是让他随心所欲地讲他觉得应该讲的，通过听他讲，我这个普通市民对以往陌生的网格员工作有了一个明确清晰的了解认识。在听的过程中，我脑中如同灵光一闪，悟出一个道理：来自内心的东西是真诚的。无论什么，新鲜感总会过去，而责任则不会。喜欢和热爱是有本质区别的。一个人可以喜欢很多事情，但热爱的事情只会想着关注，想着全力以赴，不留后路。网格员工作，你没有亲身经历体验，不会有真正的感受认识。那些平凡平常的，甚至不值一提的闲杂零碎事情，好像索然寡味，可是，总得有人去做。正所谓：人间烟火气，最抚凡人心。我们的现实生活，不止有琴棋书画诗酒花，更有柴米油盐酱醋茶。而柴米油盐酱醋茶更接地气，更是我们真正的生活。网格员每天的工作，就是为了柴米油盐酱醋茶更纯正，更真味，而勤勤恳恳兢兢业业，任劳任怨，不遗余力。

最后，我非常认真地问了刘永民两个问题，一是自己从事网格员工作以来，感到最得意或满意的是什么？二是最痛苦烦恼或委屈的是什么？第一个问题，刘永民不假思索，几乎脱口而出：最得意满意的就是帮着社区居民解决问题后，大家成了朋友，一见面就热情打招呼，过年过节还提前问候。第二个问题，刘永民神情严肃地说，有的居民不但不理解、不配合他们的工作，甚至敌视说闲话。上门送需要居民填写的表格或通知，不让进门不说，还说三道四的。“当然，这是极个别人，个别现象。绝大多数居民还是非常积极主动配合的。”网格员们的真情也会被泼冷水，这个别人、个别现象所带来的负面作用是不容小视的。人心换不来人心的后果，也应该引起我们所有普通居民的反思反省。

这篇文字有限的采访，不能较为全面深刻地介绍刘永民这个 2020 年度历下区最美网格员和趵突泉街道优秀网格员的生平。我只是想通过这些肤浅平淡的文字，让我们广大市民对我们身边的网格员工作有一个大体认识，从而消除偏见误解，对他们由衷地尊重，给予他们正常工作的空间。或者说，你可以不配合他们的工作，但是，千万别对他们的工作造成不良影响，表现出一个懂得自尊自爱的人应有的素养品质。网格员工作是平凡的，却是弥足轻重的，更是值得我们每一个人善待的。

此时，天已正午。阴沉了一上午的天空，透过路边参天大树，泄露出些许阳光明亮的影子。我走在回去的路上，慢慢回忆消化一上午的采访，耳边似乎传来《网格员之歌》那激越嘹亮的歌声："啊，小小网格大空间，平凡岗位书写不平凡；啊，复兴路上共筑梦想，我们是光荣的社区网格员……"

一个专职网格员的自述

陶玉山

我叫付红叶，是我们历下区趵突泉街道第一批聘选的、就职于趵突泉社区的专职网格员。在此之前，1986年出生的我在一家合资公司从事人力资源工作。去年5月初，我到自己居住的趵突泉社区办事时，社区的郭海梅主任说区里要聘选专职网格员了，选聘上的工资待遇不低，还给缴纳五险一金。当时我一听，就有所心动。仔细询问了郭主任应聘的一些条件要求后，我当即决定辞职，报名应聘这个头一回听说的专职网格员。

网格员付红叶

之所以做出这个选择，是因为明确规定网格员都在自己居住的社区工作，这样离着家近，避免了风吹日晒赶着上班的辛苦。俗话说得好，未经他人苦，莫议他人事。这些年，我受够了天气不好所带来的上下班的辛苦难受了，个中滋味，一言难尽。另外，这个岗位给缴纳五险一金，这是我原单位做不到的；还有工资待遇可以说是一个不能忽略的原因。还有一个重要因素，那就是我喜欢这个工作。正所谓：不是我们选择了生活，而是生活选择了我们。人生就是一路选择，一路走好嘛。为此，我集中精力积极复习备考。简单地说，经过笔试、面试、政治审核等应有程序，我如愿以偿被聘用了。

在上岗前的培训中，通过专家的讲解，我对专职网格员工作有了较为深刻全面的认识理解。用培训我们的老师的话来说，我们专职网格员就是“消息树、大喇叭、和事佬、总管家”。“消息树”即信息员，发现和上报问题；“大喇叭”即宣传员，宣传党的政策法规，传达通知号召等，动员网格力量参与社会管理；“和事佬”即调解员，及时调处化解各类矛盾，消除隐患；“总管家”即管理员，管好网格内的大小事项。这四句话言简意赅，一目了然，表述明确，通俗易懂，便于记忆和理解。

报到上岗后，我们社区郭主任、网格长张小瑜，以及其他社区“两委”成员先后带我去管辖的区域，熟悉一下环境和社区居民。他们都是经验丰富的在社区工作多年的人，对我非常热心，交代、提醒细致周到，哪一家有残疾人，哪一家是独居老人，哪一家有什么情况……从点到面，由里往外，无微不至。这为我尽快适应工作、打开局面奠定了良好基础。

按照我们社区的网格员分工，我管辖的区域共 7 栋楼，19 个单元，310 户（其中有 4 户连房），合计 987 人。身有残疾的 13 人，一户多残的 3 户，低保户 2 户，独居老人 16 人，失能失智的 4 人；60 岁以上的老人 96 户 141 人。

俗话说得好：头三脚难踢。对于进入角色，开展工作，选好突破口至关重要。仔细说起来，与人打交道，其实就是展现一个人的人品、素养，以及如何做人。由此，我想到了我们网格长带我认识的二区 1 号楼住对门的两个都年逾八旬的独居老人。这两位老太太看上去面善慈祥，而且说话非常有涵养，善解人意，通情达理，很好接触。于是，我每天在辖区巡查时，都会有意无意地到她们二位老人家里看看，说说话，拉拉呱，嘘寒问暖，再三嘱咐需要有帮助的，我乐意效劳。时间长了，就互相熟悉了。有时她们在小区内乘凉看到我，就主动打招呼寒暄几句，还把我介绍给其他老人，说有事找小付就行。说这个孩子看着就实诚，让人喜欢。通过这两位老人，我和辖区的好多居民不但熟悉了，而且成为朋友。常言道：人熟是一宝啊。他们都身体力行地支持配合我的工作，减少了很多麻烦，避免了很多周折。

根据上级领导指示安排，在网格建立“一楼一微信群”，及时掌握了解社区情况，传达有关文件决定，提升社区网格服务管理，以便更好地为社区居民服好务。群建立不久，就有四号楼的居民求助。原来他家里安装空调，楼下有车辆停放，给安装带来不便；给 114 打电话求助无果，想起来找网格员。我见状，马上将车辆的停放位置和车辆外形拍照，发布在周边各个社区群里，并温馨提示谁家的爱车，请配合安装空调挪动一下。没有五分钟就找到了车主，安装空调的居民在群里发了感谢信，一再表示真的没有想到我们的网格群这么实用。

5 月 19 日，我在辖区巡查时，发现二区一号楼院内的化粪池井盖被过往车辆碾压，破损严重，影响了居民的正常出行。我立马转身返回社区，写了几张“井盖破损，请绕行”的纸张张贴在井盖上；社区副主任任智玲第一时间联系市政部门，其工作人员很快到达现场察看后，马上派人更换井盖。社区居民见此纷纷竖起大拇哥。有的由衷地说，有网格员就是不一样。由此大家对我们网格员的工作有了本质的认识了解，当然，也发自内心地存有了好感。

正是我们网格员对这些看起来不大的事高度重视，在短时间内全力以赴处理解决，给社区居民留下了良好印象，为做好工作扫清了障碍，创造了有利条件。

说起来，专职网格员的工作是凌乱琐碎的，是微不足道的，可是，一旦遇到事情就会看出他们的工作是不可或缺的，是非常重要的。雨季到来前加强巡查，危房是重点，同时要看看是否有电线漏电，地下水管道是否畅通，居民家是否关闭了窗户，是否及时搬离了阳台平台窗外的易动物品，防止空中掉物的意外发生……同时，叮嘱提醒居民做好防风、防雷电、防雨的应对措施。一句话，安全第一，不能大意。给电动车挂牌，看上去不大的事儿，可是一旦有点失误，影响就难以弥补。什么时间，在哪儿挂牌，需要什么程序等等，都得提前熟悉了解，然后告诉居民，让大家省事又顺利。2020 年的人口普查，工作烦琐，要求严格，需要入户登记居民信息。还有居民接种疫苗，更是责任重大、容不得半点松懈马虎的事儿。事无巨细，做好了，没有什么；一旦有纰漏，哪怕一星半点儿，后果就很严重啊！如此等等，只是说明一件事：表面看上去每天四处巡查转悠的我们网格员，其实平时内心十分紧张，不敢有丝毫马虎。我们每时每刻都得精力高度集中，随时随地准备应对突发情况。

说一千道一万，事实最有说服力发言权。这儿要说起我从事这个工作以来印象比较深刻的事情，有那么几件。随口说说吧。

第一件就是发生在 2021 年 5 月 10 日的事儿。那天上午，我正如同往常一样在辖区内进行日常巡查。二区一号楼 81 岁的高大娘急急火火地迎面而来，气喘吁吁、语无伦次地说，有个卖保健品的小伙子催着她赶快交给他四万块钱。可她哪里有这么多钱，一时半会儿也凑不齐啊！可急死她了。通话完毕关机后，老人隐隐约约地觉得有点不对劲儿，可是自己的女儿不和自己住在一起，而且大娘的女儿是语言残障者。着急慌乱中想到经常来看望走访她的我，正想到社区找我帮忙求救，恰好在小区遇到。我一听，感到不是一个简单的事，必须先弄清楚来龙去脉，就让高大娘坐在小区内的路边坐凳上，让她老人家稳住神，从头到尾一五一十地告诉我到底怎么回事。

原来，前两天有个推销保健品的人来到高大娘家中，凭借三寸不烂之舌，天花乱坠地游说鼓动，让高大娘不但放松了警惕，还动了心，当即不仅把家里仅有的一千元现金交给他，还带着他一起去银行提取了四千块钱购买他极力推荐、好处大大的所谓保健品。不仅如此，这个人好像尝到了甜头，知道心善诚实的高大娘容易哄骗，今天上午又打电话让高大娘再交四万元购买保健品。

我详细询问了原委后，立马明白了是怎么回事，马上和高大娘到了她家中，看了购买的保健品原物以及这家公司开的收据后，按照当时留下的手机号，守着高大娘打电话，有理有据地告诉对方的行为非常不道德，涉嫌违法，严肃认真地要求其立即退回老人的五千元，否则，后果自负。在我一而再再而三地表明态度、催促下，心虚的他在当天的中午来到高大娘家中，如数全额归还高大娘的五千元钱，使得高大娘避免了损失。更主要的是，此事没有影响了老人家的身心健康和家庭和睦。

事后，高大娘的女儿特意带着高大娘到我们社区来致谢。高大娘一见我，拉着我的手，久久不撒手，非常动情地说，小付虽然不是俺的亲闺女，但比亲闺女还亲。高大娘女儿还带来了一封她亲笔写的、归纳起来内容大体是这样的感谢信：我劝妈妈多次，她不听我的话，花钱买假的保健品。正好你们帮我说服了我妈，谢谢。

没有费多大劲儿，帮助独居老人解决了遇到的实际问题，结果却成了“贴心女儿”，这个意外收获是我万万没想到的，心里感到十分欣慰，温暖，非常感动。没有什么可说的，更不值得大张旗鼓地广而告之。只能说明只要存好心，就一定有所得。这只是作为一个社区专职网格员的我为居民办实事的一个具体行动吧。

由此我深深感受到，我们居民是非常善良，非常厚道的。他们对我们网格员的要求并不高，也不苛刻。只要我们全心全意地为他们提供帮助，排忧解难，他们就非常满足，非常满意，就会发自内心地说我们好。

人在做，天在看。这件事充分说明日常工作中善于发挥语言表达能力的作用，有助于建立良好的人际关系和妥善处理问题。而和辖区内的居民搞好关系对做好自己的工作是非常必要的，岗位职责可以得到进一步的发挥体现。

说起来平时知足惜福的我是非常幸运的。我们社区的党委书记兼主任郭海梅、网格长张小瑜，还有其他“两委”成员，自打我进入社区担任专职网格员，他们不仅大力支持我的工作，而且对我一直是无微不至地照顾、体贴、帮助。尤其是遇到困难，他们都是当仁不让地挺身而出，在我需要的时候担当我的坚实有力的后盾，让我能够放下包袱，轻装上阵，不遗余力，全力以赴。有人说过：和进取的人在一起，你的行动就不会落后。此言甚是。我在干中学，在学中干，默默地不断取长补短，积累经验。因为我深深地知道我的身后有这些可敬可爱的领导支撑扶持着我，有他们在，我不怕。天不会塌，地不会陷。正所谓：有一种豪气，叫作你可以！人活着就是争一口气，证明自己不但不是废物，而且还可以。不客气地说，这口气比什么都重要。

2021 年 1 月 6 日，一个气温骤降、天寒地冻的上午。我们网格长张小瑜正带着我如同以往在辖区内巡查，居住在二区四号楼一单元某室的女主人急急忙忙地赶来求助。原来她刚刚出门送客人时，屋门被一股突如其来的疾风吹反锁上了，她不仅没有随身携带房屋钥匙，而且手机也不在身上。六个月大的孙女此时正在屋里睡觉呢，随时都会醒来。她越说越自责，非常难受。听罢她的口述，网格长张小瑜马上掏出手机按照她提供的电话号码联系她的儿子、儿媳，谁知都无法接通。她忽然想起儿子出差了，儿媳是齐鲁医院妇产科护士。情急之下，她只记得儿媳的名字，其他怎么都记不清了。她的孙女随时都会醒来，看到身边无人，不知会怎么样。事不宜迟，不能犹豫。张小瑜立即向社区郭主任汇报情况。郭主任当断则断，制定了行之有效、双管齐下的应急方案，第一时间联系齐鲁医院相关部门，让其帮助查找儿媳；同时给开锁公司打电话，着重强调十万火急，请他们马上派人过来做好破锁准备。听到电话联系上其儿媳后，我不放心，不想和大家一样在那里干候着，就三步并作两步地赶赴齐鲁医院的方向，以便尽快迎上其儿媳，早点拿到钥匙开门……

经过多方紧密配合和针对性的努力，大约 20 分钟后，屋门打开，却见六个月大的孙女刚刚睡醒，她惺忪的双眼看着一屋子的人，有点懵懵懂懂。大家悬着的心终于放下，都下意识地长舒了一口气。此时我才觉得极寒天气下贴身的内衣有点湿漉漉的，原来是汗溻的……

得之在俄顷，积之在平日。这个突发事件的得力应对，充分说明我们社区领导的处事能力强、经验丰富和应对自如有序。你若成长，事事可成长。一直参与其中的我，从中又学到了许多有价值的实用的东西，从而更加懂得了心有所定、专注做事的重要性。

通过一年多的社区实际工作，我越来越体会到任何事情都没有表面看起来那么简单。很多时候，你倾尽全力去做，还是会存在不足，留下遗憾。对此，只有深刻反省，查找自身原因，以求以后能够做得更好。喜欢自己选定的工作，就能忍受任何艰苦。你一点一滴的努力，最终都会积淀成别人追赶你的距离；只有自己真正优秀了，生活才会变成自己想要的样子。

窦文涛说过一句话，我印象非常深刻："生活就像一块布，各有细致明艳的正面，也有粗糙暗淡的背面。"在实际工作中，你即使怀着一颗纯净善良之心对待大家，还是有人出难题，甚至敌视，混淆是非，让人感到非常不可思议。

2020年9月，按照上级部署，开展人口普查工作。这个工作需要各家各户真实填写登记自己家的信息，要求我们上门时，居民出示户口本、身份证等，以保证人口普查真实可靠。因为大家白天上班，我们大多是晚上入户。绝大多数居民都以积极认真的态度配合我们的工作，而总有个别人刁难、抵触。譬如我的辖区有一个医生就是这样。第一次我们敲门解释前来做什么时，他不但不开门，还很不耐烦，说话很难听。尽管这样，我还是耐着性子说明解释，请他耽误一点时间，配合我们的工作。他很粗暴地说今天没有空，你们明天来吧。我尊重他的意见，说明天这个时间我们再来。第二天同一时间我们到了他家，谁知我们当真了，他却是敷衍了事，搪塞哄骗我们，说是这会儿很忙，以后再说吧。这种人真的是不懂得自尊自重，更不懂得如何做人，让人从心里鄙视瞧不起。你这样做，看上去似乎是很会应付事，其实完全暴露出自己缺少作为大写的人所应有的素养，在工作单位和社会上，也不会得到别人的尊重。由此可见，一个人是否有修养，懂礼貌，与自身的文化程度无关。

另外，还有一个事，让我印象深刻，记忆犹新。前段时间，有关部门加强社区"九小场所"（指小学校或幼儿园、小医院、小商店、小餐饮场所、小旅馆、小歌舞娱乐场所、小网吧、小美容洗浴场所、小生产加工企业的总称）消防安全巡查工作，要求所查之处如实填写巡查登记表，发现安全隐患，需要在规定时间内整改的，店主签字画押作为证据。

在我的辖区内有一家存放快递的"菜鸟驿站"。我和有关人员前去检查时，发现安全隐患明显，物品乱摆乱放很杂乱不说，好多电线随便接头，非常凌乱，不规范，完全不符合有关电线必须用线盒夹在一起的要求。当时，我们就在现场填写了检查登记表，明确提出整改内容等。当时店主不在，我请一个店员收下这个要求限期整改的书面通知书，让其店主回来后好好看看，早点整改。谁知第二天，我们社区接到 12345 热线电话，说是这家店举报我上门检查，态度粗暴，对工作不负责等。一听此话，我怒不可遏，一肚子委屈。明明他们的店员不配合，反而黑白颠倒，恶人先告状。我拿出当时拍的照片，证明自己的工作无误。物证最有说服力，我们社区主任就此给 12345 反馈信息，还我清白。后来，这家店的店主打电话一个劲儿地道歉，说这是那个店员自己的自私行为，与他这个店主无关……

虽然类似上述两件事的事情不多，但给人带来的刺激却是难以忘怀的。尤其是生活阅历浅的我，感觉难以接受，一时半会儿走不出由此带来的阴影。我们主任说得好，干社区工作，必须要脸皮厚，不讲面子。否则，你不但会一事无成，还会影响到身心健康。这句一语中的的话，如同当头棒喝，如雷贯耳，让我清醒明白了许多。我们工作做事，不可能人人满意，事事顺利，具备“岂能尽如人意，但求无愧我心”的心态无疑是明智的选择。我们不能因为个别人的一时言行，而让自己心理失衡，破坏了安逸平和的心态啊！没有人会一直顺利，这是常态，进步的动力不在别处，就在自己。作为我们，用能力改变你能改变的，用胸怀包容你不能改变的，这样才会在生活的路上越走越宽广。

回顾做专职网格员的这一年多，感慨万千。过往的经历，都成为回忆中的风景，那么清晰，那么历历在目，觉得自己真的比过去成熟了许多。经历就是最好的纪念。非常喜欢这句话，就是你付出的人品和善良，一定会在以后不经意间还给你惊喜和好运。昨天的一切，只能回忆，但是不能太当回事。明天的获取，来自今天的努力……

唯累过，方知闲；唯苦过，方知甜。我相信一个人找准自己的岗位，人会变得更加优秀。专职网格员工作让我找到了真正的自己，让我活出了自我。梦想成真的感觉，真好。所有过往，皆是序章。我想，有这么多好领导的支持，帮助，有这么多心存善念的社区居民的配合，我以后的工作，一定会好上加好。对此，我充满信心！

社区工作人员，就是我努力想成为的样子

陶玉山

9月1日上午大约10点，我为了确定采访时间，特意给趵突泉街道推荐的舜耕社区专职网格员王莹微信留言。等了好一会儿不见回复，就去忙别的了。因为我知道，作为社区专职网格员，随时随地会遇到问题解决问题，他们不会有闲空随时关注私人留言的。

果不其然。下午一点半左右，王莹的回复来了。原来一早上班后，她的辖区有一个89岁的老人需要去齐鲁医院接种新冠病毒疫苗。老人家行

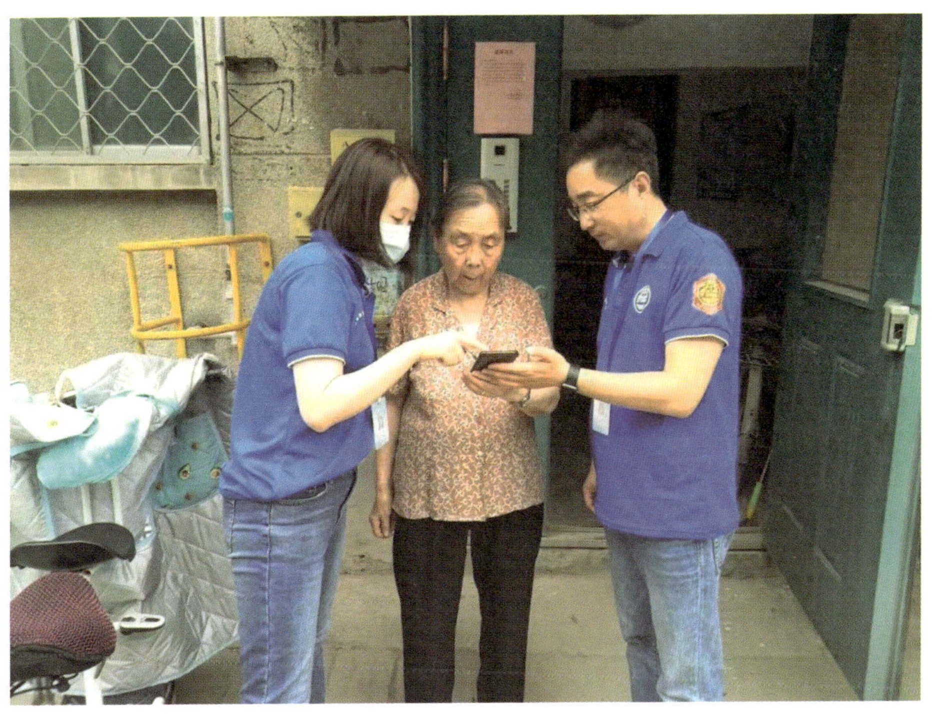

网格员王莹（左）

走不便，家里没有人可以陪着他去，她和社区其他人员找车带着老人去了。接种疫苗后，又把老人送回家，她这才有空看看微信留言或信息，回复一下。随即，心情不错的王莹补充了一句：人在专注做事的时候，内心会引发出一种超然的愉悦感。由此可以知道什么是累并快乐着。

一件看上去好像不大的事儿，对我们每天穿梭于各个社区的专职网格员来说，却是不容忽视大意的大事。他们深深地知道自己肩负的责任；更知道一旦稍微疏忽所带来的影响是难以弥补的。居民事，无小事。只有全心全意，不遗余力，注意细节，才有可能不出纰漏；才会把事情做好，让居民满意。心系社区居民，就得落实到实际行动上。

“陶老师，您知道我为什么喜欢当一名专职网格员吗？”那天见面后，聊了没有几句话，一见如故、心直口快的王莹笑眯眯地这样说，接着一脸认真、满怀深情地打开了话匣子。

2020 年的春节，对我们大家来说是一生不能忘记的。突如其来的新冠病毒让武汉年前封城，随后我们大江南北也铺天盖地地展开了留守家里、不要轻易出门的全国一盘棋行动。一时间，本来该是欢天喜地过大年的热闹场面，却成了街上空荡荡，静悄悄，甚至是寂寥旷野般的不忍直视的景象。

当时的王莹和我们大家一样响应国家号召困在家里。她经常站在窗前或阳台上往外观看，久而久之，发现一个现象：经常有人戴着口罩，甚至穿着厚重的隔离服，携带着东西穿梭于大街小巷和社区内。她感到很好奇，很想弄个明白，探个究竟。后来知道了这是社区工作人员。他们每天都值班，坚守岗位；每天得给行动不便的老人或隔离的人家送生活必需品。在我们大家静静待在家里防止病毒感染的时候，他们却逆行而动。难道他们就不怕被感染吗？他们和我们一样也是一个普通市民啊！

那段时间，每一天看到我们社区工作人员的一举一动，都深深感动了王莹。在王莹眼里，这些社区工作人员逆行的背影，就是最美、最动人的景象。看到他们，觉得心里踏实，觉得生活有依靠，有希望。人活着，就得活出个人样，活出精气神。由此，一个逐渐产生的想法变为坚定的意念在她心中扎根：“如果有机会我也要做一名社区工作人员。他们就是我努力想成为的样子。”于是，有心的她考取了社会工作资格证，为以后从事社区工作做了准备。

好像为了满足王莹的愿望，让她心想事成一样。2020 年 4 月，历下区政法委把网格化作为推进市域社会治理试点工作的突破口，以“小网格”破解“大问题”，全力打造共建共治共享的社会治理新格局，做出了选聘社区专职网格员的决定。在社区公告栏里，王莹看到了这个选聘通知，更看到了非常符合自己情况的选聘条件，就毫不犹豫地来到社区报名。机会是给有准备的人的。简单地说，通过笔试、面试、资质审核等，5 月 6 日，王莹激动万分、满怀深情地正式上岗，成了趵突泉街道舜耕社区的一名专职网格员。

如愿以偿的王莹冷静地知道，在具体工作中，仅仅单凭一腔热情和旺盛的干劲儿是干不好工作的，必须还要具备较为全面的社区工作知识和经验。经验是随着工作时间推移，经历的事儿多，勤思考，才会逐渐丰富的；而知识则是随时都可以学习理解掌握的。过去她曾经单纯地认为，学习是学生时代的事，这时候她真正明白，学无止境，学习是一辈子的事。学习重在感悟，知识不断积累；不学新的知识，就不会有进步，也不可能干好本职工作。而学习方法则比学习本身更重要。只有知识面丰富了，在生活工作中才会游刃有余，自信有底气；才会有利于解决随时遇到的问题，无愧于自己的工作。

成为专职网格员伊始，1984 年出生的王莹就充分利用自己所掌握的社会工作专业知识和以前在拍卖公司从事文职工作时所掌握的计算机技术，把自己辖区内的 8 栋楼，20 个单元的 233 户住家（其中空挂户 49 户 147 人，流动人口 29 人），实际居住 576 人的资料输入电脑，进行科学的数据分析、分类和细化。她初步了解了自己辖区人员的学历、职业、年龄等基本信息情况，其中 60 岁到 69 岁 148 人，70 岁到 79 岁 58 人，80 岁以上的 51 人，由此得出了人口老龄化严重的结论，做到心中有数。将理论和实际情况结合起来，这为她以后做好本职工作打好了基础。

好像专门考验王莹对待突发事件的应对能力和平时所学的知识是否有用一样，她从事专职网格员工作不久，就很好处理解决了一处安全隐患。由此所得到的锻炼，启发和经验，是她以往的经历难以比拟的。

2020年6月18日下午，作为一个区域两个网格的网格员，王莹和同事王玉涛像往常一样在马鞍山路4号南郊宾馆宿舍院内巡查。这儿是老旧封闭式小区，楼房大多建设于20世纪70年代，属于物业公司管理。大约3点半，他们俩巡查到2号楼1单元时，忽然发现2楼的一户居民家中北侧厨房窗口位置冒出来一缕缕的白烟，这白烟似乎越冒越多。他们俩立即止步，抬头仔细观察，冷静分析评判，第一时间觉得这个现象不能小视，心存大意。根据经验常识，平时居民家中开灶做饭，如果抽油烟机抽烟效果不好，轻烟只会从厨房窗口内时有时没地往外冒，而这家此时北侧紧挨厨房的房间窗口也有白烟缓缓冒出来，而且有一股股越来越强烈的刺鼻难闻的烧焦物品的味儿扑面而来。不好，这可能是一件开着炉灶导致引发着火的安全隐患事故！事不宜迟，刻不容缓，需要马上采取措施。

当时，王莹和王玉涛两位网格员立马三步并作两步地疾速上楼，敲门，却无人应答。他们立即分头联系物业公司查找户主；请安保人员携带灭火器火速赶来；汇报给社区党委高利华书记，请求取得社区应急站的应援配合，最大限度地防止事态进一步严重化、扩大化……一句话，争分夺秒，多方齐头并进，确保在最短时间内有效处理好这个突发事件，把损失降到最低！

谢天谢地，没有五分钟，这家户主就满头大汗、急匆匆赶回来了。原来他是附近南郊宾馆的在职员工，因为急于上班，把开着的电磁炉忘了……

突发事件最能考验一个人的反应速度和应对能力，更是展现一个人综合能力的机会。可喜的是，从事专职网格员不久的王莹和她的同事经受住了考验，交出了一份可以得满分的答卷。遇事不慌不忙，胆大心细，是妥善圆满处理好这件事故的原因。事后想一想、回顾一下，如果他们俩没有高度的责任心，没有冷静客观地分析，更主要的，要是没有那些果断的行之有效的最佳应对措施，这件事的后果是不堪设想的。“红色臂章，蓝色马甲，忠诚敬业，服务于民”，我们专职网格员不只是这么说的，更是雷厉风行落实到实际行动上的。我们居民身边有网格员，放心，踏实。

已经将近一年半的社区专职网格员工作经验，让王莹见识了许多，那些过去想都想不到的经历，让她也成熟、沉稳了许多。常言道：经历是最好的老师。通过实际工作，深谙“浅水喧哗，深水沉默”的道理，王莹逐渐明白了一个人找准了自己的岗位，如鱼得水，人会更加优秀。专注工作不仅是一种责任，更是一种使命。真正的上坡路，通常都不好走。做工作，就不会没有挫折，也不会一帆风顺。一个人总得给自己打气，把有限的时间用在做自己喜欢的事上。要相信，努力就会有收获，有意义。现在所拥有的，都是过去努力的结果。努力的最大意义在于过程，让内心不遗憾，对任何结果不失落。从心里讲，王莹她不期待工作中一切顺利，只希望碰到难题的时候，自己可以是其对手。为此，她不断弥补不足，完善充实自己。已经取得初级社会工作资格证的她，业余时间又投入中级资格证的学习考取中，同时继续在职读山师大社会工作专业的本科。

2021 年 1 月 28 日，一个为了将疫情防控常态化制度化，和平时一样加班加点不知到什么时间的日子。下午大约 6 点，正在社区值班的王莹突然接到街道办事处一位领导的紧急电话通知，让她和另一位社区值班人员放下手头的工作，马上到附近的一家洗车和汽车美容店实施应急监控措施——即要求这家店不能有人出入，等待有关部门人员前去处理。十万火急！一听此话，王莹她俩不敢怠慢，立马穿上工作装，一路小跑赶赴现场，请现场人员自动保持互相之间一米的距离，不要乱走动；同时关闭大门，不让人出入。说实在的，过去王莹根本没有经历过这种事情，没有一丁点儿应对经验。没法子，她只能随机应变，控制好现场的人，没有人进出，就是胜利。她苦口婆心地给大家说明解释，请大家理解配合工作，让大家明白，一切的一切，都是为了大家的安全着想……如此反复，不知说了多少遍。好说歹说，在场的所有人员终于安定下来。此时王莹才感到自己的嗓子已经哑了，可是，出门太急，忘了带水杯。见大家分开距离待在原地了，王莹和同事才来到门口，耐心等待有关部门人员或上级领导派人来。

由于不知道是什么事，也不知道得在外面待多长时间，更主要的是事情紧急，王莹和同事顾不了其他，只是穿着不厚的工作装出来了，在这天寒地冻的傍晚，根本不挡寒。而且此时早就过了吃饭时间，口渴，饥饿，加上浑身上下冷，种种滋味混合在一起，就别提多难受了。到了晚上 8 点左右，区疾控中心的几名工作人员赶到，王莹才明白她们急匆匆赶到这儿来的目的。原来这家洗车和汽车美容店的人员在网上购买的奶枣涉嫌含有新冠病毒，本着不怕一万，就怕万一的原则，必须在第一时间对这家洗车和汽车美容店现场封闭，所有人员实施监控隔离。区疾控中心的人员先在现场对所有人采样，用专车分批把他们拉到指定酒店隔离，进行核酸检测……

待一切完毕，不辱使命的王莹她俩回到社区已是夜里十点多了。进门第一眼看到大家留给她们的盒饭，便狼吞虎咽起来，觉得这真是天下最美、最好吃的食物。其实，最近一提起盒饭，她们和社区所有值班人员就条件反射一样本能地干呕恶心，他们是真的吃腻了。因为那段日子，大家都在社区服务中心值班待命不能回家，他们的饭菜每顿就是千篇一律的盒饭……

“在经历这件事之前，说实在的，我对每天按部就班地值班，心里是不舒服，甚至和个别人一样有抵触情绪的。我家就在社区服务中心附近，家里还有刚刚上幼儿园小班的孩子，却不能回家。作为一个常人，一个参加社区工作时间不长的人，一个年轻的母亲，有点儿情绪应该是正常的，只要不影响工作就行。可是，这个奶枣事件之后，无论加班到晚上几点，都是毫无怨言的。因为值班只是感觉辛苦一点，事情繁杂一些，在那家洗车和车辆美容店值守是又冷又饿又渴，还担惊受怕啊！”王莹深有感触地说。

王莹的工作能力和取得的成绩，历下区政法委、趵突泉街道、舜耕社区等部门的领导看在眼里，记在心里。去年年底，她被评为历下区最美网格员，受到区里表彰奖励。要知道整个趵突泉街道那么多专职网格员，只有两个网格员有幸得到这个荣誉称号。

因为喜欢，所以投入；因为热爱，所以执着。一个人能取得多大成绩，和日常积累时所投入的时间精力不无关系。这是我采访王莹的感受。采访到了最后，把社区工作人员视为自己要努力成为的榜样的王莹感慨不已地说：“社区专职网格员工作，真的让我找到了自己发挥特长的空间。用责任和爱心，拉近与居民之间的距离，培养感情是做好工作不可或缺的。无论什么，我们只能要求自己，不能要求别人。那些社区居民，让我学到了许多书本上没有的东西。他们太好了。故此，我认为对他们最好的回报就是认真工作，没有什么其他。当我们在工作中变得积极主动，什么事都想突破自己时，那么我们就成功了一半。及时当努力，且行且珍惜。”

一念秋风起，一念感悟长。回家的车上，回忆一上午采访王莹的过程，脑海里涌出了不知什么时候看到的这样一句话：“帮助你的兄弟划船过河吧，那样，你也可以顺利渡河。”是的，全力尽到专职网格员责任，让工作的每一天都值得回味的王莹一心扑在社区工作上，社区居民就用热情支持配合作为回报，形成了“一张网聚力，同心格共治”的局面。一个管理精细、和谐宜居的社区就是最好的家园，这就是我们有关部门建立社区专职网格员队伍要达到的初衷目的啊！

那棵绿绿的无花果

陈玉珍

1965年，为纪念济南战役胜利，济南市政府在老城东南城角，砌筑台基，垒起一座高台，命名为解放阁。它北侧的东西街道，被命名为解放路。

位于历下区老城区中心地带的解放路街道办事处，便由此得名。

解放路街道下辖5个社区，居民13099户，36988人。近几年，为打造共建共治共享的社会治理新格局，一种新的创新管理模式在这里迅速得以推广——社区网格化管理。一个新的职业也由此应运而生——社区网格员。

一个个蓝领衫，红臂章，就像一面面旗帜，穿梭在社区的大街小巷，用智慧和汗水编织起这座城市的“绣花式管理”。

25岁的张晓娜就是其中的一员。

她是十亩园社区的基础网格员，也是同一社区网格员周渤翔的“AB角”。所谓“AB角”，其实就是一个网格里背靠背战斗的两个搭档。一个网格员因疫情原因被隔离了，或者因身体原因不能上岗服务了，另一个必须马上接手对方的工作。他们互为犄角，互相依托，时刻准备着，成为对方最完美的“备胎”。AB双方网格内所有的数据和基本情况共享共知，其清晰度绝对不亚于自己的“一亩三分地”。

张晓娜所在的十亩园社区，是一片老街区。附近趵突泉、大明湖、五龙潭、环城公园，众星环绕；古老的街道上，经典的小吃更是数不胜数，糖酥煎饼、奶汤鸡脯、焖炉烤鸭、大明湖蒲菜、凉瓜排骨等，让人馋涎欲滴……随便在街上走走，人间烟火的气息裹挟着厚厚的古意便会扑面而来。为此，也着实吸引了为数不少的离休老干部在此荣养，颐养天年……

90多岁的王老太太便是其中的一位。王老太祖籍山西，老伴早已去世多年。年轻时和曾在部队服役的丈夫一样，都是一方的风云人物。临近退休时，跟随丈夫来到济南，选择十亩园这块宝地做了养老之地。几个儿女虽说都不在身边，却个个和父辈一样优秀，是各自行业里的翘楚。

按理说，年纪大了，该跟着儿女享享清福了。王老太却不这么想，她哪个儿女都不靠，独自一人守着她和丈夫居住多年的那栋小楼和满屋子的照片，寸步不离。后来，她年纪渐长，健康情况也江河日下，拄上了拐杖，生活渐渐不能自理，不得不请了保姆照顾自己。

她是个有文化有阅历的老太太，跟一般的同龄人自然不同，对保姆的要求也格外高。对脾气的还好说，倘若不对眼，再利索能干的保姆也待不长。于是，她家频繁地更换保姆便成了家常便饭。

有时候上一个保姆辞了，下一个保姆还在寻找的路上。这之间，便经常会有个空档，老太太身边便会处于全面“失守”的状态。

而这个时候，网格员张晓娜就会及时补位，随时听从老太太的指令。

“小张呀，明日个早饭你去给我买点哇？”

“您想吃么呀，王奶奶？”

“豆浆油条好嘞！顺便买点新鲜蔬菜，冰箱里空咧。”

“好的来，王奶奶，您一个人在家注意点哈，多披件衣服，晚上睡觉别忘了关窗，小心别让您的关节炎犯喽……”

一通电话，爱操心的小张比 90 多岁的王奶奶话还要多。

“这孩子，可会疼人来！”每次打完电话，王老太都会忍不住笑上一会儿，然后自己和自己念叨半天，“这么个年纪，比我还唠叨……也不知道哪家小子有这个福分娶回家当婆姨……真是个好姑娘……”

老太太住的是个二层小楼。在十亩园社区，像这样独门独栋的小楼还有很多，有的却已经空闲下来，只留下几棵老树孤零零地守着老街巷里的老院子。

说起来，像她这个年纪还独自坚守老宅的，已然不多见了。和这里的其他小楼一样，王老太太家也有个小院，是真正在都市里过着小院生活的一群人。在城市化高度膨胀的今天，对于很多文艺青年来说，回归田园的小院生活俨然已经成了一种时尚和梦想，但对于老一辈人来说，却是再正常不过的一种日常。

王老太太固执地守着她和丈夫共度余生的老宅子，守着那段过往的岁月，也守着院子里那棵绿绿的无花果树。

那棵树已经有些年月了，见证了老人落地济南以后的所有时光，这还是她和老伴当年搬进这里亲手种下的。对她来说，这棵树上结出的每一个果子都有特别的意义：刮过树梢的每一阵风，也曾经温柔地刮过爱人温热的脸；风走了也许不会再回来，树却永远不会逃走。人是有记忆的，树是有记忆的，在树下站立过的土地也是有记忆的。每一次梦醒时分，树还在那里，梦中的人也会一次次回到那里，一如当年。

网格员张晓娜第一次去王老太太家登记信息，甚至有将这棵树也当作人口登记进去的那种感觉。她当然一进门就注意到了这棵有碗口粗细的老树，却没想到这棵树和这栋小楼一样，都是活的，是活着的记忆，也是活过的证据。

每年八九月份，树上长满了无花果。一个个绿油油的，有的甚至挂到了墙外去。每到这个时候，采摘无花果，就成了十亩园社区几个小网格员的重头戏。

“小张啊，明个儿来摘无花果咧！”

老太太一声令下，张晓娜便率领着自己的网格员小分队，雄赳赳气昂昂地扛着梯子进入“战场”。一时之间，小院里热闹起来。几个蓝色的身影上梯爬高，在绿叶间来回穿梭。

“小张呀，墙头上落下来的果子别忘了捡回来咧！还有那高枝上的，你够不着的，让小伙子去够咧！”老太太拄着拐棍，立在屋门口，气定神闲地指挥着院里的这场“战斗”。

老太太嘴里的“小伙子”是周渤翔，张晓娜的网格员“AB 角”。长得人高马大，不用说，队伍里的重体力活非他莫属。每回去老太太家，扛梯子的是他，最后清理现场的，还是他。

一个也不能少，一个也别落下。凡是参加过这场“无花果之战”的网格员们其实都很清楚，这棵树上的每一个果子都不寻常。不光高处的要摘下来，就连掉在地上的，也要捡起来。摘好的果子还要分门别类，存放在不同的容器里。最好的果子是要装在特质的果盘里，端到书桌（供桌）上去的。那里摆放的照片最多，有老人年轻时候身着戎装的，也有老两口结婚以后甜蜜合影的；最前面的一张，老人怀里抱着小孙子，一家人笑得格外开怀。而那些熟透了的果子，要装到圆滚滚的瓷罐子去，老太太要用他们做无花果酱。

“你尝过老太太酿的无花果酱吗？”我好奇地问。

“嗯嗯，尝过的，特别好吃。也是我们的劳动果实呢！”小张调皮地伸了伸舌头，回味着说。

“有一次，我一脚没踩好，差点从梯子上掉下来。可把老太太吓坏了，直说再也不摘了，哪能呢？老人家吃的根本不是这几个果子，而是一份念想，我怎么都得帮着老人家圆了念想嘛。”小张笑呵呵地说。

我提出去老人家里看看，小张爽快地答应了。临去那天，却因为社区抽调她参加社区“网格学院”的培训交流活动，急匆匆地离开了。这时候，她的网格员小分队，尤其是网格员“AB 角”周渤翔的作用便凸显出来，熟门熟路地领着我们登上了老太太的家门。

同去的还有社区党委书记王书记，以及街道办主任姚老师。

果然，一进门就看到了院子里那棵高大的无花果树。浓荫蔽日，遮住了院子里的半个天空。地上还摆放着两溜盆栽的花，我仔细看了，大多是兰花，也有几盆不知名的绿植，旺盛地绿着。

老人家一如我想象中的模样，拄着拐杖站在风中，白发苍苍，精神矍铄。

“老人家，您好啊！我们社区的王书记来看您了！”网格员小宋往前一步，赶紧介绍。

“好好好，谢谢，谢谢社区的领导，你们工作这么忙，还记挂着我嘞……”

“老人家，负责您这片的网格员张晓娜今天开会去了，我们来替她看您。您有什么需要我们做的，尽管说哈！”

“啊呀，平常就经常麻烦你们，买菜送药，打扫卫生，你们这几个小年轻的，没少往我这跑腿，我应该对你们表示感谢！”老太太不但耳不聋，眼不花，声音也很有力度，听上去中气十足。

“王阿姨，您是为我们国家做出贡献的人，他们为您做点事是应该的。我今天来，就是想代表社区征询您的意见，对我们网格员的工作满不满意，有没有做得不到位的地方需要我们改正。总之啊，有什么要求，您尽管提，我们一定做到。”王书记说。

“都挺好，都挺好！”说起网格员，老太太连声夸赞，“王书记，你带了一帮好兵啊！把国家交给你们，我们这些老一辈子人，放心啦！”说到最后，老人的语调越发激荡起来。

在十亩园社区，像老太太这样的老干部，其实并不在少数。老百姓家家户户都有一本难念的经，如今念这本经的，却多了这样一群人：社区网格员。

他们每天穿梭在城市密集的楼间，既是公共安全巡查员，又是社情民意收集员，也是政策法规宣传员，困难群众服务员，工作效果监督员……不夸张地说，他们是人民群众不折不扣的“守护人”。正因为有了他们，无数个像王老太太这样的老人和困难群众，感受到了来自政府的力量和党的温暖。

“她是小区的活动图，也是我们大家的‘格格’。”老人们总是这样夸张晓娜，毫不吝啬对她的赞美。

小张分属的十亩园社区第二网格，网格楼栋13栋，平房2户，44个单元格，469户，哪家哪户有几个老人，哪家需要发放煤改气等各种补贴，都在她的脑子里牢牢记着。

小区内哪里有问题，谁家有困难，都少不了小张的身影。遇到极端天气，小张他们不但要事先提醒大家提早回家，注意安全，更要冒雨到网格里排查安全隐患：哪根电线松了，哪棵树要倒了，谁家门口的棚子被大风掀翻了，都是他们关注的要点。

“网格员是社区的眼睛，要时时刻刻发现问题，还要不遗余力解决问题。”张晓娜如是说。

“之前在自己家里，有干过这些活吗？”我开玩笑地问。

“没有啦！从小到大都是家里的娇娇女，没想到，大了以后，自己会比男人还厉害。”她哈哈笑着说，“我们都是女汉子。遇到坏人，我们也敢斗一斗。”

她的网格员日记上就曾经记下了这样一件事：

一天下午，张晓娜和几个网格员小伙伴照常在街道上巡查。她还惦记着如意街拐角处的一棵凌霄花，前几天已经开始往居民的院墙上攀爬了，天气预报说这几天会有大雨，可别再刮到墙上的电线。谁知刚走过街口，就见一堆人围聚成一团，吵吵嚷嚷的，也听不清什么。晓娜心里就咯噔一下，心说可别出了邻里纠纷这类事，赶紧小跑着挤进了人堆里。

意外的是，人群中央，居然是两个五大三粗的大男人，在指着对方的鼻子骂街呢。两个人都是一身的酒气，显然是酒后失德，言语之间火星四溅，已经开始互相推推搡搡，再演变下去，一场“酒架”在所难免。

眼看势头不妙，晓娜用眼神示意了一下几个小伙伴，一个箭步就冲了上去。几个身单力薄的小姑娘，也不知道此时此刻哪里来的勇气和力量，硬是把两个大老爷们分开了家。

“两位大哥，都消消火，大家有事说事，有理说理，咱是文明社区，就应该办文明的事……”小宋他们一边拉架，一边劝慰着。

旁边原本看热闹的一群“吃瓜”群众，这时候也醒悟过来，一个个开了腔：“就是就是，这么大个人，学泼妇骂街呀？不嫌丢人呀！还不如几个小姑娘……”

三言两语，把两个汉子说得面红耳赤，悻悻而散。

“当时一点儿也不知道害怕，事后想想，哎呀，万一人家不听呢？会不会也朝我们动手啊……”晓娜在日记里真实地记录了自己的心路历程，“后怕归后怕，再遇到这种事情，我还是会挺身而出。不然，岂不辜负了身上的这身蓝衣服和红臂章？”

在晓娜他们眼里，网格员的这身制服，虽然没有警察来得威风，但却是职业操守的象征。

“如果我们不管，老百姓是会骂娘的，唾沫星子也会淹死人的。”张晓娜在日记里写道。

网格虽小，管控能力却能无限放大。社区要求网格员们，必须有第一时间发现问题的能力，并马上在网格里解决。居民但有诉求，网格员必须5分钟内到达现场，小问题2小时内解决，大问题1天内给予答复，做到“小事不出网格，大事不出社区”。

如今，这种快速应急机制已经深入民心。以前，小区的居民们不管有什么难事，第一反应就是拨打12345。等到投诉电话再返还到具体的职能部门，有时候就过了应急的时间点。一个解决不好，很容易引发社会舆情。

“自从有了我们网格员，老百姓挂在嘴边的口头禅都变了，原来有事就打12345，现在有事就找网格员。关键是，网格员好使啊！电话是死的，我们是活的。每家每户都有我们发放的便民联系卡。网格员电话二十四小时开机，二十四小时不间断服务！”说到自己的工作，张晓娜脸上的骄傲与自豪越发浓烈，“现在的投诉工单越来越少了，网格员的电话越来越多了。我们的目的，就是要把问题解决在萌芽阶段。”

说到这里，她不由得回想起了另外一件事。

七家村院内有两棵积年的大杨树，枝叶蓊郁，有些树枝甚至已探到六层住户的阳台上。张晓娜他们担心阴雨天会有安全隐患，就多次与绿化所反映，却苦于走相关手续需要时间，一直没能办理。这不，眼瞅着一场大风就要来临，考虑到居民的生活安全，张晓娜他们在居委会的帮助下，特意申请了特事特办绿色通道。修剪树枝那天，网格员们提前挨家挨户走访，协调挪车、修剪树枝等相关事宜；冒着炎炎烈日，坚守在修树现场，直到所有的树枝清理完毕……

群众事，无小事。小小的网格员，牵动着城市的大发展。他们是这所城市的听诊器，聆听来自社会基层哪怕是最微弱的声音；更是城市改革的风向标，连接着社会发展最强劲的脉搏；他们还是现代化城市管理输出端口的调和器，一头牵着居民生活的家长里短，一头牵着政府职能的应办尽办……

他们活跃在每一个社区，活跃在每一个普通人的身边，守护着每个网格内的“小美好”。他们就像枝头的无花果，把自己化成一片叶，化成一朵微笑的花，却把果实奉献给了最基层的民众……

他们是新时代最可爱的人。

一个网格员的诗和远方

陈玉珍

从来造化钟神秀。在济南，在历下，这句话似乎格外容易找到佐证。

瞧吧，千佛山、大明湖和趵突泉，大自然一股脑地给了济南。而济南，又一股脑地把它们全部安放在了历下。山、湖、泉、老城、老街巷，在历下这块土地上各自璀璨，各自生辉。各有各的风华，却又相互依偎，毫不吝啬衬托对方的美。以至于济南的美，历下的美，总是美得那么和谐，温润。一如谦谦君子。

而最近，在历下这块美丽的乐土上，活跃着这样一群美丽的身影。他们身着蓝领衫，臂缠红袖章，穿梭在历下区大大小小或古老或年轻的小巷中，用脚步丈量社区，用责任守护一方，成为大美历下、首善之区一道靓丽的风景线……

他们，拥有一个共同的名字——社区网格管理员。人们亲切地喊他们网格员。

一

网格员是干什么的？

想当初，宋莉刚刚来社区应聘网格员的时候，和笔者一样，对网格员的了解几乎接近于零。

“总不是来社区管理网络的吧？”30 来岁的她，笑容像泉水一样干净清亮；短发齐耳，看上去简单而富有朝气，“网格员和网络员一字之差，但我知道，肯定不是一回事，应该……和我以前干过的物业差不多吧，和老人打交道多一些，我觉得自己还是挺适合这个工作的……”

果不其然，经过连续几轮的面试和学习，活泼开朗又性格坚毅的宋莉顺利成为一名新时代的网格员。

“可不要小瞧我们这个行业哦！”宋莉手里攥着她常用的一支签字笔，轻轻摆弄着，“这可是新兴职业，嘎巴新的哦……”

的确，正如宋莉所言，网格员最早其实并不叫网格员，各地区的称呼也并不完全一致。直到2020年7月6日，人社部国家市场监管总局、国家统计局向社会发布了包括“区块链工程技术人员”“城市管理网格员”等在内的9个新职业。由此，网格管理员正式走上历史舞台，开始了特殊使命，成为自《中华人民共和国职业分类大典（2015年版）》颁布以来发布的第三批新兴职业之一。

网格员的工作说起来其实很简单，每天的任务，无非就是进村入户、走街串巷，对自己所负责的网格进行巡访。他们是直接面对群众的基层服务人员，是社区服务工作最基层也是最前沿的基本力量和神经末梢。如果说，一个社区是一张网，那么，网格员就是这张网里最细小也是最活跃的细胞因子，政府正是通过这一个个细胞因子，和人民群众紧紧地联系在一起。

由此，网格员的重要性可见一斑。这也是新时代里，政府创新工作职能，摸索出来的工作样板之一。

“您可不知道，我们入职的第一天就入户了……”

宋莉说，当时，正赶上社区推行垃圾分类的工作，她所在的历下社区恰恰又是整个街道的垃圾分类示范点，各种琐碎事宜瞬时间扑面而来。

“敲门入户对很多新人来说，可不是件简单的事。你想啊，上班的第一天，啥都还不了解，一头的雾水呢，这就要一猛子扎进人家家里去了，能不犯难吗？”

她至今记得自己敲开第一户人家的大门时，那种紧张又兴奋的心情。

“当时最先见到的是一对中年夫妇，人很温和，见到我们去，稀罕得不得了，说在这儿住了这么多年，第一次见到社区工作人员登门，特别开心……”回想起第一次敲门入户的情景，宋莉的脸上充满了笑意，“都说万事开头难，我觉得自己还是蛮幸运的。第一次敲门成功，也让我对以后的工作充满了信心。我就觉得，我可能，天生就是干这一行的料！”

“你干这一行，父母支持吗？”我忍不住询问。

“支持呀！他们觉得女孩子有个稳定的工作，还是不错的。只不过，我身边的朋友啊，闺蜜什么的，可都不这么想，他们觉得这个活儿吧，比较话痨，鸡零狗碎的，可能更适合大爷大妈、中年妇女一类的人来做……”说起这些，她自己也不由得呵呵笑起来。

“那你现在觉得自己话痨了吗？”我也开玩笑地问她。

“话痨嘛，的确是有了些。因为这个工作就是比较琐碎，你得和各种各样的人打交道，遇到不能解决的问题，还得一遍遍宣讲政策。急不得，骂不得，不过还好，我觉得自己还是挺适应的。”

宋莉理了理额前的几缕碎发，继续跟我们讲她网格里的那些“零碎事儿”。

记忆的大门一旦被开启，很多沉淀在岁月长河里的往事，就重新浮上她的心头。

第一次就如此顺利，其实并不代表着整个世界都这么美好。很多像宋

网格员宋莉

莉这样年轻的网格员，他们的入户经历，也是喜忧参半，失败的案例比比皆是。可以说，就像电影里的悲情主人公，酸甜苦辣皆有，各种版本俱全。

“302、302 有人吗？我们是来登记居住信息的！”

“你们谁啊，不开！”

“201 麻烦开一下门好吗？我们是社区网格员……”

“啥格子员？前不久刚登记过，又来？闲得慌？”

……

宋莉说，每天都需要这样爬楼、巡查，其实都没什么，有时候最怕的不是苦，不是累，而是不被人理解。网格员的工作是新兴事物，注定需要有一个被接受的过程。

“越是遇到这种情况，越考验一个人的智慧和心胸。”宋莉说，“你不但需要继续微笑服务，还要讲究技巧，为此，我还单独做过不少功课呢……”

“那当然，你做的网格员敲门入户手册，可是传遍了整个社区呢！”旁边的网格员小张抢着说，“我们都记得很清楚，敲门敲三下，开门先问好，平时多唠嗑，工作有人找……”

“唠嗑是网格员的工作法宝之一嘛。”宋莉接过话茬，继续聊起了自己的“网”事……

“都说无事不登三宝殿。一个优秀的网格员，要想做好自己的工作，就要千方百计拉近和老百姓的距离。等到有事的时候再登门唠嗑，有时候就很难解决问题。没事聊两句，大事小情的，他们就都愿意和你说了嘛。”

“大爷大妈，您最近身体怎样呀？”

“阿姨，最近还经常加班吗？可要注意身体呀……”

上至七八十岁的大爷大妈，下到上学的孩童，每次遇到社区里的大人小孩，宋莉都喜欢和他们聊上几句。时间久了，网格内有多少户群众、多少口人、多少名党员、多少户低保、多少户五保、多少家企业、多少间危房、计生奖扶、低保户、五保户等，都记在了她的心里。

这些工作，对宋莉来说，其实并不难。只不过，比起她原先干过的物业来说，却是更加繁杂。

每天从早到晚，网格员都要在自己专属的“网格”里穿梭、巡查，管理自己的“责任田”。与居民谈心，聆听他们的诉求，代办居民老人卡、代缴水电费、代收包裹，疏通下水道、清运垃圾……这些，都是网格员的日常工作。居民的衣食住行、柴米油盐、头痛脑热……哪里出了问题，哪里就有网格员。问题不论大小，都必须及时、快速做出回应。力不能及的，就要及时“吹哨”，通过“爱尚历下”APP 平台，向社区、街道、区、市反映，最终由科所队、各部门等专业下沉力量联动解决。

很多时候，他们就像古代的地保、里长，这片区域里的大事小情、婚丧嫁娶、生老病死、人口流动、邻里纠纷等等，都得摸得门儿清。网格员们管这叫“一口清”。

“这是一个网格员基本的素养。”宋莉说，“我负责的这一片，网格内 368 户，1039 人，居民所有信息全部录入‘爱尚历下’APP，党员，残疾人，独居老人，失独家庭都分别备注，几乎每隔一天就去家里看看情况，或者敲门问问。”

对宋莉他们来说，“网格”就是他们的家，居民就像他们的亲人，无论亲人提出什么需求，事无巨细，网格员都要及时与居民互动，寻找有效途径和办法，竭心尽力解决。

二

“我们刚被分配到社区的时候，刚巧社区书记腿部受伤请了长假，8 个网格员被临时安置在会议室里办公，没有电脑这些办公设备，可工作一样不能落下。那时候，正是疫情最严重的时候，我所在的文华园社区是一个开放式的老小区，居住的人员复杂、数量又多，管理难度特别大……”

宋莉负责的网格里有 300 多户家庭，每一户都要逐一登记人员信息，逐户排查人员情况。有时候，一户人家可能要跑好几趟。要是再碰上几个不配合的，需要费的口舌就更多了。

“宣传党的政策方针，是我们网格员的工作之一嘛。居民越不理解，就越需要我们耐心解释。只有这样，咱们党的政策方针才能执行下去……”

整个防疫期间，宋莉已经记不清自己跑了多少个楼层，办理了多少张

"临时通行证"，张贴了多少份疫情防控宣传海报，为居民跑腿买药，送菜上门的事就更加数不胜数……

当然，在这场没有硝烟的战斗中，宋莉不是一个人在战斗。光是整个历下区，就有 1000 名专职网格员，3300 余名网格信息员奋战在疫情防控第一线。他们用密集的脚印，织就一张史上最严密的疫情"防护网"，把人民群众牢牢护在网中央。一个网格员就是一名战士，一个网格就是一个战场，正是这股看似微小的力量，这份看似不起眼的工作，串起了联防联控最坚固的人民防线，凝聚起众志成城的磅礴力量。

值此一役，网格的自我防护力量被彻底激活，社区网格员也在人民群众中彻底扎下根来，成为老百姓心目中的"守护神"。而宋莉这些年轻的网格员们，经受住了精神与肉体的双重洗礼，也找到了自己存在的社会价值和人生意义。

居民老王，因受疫情影响，原先干得很红火的小饭桌被迫停摆。无奈之下，两口子只好老老实实在家趴"窝"。一下子断了经济来源，俩人心里要说没点子小情绪，还真有点不现实。这不，宋莉的"AB 角"，网格员伙伴小张，就率先遭遇了老王夫妇的第一波"怒火"。

"王叔，您开下门，我们来做个登记……"

"家里没人！"

"王叔，您不在家吗？我就向您了解几个情况……"

"饭碗都没了，还登记个啥？走走走……"

反复几次，老王不是不开门，就是隔着门和网格员怼来怼去，怼得小张泪眼汪汪，只好求助于自己的网格员伙伴"AB 角"宋莉。

宋莉在网格里素来以点子多著称，是有名的小诸葛，和事佬，这种情况自然不能硬上。她告诉小张，不着急，寻找机会，也就是寻找突破口。

功夫不负有心人，突破口真就来了。这一天，宋莉和小张两人照例来老王楼下转悠，见楼下的垃圾没有清理干净，摸起电话就和垃圾督桶员取得了联系。很快，垃圾清理人员到场，宋莉她们也一块帮衬着清理剩余的垃圾。而这一切，恰恰被楼上的老王看了个正着。

"我说，你们那个啥网格员，这么热的天，这么大的味儿，不难受啊？

咋不叫你们社区书记来检查垃圾呀？光欺负你们几个小姑娘算干啥的？”

性情中人老王开了腔，开始为两个网格员打抱不平了。

宋莉一听，知道机会来了，赶紧回话：“王叔，谢谢您关心哈！都叫书记来，俺们就没活干了嘛！每个人都有每个人的职责，脏点累点，我们不怕！”

“你们这些娃娃还真是……”

几番简单的交谈下来，老王逐渐打开了话匣子，不再那么抵触了。宋莉趁热打铁，把需要的信息要到了手。按理说，宋莉她们的工作到此基本算是结束了，但是宋莉觉得，这还不够。作为一名网格员，还应该做得更多。

“居民的事，就是我们自己的事。当你知道自己的居民生计都成问题的时候，怎么能无动于衷呢？一个社区就是一个大家庭，哪一家有了问题和困难，我们都有义务去帮助他们解决。”宋莉如是说。

通过聊天，宋莉了解到，老王夫妇目前最大的需求，其实就是希望能再找到一家门店，老两口卖个蒸包，凭自己的小手艺养活自己；但苦于找不到合适的地方，大了不行，小了又不够用，愁坏了。

宋莉一方面先应承下来，帮他们从社区寻摸合适的地方；一方面也劝老两口不要着急投资干别的营生，眼下，还是先把自己的身体照顾好，等疫情过去，再拾起自己的老本行，把钱挣回来……

后来，得知老两口还在为自家儿子的婚事犯愁，宋莉又帮着他们家儿子张罗对象。一桩桩，一件件，件件做到了老王夫妇的心里。执拗的老王夫妇也彻底被宋莉的好心肠感动了，一老一少成了朋友，网格员和老百姓成了一家人。遇到小宋做不下工作的人家，他甚至亲自上阵，帮忙说和。

“说一千句，不如做一件实事。”这是宋莉的座右铭，也是她网格员工作的第二大法宝。

这不，5月的一天，宋莉一大早就接到了张大爷的求救电话：“闺女呀，快来救命呀，你张大妈她不想活了呀……”

“啊？啥事这么想不开呀？您可千万拦着我大妈，我马上赶过去！”

事态紧急，宋莉抛下手中的饭碗，把儿子塞到丈夫手里，火急火燎地往外就跑。

“嗨，你这饭还没吃上一口呢！”丈夫在后面心疼得直喊，宋莉却顾不上听了，风一般地骑上车，赶到了张大爷的家。

进门一看，已经 90 多岁的张大妈歪着身子躺在沙发上，面前的茶几上摆了一溜的药瓶子，一见到宋莉，就拽着她的手一把鼻子一把泪地哭诉起来：“闺女呀！你们社区骗了俺家老张头 900 多块钱呀，没天理了呀！你们要不还回来，我可就不活了呀……”

“啥叫社区骗的呀？”跑得气喘吁吁的宋莉听得一头雾水。

经过和老头老太几番交谈，宋莉才逐渐摸清了事情的原委。

原来，前一阵子，张大爷家的油烟机坏了，儿女一直没空过来看看。张大爷情急之下，就找了街上的一家维修部，上家里来维修。结果，机器是修了，钱也收了，没几天老毛病又犯了，还是不好使。张大爷急得去店里找人，却见店门关了，人也找不到了。

“他是你们社区的，你们就得负责把这钱要回来！”张大妈一边哭一边说。

“大妈，您咋知道他是俺们社区人员？”宋莉耐着性子问。

“你大爷说了，他家店门口挂着你社区服务的牌子来！”

“啊？是这样啊……”宋莉不禁哑然失笑，知道两位老人是误会了，可又不能直接批评他们，还得以帮他们解决问题为要。

好在老人家留下了对方的名片，上面有联系方式。宋莉通过电话和对方沟通，约定第二天当面解决问题。

第二天一早，宋莉又一次赶到了张大爷家里。不久，维修工人也赶到了现场，并二次加固了螺丝。但由于油烟机各个部件老化严重，并不能达到老太太的期望值。

“这不坑人吗！ 900 多块钱，修成这样，还不如买个新的！俺不管，这油烟机俺不修了，把你换上的零件拆下来，带走，退钱！”老太太说着，手里又攥上了药瓶子，拧开瓶盖就要往嘴里倒，“不退钱？你试试！反正我活得也够本了……”

“怎么能这样呢？怎么能这样呢？这不讹人吗？”小伙子急得额头冒汗，却说啥也不肯让步。

宋莉一看事情僵持住了，一边安抚老太太不要走极端，一边示意老头把老太太看好，这才把小伙子拽到一边，轻声细语和对方商量起来。

“大姐，实在不能退啊，俺这活儿也干了，件也买了，哪有退的道理？”

“这位兄弟，你看两位老人家都这个岁数了，万一急出个好歹来，可咋整？你就看在老头老太太年纪大的分上，不要和他们计较了，适当收点钱算了。就算不能全退，可也多少退点，回头姐姐帮你多介绍几个客户，你这钱很快就挣回来了哈……”

就这样，宋莉这边劝了那边劝，两头做工作，总算让双方各退一步，才算了事。事后，两位老人拉着宋莉的手，一再表示感谢。等到打疫苗的时候，不用小宋他们说，主动去社区打了疫苗，说要以实际行动回报小宋他们。

“这些孩子，真不孬！”老两口逢人边说，网格员比自己的儿女都要亲。

是的，网格员不是绣花女，却要像绣花女绣花一样穿针引线，精心拿捏；他们也不是农人，却要像农民一样精耕细作。而我们的城市，也因他们的存在变得更加美好，更有温度。

业余时间的小宋，喜欢用文字记录自己的网格生活，并做成美篇发布出来。于她而言，网格员的工作每天都是新的，每天都有新的故事发生，而幸福，就在这一个个或大或小的故事里面发酵，并化作一座坚实的桥，温暖且不可破。这就是她，一个网格员的诗和远方。

是网格员又是领路人

——他让“问题小伙伴”投入社区服务

李培乐

他曾是“孩子王”，几年前还带着小伙伴玩摩托车；他现在是济南文恒社区的网格员，他让身边的“问题伙伴”走出家门，开启社区公益之路。他们还给自办的社团起了一个意味深长的名字——“引力志愿团”，希望他们青年志愿者团队吸引更多的人加入社区公益。

李瑞年在老旧小区改造中征求居民意见

“引力”的诞生

25岁的李瑞年，曾经做过两年半的音乐教师，专门教授声乐、钢琴和架子鼓。可是没有想到的是一场疫情，彻底让其赋闲在家。在文化东路街道办事处，李瑞年谈起儿时的梦想，还是略带遗憾：“妈妈那边三代都是军人，可以说我对军人是天生的向往，可是接连的体检不过关，让我遗憾终生。”但是那一颗为国抛头颅洒热血的心不曾改变，在疫情期间他说自己看到大家众志成城地抗疫，热泪盈眶，不自觉地就去站岗，为社区尽力。

1年零4个月，451家住户，1431个人，7个商铺，14个工作群，1部电话，1个人，李瑞年在平凡岗位做着不凡之事。可是在2020年4月份看到网格员招聘前，他甚至不知道网格员的含义。自从成为网格员，用他们小区的书记郗方策的话说：“变化太大了，我还觉着他们是那群让人头疼的毛孩子，没想到已经能让居民暖心了。现在他的知名度大大提高，大家大情小事都找他。”

曾经的他，一到暑假就找小伙伴联机打游戏，在虚拟世界驰骋。从小个头就高的他，是大家公认的“孩子王”，他带着伙伴们一起玩摩托车，闹得小区的人直摇头。

9日，上午，面对《齐鲁晚报》“齐鲁壹点”记者，他说：“上班后，我就不玩游戏了，但大家还在玩，我就想让大家也和我一样走出来，以前感觉游戏是养分，现在社区活动也是养分。”

自从成为网格员后，在2020年的7月，他主动建立了微信群，把一帮伙计都拉进了群里，让大家填表成为志愿者。因为“孩子王”的优势，第一次来了8个人填表。“全是我们小院里的，包括三个没日没夜打游戏的，还有一位不大喜欢与人交往的。”后来，另一位不太喜欢与人交往的也填了表。

既然大家还是愿意为社区做事情的，李瑞年就张罗着给志愿团队起个名字。“喜欢宅在家里的，起的名字比较二次元；进入社会早的起得比较刚，比如狼族、兄弟团，我觉着还有女孩，这样的名字不合适。我就说实在不行我起一个，叫引力，我吸引你们，你们也吸引我，我们一起吸引更多的人从事社区公益。”听到这个名字，大家一致通过，就这样“引力志愿团”诞生。

辛苦而有意义的活动

看到小区里杂草丛生，有碍观瞻，他们决定第一次活动，就是给小区除草。李瑞年先去开导在家打游戏的小伙伴：“拔拔草，锻炼一下，对身体也好，草少了，蚊虫也少，对社区也好。”说动了三个小伙伴，他又带着他们去找一个整天在家不愿出门的小乙（化名）。“我们中有一个是女孩，正好小乙是女孩，这样也更方便。”

到了小乙家，几个人你一言我一语：“不去远的地方，就在我们的院子里，很简单的活。”但小乙还是面露难色，最后，李瑞年说：“你不想干活，可以给我们拍拍照片，帮我们个忙，你写字好看，可以帮我们做记录。”在大家的苦口婆心劝说下，小乙终于走出家门。

“开始她只是站在旁边看着，后来也加入我们除草的队伍里了。”在这些年轻人的手里，社区道路边上的野草渐渐被拔了个干净。“虽然身上被咬了很多的包，但是大家都很开心，出了一身汗，大家在公益里找到了乐趣。”

在2020年的10月份，他组织小伙伴清理一号楼的二单元和三单元长年累月积攒下的垃圾。“从下午3点多一直干到晚上8点多，戴着口罩也没用，鼻子里都是灰尘。”郗方策说。这两个楼道空间比较大，很多废弃的东西扔在那里。“里面有蜂窝煤，有炭块，有豆浆机，还有纱窗等等，甚至还有一箱20世纪80年代的肥皂。”就这样，他们徒手全部搬了出来，连夜找三轮车将其拉走，楼道里一下就变了样。居民们也很支持，帮着洒水搬东西。

他还组织这帮小伙伴去做防疫的志愿者，为人口普查做宣传，渐渐地“引力”在社区中也有了知名度。

变化的小伙伴

为了锻炼另一名不爱与人交往的小甲（化名），他们特意让其去给大家买饮料。“我们还会找另一个人跟着他，门口就有小卖部，但有时他一个小时买不回来。他如果找不到我们要的口味，就一直站在那里，也不说话。”但是在李瑞年的眼里，这每一次改变都是进步。

记得人口普查的时候，小甲跟着李瑞年参加宣传，但是开始一直跟在其身后不说话。“他有个习惯，紧张的时候就一直用手指转头发，那个时候与人说话比较困难。”一开始，小甲都是支支吾吾，但是后来也能跟人说出“晚上人普七八点”的话。这句话完整地说应该是：“老师您好，我是志愿者，近期会进行人口普查，晚上七八点普查员会到家家访。”虽然小甲没有做自我介绍，没有说完整的话，但是能那样说出核心概念也让李瑞年很高兴。

为了让小伙伴们有动力去奋斗，李瑞年带他们去看他买的新房，让他们有目标。同时，为了小伙伴的愿望，甚至深夜就开车带他去看海。

在 2021 年 7 月份一个周六的晚上，小甲说到自己快 20 岁了，没有见过大海。听到这里，李瑞年当即表示：“我们马上走，我开车带你去日照看海。”又叫了另一个小伙伴，三个人连夜出发，凌晨一点到了日照海边。“赶上退潮，我们用手机的手电筒照着明，在海滩上逮螃蟹，小甲逮了好多大螃蟹，我也捡拾了一些小海螺。”大家一口气赶海到凌晨四点，困得不行了，才找了一家渔家乐沉沉睡去。

勇敢面对生活的小伙伴

“我不会去奢望小甲说声谢谢的，他可能心里有，但嘴上是不会说的。”李瑞年说小甲不善于表达，更不太会拒绝，“比如说，他买了 5 瓶水价格 5 元，老板如果收他 6 元，他明明知道，却照样会给 6 元”。但是，后来因为一件事情，意见不同的李瑞年和小甲吵架了。“他说你不用管我这么多，当时我很不高兴，但后来我转念一想，我很高兴，这证明他开始说‘不’了。”

由于不愿意与人交往，最初小甲只是在电影院兼职检票，后来没有了工作。9日的采访中，小甲已经进入一家肯德基店炸鸡了。“店长是我朋友，我们说好了，朋友同意他去，但是他差不多拖了有一个星期才入职，但是他毕竟走出了家门。”李瑞年说，小甲现在已经和正常人差不多了，“他能出来工作，能与人交流，我真是很高兴。”

同样，小乙也有了可喜的改变。最近有一次小乙的妈妈联系李瑞年问，有没有什么活动需要小乙。“他妈妈嘱咐我说需要，我自己当然也要说需要。”李瑞年说，为了让其走出进门，他们甚至有时会找一篇文章说需要电子版，让小乙帮着打出来，小乙很高兴地就完成了“任务”。有了信任，小乙曾对妈妈说：“有年哥在，我就可以去”。

这个“引力志愿者”基本都是年轻人，有的人还在上学，但是李瑞年希望，只要大家有时间，还是一起为社区做事情。现在小区有一些老人也开始参与社区活动，他说这就是“引力”的价值。

社区的“大管家” 居民的“贴心人”

李培乐

“为他人服务，心里特别舒服”。42岁的赵莹，和善健谈，具备天然的亲和力。他因为苦难时感受到了他人的温暖，从此下定决心要做个温暖他人的人。而文东社区第五网格员的身份，则给了他如鱼得水的天地。

一个孩子的暑假到一群孩子的暑假

人到中年的赵莹，和很多的中年人一样，上有老下有小。不幸的是，家里的孩子生了一场重病，让中年的他倍感压力和痛苦。人在痛苦中，越

网格员赵莹

发会感受到社会的温度，越是会产生感恩的心。

“社区摸排到了我家，给我帮助，很暖心，给了我动力和希望。”为了回馈社区的帮助，他做了四个月的志愿者，他觉着只有这样才能对得起社会的温暖。去年在听说历下区网格员招聘后，他毫不犹豫地报了名。“我本来是印刷厂的工人，搬家后上班路途很远，很难周全地照顾家人，更难以参与社区的活动。”为此，他下定决心，辞去相对高薪的印刷厂工作，穿上了蓝马甲，成为一名穿梭在大街小巷的网格员。半生已过，选择转身，是一种勇气，何来的这种勇气？“为他人服务，心里特别舒服”，这句话就是他所有勇气的来源。在交流中，赵莹说，他的人生追求无外乎存在感和个人价值，而网格员恰恰满足了他的所有的追求。

的确，他是爱这个职业的，他走进自己服务的社区——山艺校园，就像是到了自己的“地盘”，几乎每一位退休学者、教授，都是他的老熟人。“最近挺好吧，好几天没有看到你了！”“你的高龄补贴我给你注明一下，你就不用跑了！”他自豪地介绍道，他可能是整个网格员中第一个有办公室的人员。说是办公室，其实就是放在老干部活动中心角落的一张办公桌，上面放的都是社区的各种政策，方便居民取阅。

“多亏你了，都弄好了，都是你的功劳，谁和你似的这么认真！”说起楼内的污水管更换一事，居民荀素兰甚是高兴。在原山东艺术学院党委书记于洪杰家里，于老领着笔者一起看了刚更换的污水管：“原来的铸铁的都快锈死了，这下方便多了。”说起赵莹，于老连连夸奖：“工作热情，联系面也广，现在有问题都愿意找他。”

与居民的关系熟络了，大脑也开始活跃起来，他针对暑假中孩子们社会实践少的情况，组织了艺苑青少年志愿服务队，成员主要是山艺的大学生还有小学生，组织他们参与社区的活动，通过活动让孩子们放下手机，服务社区。“让一个人的暑假，变成一群孩子的暑假。”赵莹说。只要孩子们想去的地方，他都会着手去组织，在9月份他还刚刚组织去了警察博物馆。同时，他还和血液中心一起搞活动，组织社区居民献血，并且组织山艺的老艺术家们提供绘画等作品作为奖励，将这一公益活动办得有声有色。

从网格员到社区“大管家”

在山艺校园里的走访，大家提到最多的是赵莹的热心，特别是对于其照顾患有精神障碍的父子，都是直竖大拇指。在赵莹的带领下，笔者和他一起按响了这户人家的门铃。长时间的等待后，一个青年男子开了门，只见他低头、沉默，面色腼腆。走过放着一些垃圾的过道，昏暗的灯光下，父亲在喝着酒，满桌都是饭菜，有的已经变质，在屋里还是能闻到一股难闻的气味。

“这比以前强多了，以前下不去脚，家里全是垃圾。”说起当初的走访，赵莹说他都想不到会有这样的生活状态，当时真是连门都进不去，老鼠蟑螂随处可见。“一米多高的垃圾桶，装了 30 桶。”当时赵莹一个人戴着好几层口罩，在屋里将垃圾一锹一锹地铲出来，别人在门外装进垃圾桶，因为屋里的味道实在不是人人都能忍受得了的。

“垃圾 40 多厘米厚，连通道都没有，弄完后我的身上都是臭的。”这也就不难理解，为何大家都要为他伸出大拇指了。为了更好地照顾这对父子，赵莹下定决心，定期上门，现在这对父子拿着赵莹当亲人。另外，他还联系了老人的侄子，让其一个月带老人去洗一次澡，给理理发，让这对父子的日子过得清朗一些。

赵莹的热心和执行力，大家看在眼里，于是协调安电梯、下水道出问题等等大事小情，大家都愿意找他，而他的手机也成了大家解决难题的总机。“不管是在我的管理范围的还是不在我的管理范围的，大家找到我了，我就尽量地去协调，去解决。”渐渐地社区里老教授们也被感动了，纷纷响应赵莹的号召，开办社区的公益课，有绘画、乐器、演唱等等。

你说赵莹这个“大管家”有多大的影响力吧，听说山艺的校长有问题都找他询问一下。将简单的事做到极致，不逃避问题，不回避困难，不推脱，不挑剔，社区居民都看在眼里，记在心里。现在的他不管到谁的家里，大家都会热情地招呼他：“小赵，赶紧坐，给你倒水。”有了居民的信任，赵莹的工作动力更强了，他说自己会将根深深地扎进社区，为社区遮风挡雨，为百姓排忧解难，做一个超范围工作的“大写的网格员”。

从绝望到希望 网格员助力点亮安居梦

李培乐

提起诚基中心，济南人恐怕无人不晓。这座金碧辉煌的建筑，从诞生之日就是焦点，曾经的水畔金殿，曾经的豪宅，到后来的麻烦缠身，居民维权不断。甚至，这里一度成为治安的痛点，在重大的节日活动日，公安、消防等都要对此进行联合检查，而这里的居民也一度由天堂跌入地狱。在历下网格化管理的机遇下，现在这里逐步进入正轨，向着光明的未来奔去。

闹心绝望是常态

李贤明，建达南苑社区网格员，也是诚基中心四期的业主，更是当初维权活动的主要参与者。成为网格员后，他发挥与居民关系良好的优势，让建达南苑社区一步步走向有希望的新未来。

在文东街道舒适的会议室里，他娓娓道来。对于社区他是门儿清："我们以四期业主为主，主要是从 B1 到 B8，一共有 3400 户，现在统计的入住户数有 3323 户。"他与诚基中心的"缘分"来自 2010 年的冲动。当时做钢铁生意的他，每天都面对着变化起伏的钢铁价格，甚至一年多赔光所有的钱。为此，他想买个门头房，心想如果生意不好，至少还可以用门头房做个买卖，保底。于是，挑来挑去，他最终看中了位于核心位置的诚基中心的商品房，他花了 46 万购买了 20 多平方米的商业门头房。在他的设想里，这个门头房将会成为自己持续的生财渠道。为此，他对其充满了热情，建设中多次尝试去看自己未来的"聚宝盆"，可是施工方态度强硬，对他们看房的要求总是拒之门外。

没办法遏制自己好奇的他，终于找机会看到了自己的门头房。这一看不要紧，他的眼前一黑，用他的话来说："从来未有事，做梦也想不到，公摊居然占到75%，20多个平方的房子到头来实际使用的面积只有6个平方。”换句话说，他的46万购买了一个“鸽子笼”。

从那一刻开始，他的维权之路开始了。“开发商倒是也不回避，直接就让起诉。”就这样，通过司法的程序，在法院判决的支持下，他拿到重新置换的指标，用自己的“鸽子笼”置换了一套60平方米的房子。虽然胜诉，虽然置换了房子，可是对于他来说一切都还是另一种维权的开始。

“2014年冬，自己受了点刺激，宅在家里，正好我家二孩也出生，可是那时候没有通暖气，家里像冰窖。”忍受着，忍受着，后来就无法再忍了。于是，他们社区里的居民开始一起找相关部门，带头反映没有暖气的困扰。毕竟北方不像南方，加上新建的房子本来就冰冷，暖气的事情是居民心头的最大的痛。

历下区及时回应了他们的诉求，可是由于诚基中心的特殊性，里面牵涉很多的问题，比如用谁的户头开户，去哪里交钱，这些都是头疼事。最后，区里协调，社区书记用自己的名字开了总户头，文东街道和建南社区协调

网格员李贤明

来了服务队维修暖气管道，供暖的问题终于解决。

维权中成为网格员

可以说，诚基中心的问题，并不是一件两件，业主们只能拣重要的，一件一件地寻求解决之道。解决完暖气，保证大家能在房子里坐得住的问题后，他们开始为孩子找学校。

毕竟孩子上学也是大事，由于诚基中心的遗留问题，小区并没有配套的学校，而周边的学校，因为他们的房子没有房产证，也无法接收孩子入学。可是，生活在这个城市，总不能让孩子们求学无门吧。于是，业主们又行动起来，成立业委会，在业委会的统筹下，一遍遍开协调会，来解决小区的当务之急。最终，孩子的上学问题，在各级政府的协调下，有了明确的说法，“孩子们可以上十亩园小学”。当时听到这个落定的消息，居民长出一口气，内心有了更多的安稳。

大问题一件件地解决，社区居民们也随之有了更多的热情，渐渐也有了主人翁的精神。他们真切地感受到，历史的原因造成了当前的局面无法更改，但是凭着大家的努力，生活还是有奔头的。

去年，李贤明看到了通知，社区里招聘网格员。“这太适合我了，与社区居民打交道，这本来就是我擅长的，原本我也是在踏踏实实地为居民办实事，成为网格员正好可以沉下心来，做好这项兼具公益与为社区服务的事情。”于是，他以百倍的热情投入到网格员的工作中，脚踏实地地一户户地去走访。要问他对社区有多熟，你只需要跟着他的脚步在社区里走一圈就可以了。“刘阿姨，买菜去？李叔出去呀！”在城市的社区，笔者体验到了以前农村的那种邻里熟悉感。

对于小区的居民，家里几口人，都有什么人，李贤明更是张嘴就来，简直是烂熟于心。当被问到是如何做到这种程度时，他却淡然一笑：“这就是网格员的工作，这没有其他的办法，就是多走，多看，多问。”

小区里的特殊居民，李贤明更是加倍地上心。住在B8的一位失独老人，其实李贤明很早就认识，见了面也会打招呼。可是，没有成为网格员之前，他做梦也没有想到老人的孤独。“走访时发现老人家里特别干净，任何物品都井井有条。”和其他人家一样，家里只有一个窗户，一年到头见不到太阳，可是独自在家的她居然不开灯。“自己一个人过惯了，过独了！”听到这里，李贤明赶紧追问：“孩子们呢？”听到这一句回答，老人说：“孩子们都走了！”一开始李贤明没有理解这句话，接下来的谈话，他才了解到，老人的儿子儿媳孙辈因为出车祸都去世了。难以接受这种打击的她选择了离婚，自己孤独地居住在小区里。“知道了真实情况，心里很痛，一下子也就理解了这位阿姨。”从此，李贤明的心里就时刻想着她，“甚至后来每天都打一个电话问候平安，每周定期两次到家里坐坐”。除了日常的嘘寒问暖和关心，在李贤明的心里，他最希望的还是让老人重新焕发对生命的热爱，对生活的热爱。于是，只要社区里有活动，都会通知老人，而老人也很热心，现在经常参加活动。看到老人脸上越来越多的笑容，李贤明内心是满足的，也是骄傲的。“主动去关心他们，看看有啥困难需要解决，走入他们的内心，温暖他们内心。”

带领居民让社区重生

诚基中心四期的历史遗留问题很多，比如消防没有验收，比如污水外溢谁来处理，还有满楼道里的垃圾，甚至都下不去脚。这么多问题怎么处理？该如何一步步解决？李贤明觉着，要想小区好起来，还是靠业主，毕竟只有业主才是最爱这个小区的。

于是，他号召成立了先锋守护爱行动志愿服务队，开启了小区居民的自治旅途，成员都是小区的业主，现在有 50 多人的规模。“现在我们的小区的业主特别团结，因为我们怕失火，我们怕出现意外，只有大家同心协力，小区才有光明的未来。”

要想小区里有个舒适的环境，污水管道外溢的问题必须首先解决，毕竟谁也不想生活在一个污水横流的地方。定下目标，就要找准解决问题的途径，然后扎实地推进。最终，小区的污水管道疏通了，现在路面已经基本见不到污水。

对于消防管道的问题，这直接关系到居民的安全。诚基中心的四期，类似于酒店式公寓，一层就密密麻麻有 300 多户居民，一条或明或暗的长廊串联起来，总共有 14 部电梯。如果起火，后果可想而知。在小区居民的努力下，消防管道打通，给居民的安全又上了一把安心锁。

文化东路街道网格员日常工作

让人最头疼的就是垃圾了！李贤明说诚基中心小区里人员结构异常复杂，“85% 的房子用来出租，出租的形式五花八门，有日租、有月租也有年租”。可以这么说，一层居民 300 多户，找不到 3 户原业主，而且这三户也以老年人为主。租房户没有集体的概念，垃圾随手就放在门口。“夏天蚊虫、苍蝇横飞，垃圾堆得厉害的时候，在楼道里直接形成了宽一米多，高一米多的巨型垃圾带，即便垃圾桶就在楼道里，可是太多人还是习惯放在门口。”

为了让垃圾下楼，李贤明协调物业，共同清理垃圾。这些垃圾有多少呢？他们一群人，前后用了一周的时间才将所有的垃圾清理下楼，很多的垃圾臭得人直接呕吐。清理完垃圾，还要打磨到处污渍的地面。清理完垃圾，他们又用了 5 天的时间清理了楼顶的垃圾，“这些主要是旧家具、粪便等等”。

清理完垃圾，地面打磨出了原有的面貌，他们又协调让黑咕隆咚的楼道长廊恢复了光明。“不客气地说，以前没有灯，一个人都不敢自己出门。”为了巩固来之不易的成果，他们挨家挨户地走访，提醒垃圾下楼，可是还是有很多人门都不开，他们就在楼道里张贴上众多的爱心便利贴，让垃圾下楼。如果有人鞋放在门口，他们也会提醒；对于门口放电动车的，那更不允许。平常经常走动监督，如果发现有人乱放垃圾，马上就进行提醒劝阻。

居民主动要交物业费

在建达南苑社区书记邹丽凤和李贤明的带领下，笔者也探访了这个久仰其名而从未进入的著名“社区”，即便是在已经重生的情况下，依然让人吃惊和感叹。

这个巨大的楼盘，走进去就像是迷宫，电梯里到处还能看见清理完的粘贴痕迹。在一眼看不到头的楼道里，几乎家家户户紧闭房门。狭长的楼道里几乎看不到任何人，偶尔会碰到敞着门的业主。李贤明说，因为一家只有一个窗户，通风不好，所以原住户基本都会开着防盗门里面的门。

在五楼的东头，一位业主推着小孙子在楼道里走动：“现在好多了，真不敢想象会变成这个样子，虽然还有的人不自觉乱扔垃圾，但总体很好了。”

“历下控股改造之后，小区里常住的居民看到了希望，我们这里也扭转了原来不好的形象。”李贤明说。为什么他们住在这里，因为他们爱这个地方。“我们从心底里希望社区变好，给孩子们创造好的生存环境，现在有的居民主动联系我，说想交物业费。”因为居民们觉着，现在真的是变了天地，这样的变化也是对大家有利的，他们想维持这种向好的状态，也愿意交物业费鼓励这种劳动和治理。

在采访的最后，李贤明坚定地走在这个曾经让他心烦的钢筋混凝土建筑中，脚步轻盈而有力：“现在的心情特别好，看到希望了。”

的确，现在的诚基中心一楼到四楼，在历下控股的改造下，可以说是脱胎换骨，而住在这里的居民也期待更为光明的未来。

一天平均15000步　51岁的她被不少老人喊“闺女”

李培乐

“随风潜入夜，润物细无声”，帅东社区网格员杨兴霞就是这样的一种存在。“我的网格有1526人，436户，很多都是老年人。”说起自己的“辖区”情况，51岁的杨兴霞张口就来。她说，在成为网格员之前，她已经在这个社区工作了十五六年了，所以和其他人相比，她进入角色更快，协调事情更方便，“不少老人直接都喊我闺女”。

年龄“偏大”　活动量不少

“早上8点先给从美国回来的居民做核酸，然后就到处转转，特别是独居的老人那里，有空就过去坐坐。”说起网格员的工作，杨兴霞说就是到处转。这个转，从她手机每天记录的走步数，就能清晰可见。“平均都要15000步，没有低于1万步的时候。”

10月18日，笔者跟随杨兴霞来到山东师范大学宿舍区，这个宿舍区目前正在整修，一位老人正在路边拄着拐杖观望。“小心点大爷，离着远一些，天冷了，也穿得多一点。”一边说着话，她一边走上前去，扶着老人坐在旁边的椅子上。杨兴霞是那种话不是很多，但是却很善于沟通的人。

由于杨兴霞的丈夫是山东师范大学的工作人员，她在十五六年前也一块搬到了山师的宿舍，这片社区的居民，其实大都是她的邻居和丈夫的同事。“我熟悉得非常快，别的网格员效率高的半年能熟悉就不错了，我一个月就全部熟悉了社区的情况。”很快，杨兴霞敲开了宿舍区吕正东家的门。“来，来，赶紧进来，给你倒上水。”看到杨兴霞和记者，这位在大学的系里和校办干过办公室主任的老人很是热情。

“现在高校的宿舍管理社会化，宿舍里这意见、那要求需要迅速传达，比如哪家有漏水的，哪家有矛盾了，网格员正好把各种需求串起来了，有什么事情我们直接打电话，很快就回复，她（杨兴霞）就是中间纽带。”高层宿舍区里，老人特别多，吕正东说在9号楼有120多位老人，仅仅是高龄补贴的发放核实工作就很琐碎，需要挨家挨户地上门核对，有的老人还是独居，更需要有人勤上门探望，而杨兴霞干得很不错。

工作超范围　正能量很多

“其实像租房子等问题，并不属于我们的职责范围！”杨兴霞说。由于她们的联系方式都在明显的地方张贴，很多租房的人就找到了她们，这样时间长了，家里有房子出租的也找她。今年的暑假，杨兴霞一天甚至接到好几个租房子的电话。渐渐地，谁家漏水、装修扰民等等大事小情都开始找她，她也不拒绝，而是积极帮着协调。“我们就是与居民走得近，有事找我们也很正常。”

文化东路街道网格员日常工作

2020年的10月，小区里有位女士生了重病，小女儿在美国，大女儿自己也在医院。于是，杨兴霞就在医院陪了一天，“帮着给她做检查，办理住院，后来也几乎天天过去看一下”。说起这件事情，杨兴霞轻描淡写，她觉着这是应该做的。

还有一件事情发生在2021年的9月1日。当时一辆车倒车把郝老先生给撞倒了。“一听到消息我就赶过去了，老人年纪大了不熟悉医院流程，孩子又不在身边，他的老伴也行动不便，我就陪着去了医院，能帮上不少忙。”杨兴霞说。当时郝老先生身上多处擦伤。120来了之后，她第一时间和私家车主将郝大爷送到了附近省中医东院区，和医生说明情况后，帮助郝大爷申请了绿色快速通道，老人得到了及时的救助。

上午检查回家后，下午三点多，老人又感觉血压升高，不放心身体状况，就又联系了杨兴霞。“我就又联系车主，再次陪老人到医院，给做了脑CT。”杨兴霞说。确保老人身体无碍后她又将老人送回家。“看着老人平安无事、健健康康，就是我们最开心的事情。”之后的时间里，杨兴霞基本每天都过去看一趟老人。

“我老爹也90多岁了，看到老人很亲切，老人闺女闺女地叫我，一切就都值了。”对于自己这份工作，杨兴霞很满足，也乐在其中，她说这份工作是最适合她的。

芳 邻

——历下区燕山街道网格员工作采风侧记

徐清源

历下区燕山街道益寿路社区的网格员何阳老师是我所住小区的芳邻，我对他有印象，好几次在小区门口看到他向物业发放宣传页，跟清洁工一起打扫卫生，清理街道两侧的小广告，蓝色马甲特别亮眼。

我们从自家小区聊起，何阳很健谈，但非常谦逊，说自己成为网格员之前，话没有这么多，口才也没有这么好。

“网格员的工作核心是主动跟居民交朋友，把居民的事当成自家的事，每一件都记在心里，要把自己负责的网格区域内全部居民家庭情况全都装在脑子里，每天、每周、每月不间断向前运行，上级的好政策全都传达给居民，居民遇到的问题及时上报到街道，及时解决，及时反馈。我们网格员系统就是居民和街道之间的一座桥梁，不管遇到什么情况，都得第一时间挺身而出，把这副担子接下来……”

何阳说，如果不是为了等我采访，他这时候应该是在37号院那边，最近雨水多，平房区的屋顶漏水情况、院内排水情况都得随时关注，每天固定早、中、晚三次巡视，同时手机24小时开机，随时接听居民的反馈信息。

“现在不止我一个人这样，全区所有网格员、街道工作人员都一样，八小时以内工作排得满满的，自觉加班加点已经成了家常便饭……”

近年来，我多次参与历下区“深入基层、扎根人民”采风活动，了解区政府各街道部门的工作作风，真抓实干，快速响应，每一项工作都落在实处，早就看不到工作人员“喝茶看报”的清闲场面，而是真正做到“一个萝卜一个坑”，工作具体到人，层层压实，件件考核，整体工作水平不断迈上新台阶。

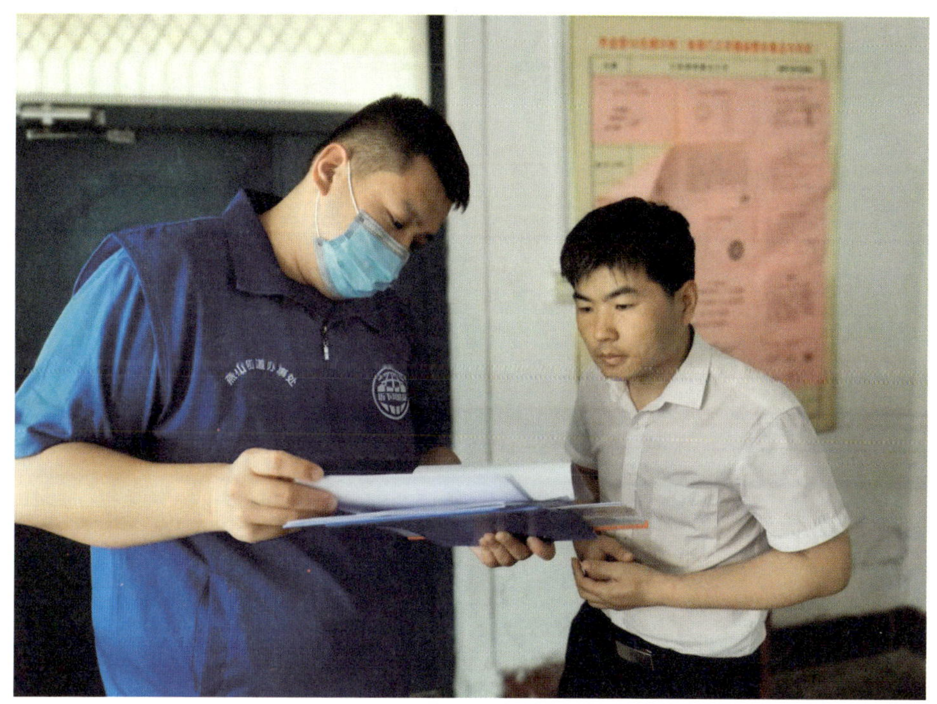

网格员何阳

当下，这种优良工作作风已经体现在网格员队伍上。

何阳负责的网格区域人多、事杂，作为一个 90 后，要想把所有事情都承担起来，并不容易。年轻人总是充满了干劲和闯劲，但很明显，要想成为一个优秀的网格员，只有干劲、闯劲是不够的。

谈到这个问题，何阳很有感触："我以前当过兵，接受过严格的思想教育和体能训练，复员后也自己开过公司，做过管理工作。即便是有这样丰富的人生积累，一开始进入网格员队伍，还是经历了一段比较被动的适应期。这项工作说起来容易，做起来很难，因为它太琐碎，没有一件是大事，也没有一件是小事——居民遇到的困难，再小的事对于一个家庭来说，也是大事。"

何阳举了一个例子，网格内有一位独居老人，孩子都在外地工作，有一次遇到电视遥控器失灵的问题，自己就解决不了，还是他上门给解决的。

"这些问题在很多人看来微不足道，但老人不会上网，用的手机是老人机，不知道该给哪个部门打电话求助。对于独居老人来说，电视机是个不能替代的伴儿，但对于年轻人来说，很少注意到这个问题，更不会体谅老人的焦急心情。社会与居民的连接，说复杂很复杂，说简单也简单，我到老人家里去，顺手解决麻烦，这就是社会和谐的具体体现。”

我跟何阳也聊到了很多小区的停车难题、卫生问题、邻里纠纷、噪声干扰等等，他提出了自己的思考：“济南发展越来越快，居民的生活节奏也是如此，现代化城市的居住环境注定了人与人之间要发生千丝万缕的联系。居民之间应该守望相助，而不是以邻为壑，如果在一个小区里，彼此之间都做对方的芳邻，邻里关系就和谐了，绝对不会出现影响安定团结的事。过去老话说，远亲不如近邻，近邻不如对门。这些话说得多好啊，应该制作成标语，对现代人的思想进行重新教育。古人都能做到的事，现在是 21 世纪，社会文明的发展日新月异，现代人当然也应该做到。”

说到“芳邻”，何阳有种感觉，他现在把网格里的每一户家庭都当成了自己的“芳邻”。

“有时候坐在办公室里，看自己的工作备忘录，上面记录的不是自己家的事，全是网格里面每一家每一户的事。家家户户过日子，都会遇到大事小情，他们找谁解决？我看到网上有人提议说，让他们打 12345 市民热线，但这些热线意见，最后不是在网上解决，还是要具体分配到每一个网格员手上。如果我们这支队伍能够提前介入，把居民的问题反映上报、及时解决，那就不必占用 12345 市民热线那么宝贵的资源了。”

燕山街道燕北社区专职网格员日常工作

他又举了个例子，有些居民反映小区楼下的卫生问题、小广告问题，其实在居民反映的同时，他已经通知了清洁工、社区物业等相关人员着手进行清理。居民反映问题是社会进步的体现，但是，最佳的解决方案不是“居民打12345”，而是“居民打网格员电话”，更好的方案是——网格员发现情况及时处理，居民还没意识到问题，问题已经解决。

何阳的工作方式带有90后年轻人的鲜明特征，那就是目光敏锐，擅长发现问题，还具备极强的执行力。

当然，社会上还有一些人戴着有色眼镜看待90后，时不时在网上批判“90后是垮掉的一代”。

对于这样的说法，何阳坚决反驳：“我绝对不接受‘垮掉的一代’这种失实的标签，90后是具有高度信仰的一代，我们这个网格员队伍，大部分都是90后，我有亲身感受，每个人在团队里面都具有高度的奉献精神，根本没有拈轻怕重、投机取巧的现象。前期社区的注射疫苗工作中，所有同事工作特别认真，头天加班到晚上9点，第二天照样按时上班，这样连轴转半个月，没有一个人掉链子，更没有一个人口出怨言。大家都知道，国家面临疫情防控的关键时刻，90后应该挺身而出，勇挑重担，关键时候能顶上去，为社会做贡献，铸成历下区抗疫的坚强堤坝。我跟同事们讨论工作的时候，大家的心很齐，爱党爱国，自觉奉献……”

在何阳身上，我看到的是属于90后的坦诚和阳光，他的奉献精神已经融合在社区工作的琐碎小事中，自始至终谈的都是手边的工作、团队的同事、网格的居民、细节的提升。

如果不是近距离采访，其实很难把90后跟社区网格员画上等号。

何阳的工作自信，来自党员父母的家庭教育。从父母那里，他获得的是“得到与回报”的朴实想法——“国家为百姓付出很多，社会安定，国富民强，人人有工作，人人有饭吃。我们要有感恩之心，知道我们今天的幸福生活是来源于伟大的中国共产党领导下的中华人民共和国。我们拥有了幸福生活，就必须回报社会，每个人都奉献出微薄之力，最终汇成社会进步的洪流。”

家庭是社会的最小单位，家庭和谐奋斗，整个社会的精气神就上来了。从何阳的谈话中，我深深感受到了这一点。

同时，何阳多次坦然地谈到，他的父母不止一次教育过他：“党员只有‘吃苦、奉献’的特权，入党宣誓的时候，就要记住‘随时准备为党和人民牺牲一切’，这不是空话，而是一名共产党员一生的信仰和追求。”

父母的言传身教，已经让何阳具有了做人做事的明确原则。这种教育贯穿了他的生活，就在他刚刚进入网格员队伍的时候，父亲就谆谆教导过——“先把工作完成”。

这句话让我非常感动，过去曾有一段时间，网上有很多人推崇职场上的厚黑学哲学，建议年轻人进入单位后，先熟读厚黑学，学会钻营之道，确保在激烈竞争中做到正确站队，获得自己的利益。

如果大家都把“先把工作完成”作为自己的处世格言，那么我们的社会自然就风清气正了。

在何阳身上，我看不到任何浮躁和散漫，只有“深入基层、扎根人民”的沉稳和坚定。

作家深入一线采风，就是要发现何阳这样的生动素材和鲜活人物。不过，在谈话中，何阳很少聊到自己的奉献和荣誉，反而举了很多身边同事的例子。

他提到，现在街道部门的干部年轻化，工作作风提质提速，在他身边就有很好的榜样——一位女领导，在工作中身体力行，精益求精，遇到难活重活，自己抢着干，没有任何上下级意识，唯一的目标就是把居委会工作干好、干得更好。疫情期间，加班最多的就是这位主任，所有最危险、最重要的工作，都是她第一个抵达现场。

他还提到疫情中特别感动自己的一位女同事，连续加班，毫无怨言，每天一丝不苟地完成自己的本职工作，跟全部男同事一样，顶着疫情风险的巨大压力，每天跑外勤。

“英雄、模范、榜样就在身边，只不过大家都在努力工作，全部心思都用在工作上，早就忘记了宣传这件事。大家都知道，只有抗疫全面胜利，才能真正松一口气。胜利到来之前，所有的困难都得自己克服，既然选择进入了网格员队伍，就得先把工作做好。您来采访我，实际就是采访益寿路社区的整个网格员团队，因为所有工作都是大家做的，我只不过是代表他们把工作摆出来。”

燕山街道燕南社区专职网格员解决居民反映问题

在何阳心目中，这支网格员队伍，以实际行动践行了社会主义核心价值观——“富强、民主、文明、和谐、自由、平等、公正、法治，爱国、敬业、诚信、友善”。

他还提到社会上的一种不良现象，遇到有事发生时，有的人袖手旁观看笑话，有人发表猎奇性消息博眼球，有人戴着有色眼镜看待正能量的社会新闻——“一个真正有良心的中国人，要自觉做到爱党爱国，要把这种爱融化在血液里。日常生活中，应该思考的是热情奉献，而不是只顾眼前利益，所以遇到任何事情，都要第一时间清楚地知道，我是谁，我应该干什么，应该怎样干。网格员的职责是桥梁、传声筒、宣讲台，要牢牢守住自己的阵地，坚决完成上级交付的任务。”

何阳说：“我们的网格员宣传工作还是做得不够，主任说过，要把居民请进来，让他们了解居委会的工作，大家还要走出去，走进千家万户，成为居民的朋友，把上级的很多好政策、好方法都介绍给居民，让他们享受到国家的福利政策，不让一户居民掉队。网格员要做好政府跟居民对接的最后一米工作，要把工作做到居民的心窝里……”

这些理论性的东西，知易行难，因为要靠网格员挨家挨户去宣传解释。尤其遇到上了年纪的居民，很多新名词必须掰开了揉碎了讲给他们听，一遍一遍，反复说明。

聊到最后，何阳给他自己总结了三个“三”——

他指着手边的一个超大号水杯，笑称自己每天必须喝“三”大杯水，不然嗓子都受不了。

走路、说话、爬楼是网格员必备的“三”大技能，同时，还要熟读最新政策法规和文件，随时答复居民提出的问题，并且做到准确无误，绝不能引起歧义——“居民都是我们的芳邻，我为人人，人人为我，才是建设和谐社会的最坚强基础。”

90后目前正在面临“三”十而立的关口，何阳所推崇的三十而立，不是地位、名声和财富，而是自己的“三”观——世界观、人生观、价值观。树立正确的三观，牢记社会主义核心价值观，90后的人生之路，才会越走越宽。

在采访中，何阳多次说到了“党建引领”的重要性，任何一项工作中，党员总是冲在前面，承担重任，起到模范带头作用，成为普通群众学习的榜样。社区每次开座谈会，老党员们总是提前到会，用实际行动给年轻党员做出表率。

他越来越感觉到，党员永远都是社会建设的中坚力量，每一位中国共产党员，都会做到全心全意为人民服务，不惜牺牲个人的一切，为实现共产主义奋斗终身。

在燕北社区，我见到了网格员梁凯老师，他的工作心得就是一个字——“熟”。

在他看来，网格员的工作要以“熟”为基础，只有跟居民熟悉了，才能在一起聊天，摸清网格区域内每家每户的具体情况，迅速高效地开展工作。

网格员是街道的千里眼和顺风耳，一定要认清本职工作的重点在哪里，那就是上传下达，把好政策第一时间传递到居民那里，并且要把政策好在哪儿、怎么才能让居民享受到讲得清清楚楚。

“国家颁布的政策一定是利国利民的，最可惜的是有些居民的接收渠道很窄，尤其是老年人，上网不方便或者是根本不会上网，错过了接受好政策的窗口期，最后享受不到待遇，这是非常可惜的。针对这个领域，网格员要做好宣传工作，像对待家人一样，把政策有针对性地宣传到个人。”

怎样才能把这个“熟”字贯彻到网格员工作中，梁老师的一行一动给我做了生动的展示。

他带我到社区参观，路上遇到的每个人都跟他打招呼，让我感受到一种久违了的亲密邻里关系，并且开始反省：当前生活中，很多人在小区里出行的时候，已经忘记了跟人打招呼这件事，邻里之间失去了关联，甚至根本没有任何联系，变成了城市里完全独立的绝缘体，不但陷入固化的信息茧房，也陷入了人际关系的茧房。人人都在控诉大城市的人情冷漠，但大家有没有反躬自省，自己是不是主动向别人伸出过友谊之手？

梁老师说，一个合格的网格员的工作应该是这样——不是在跟居民聊天，就是在去跟居民聊天的路上。只有通过长时间的聊天、拉家常，才能了解家家户户居民的准确信息，掌握居民的需求，及时地进行帮助支持，让居民的日子过得越来越顺心舒畅。

梁老师告诉我："赠人玫瑰，手有余香。在网格员工作中，越来越体验到这句话的真谛。当我们认真诚恳地对待每一位居民，他们也会给予同样的回报。人心都是肉长的，不是冰块钢铁，只要咱们付出了热情，就一定能得到回应。"

当我看到居民热情地跟梁老师打招呼，就知道他的工作已经做到居民心里去了，社区居民没把他当外人。只有这样，当他深入居民家中了解情

网格员梁凯

况的时候，才能听到真实的声音。这种倾听，才变得具有实际价值。

他给我举了一个例子，前段时间，他了解到一户居民的孩子下岗了，闷在家里，找不到工作。他积极向社区反映，利用业余时间，及时找到了燕山街道对口行业招聘会的信息，送到居民家中。很快，孩子参加招聘会，找到了新工作。在这个过程中，梁老师付出了时间和劳动，但没有求取任何利益。

“居民向我当面道谢，听到一声‘谢谢’，就感觉到自己这份网格员的工作真正为居民办了好事，解决了麻烦，再辛苦也值了。干这份工作，图的不是利益回报，而是为社会服务、为人民服务的荣誉感。我们的工作能为社会带来正能量，促进社会风气积极向上，这才是最重要的。”

梁老师对于网格员的工作有非常准确的定位。网格员的工作，就是打通居民跟政府沟通的最后一米，让居民心里的意见有上报渠道，得到反馈，正确的持续跟进，错误的马上跟居民讲清楚，把那些不良舆论及时澄清，迅速掐断，避免引发舆情。

梁老师告诉我，社会主义核心价值观是网格员坚守的原则，在关键原则问题上，绝对不能让步，要不断提升自己的对错判断能力，对居民的要求绝不能一味地迎合。在社会主义核心价值观的践行过程中，党员一定要成为带头模范，积极行动起来，关键时刻挺身而出，弘扬正气，打击邪恶，成为普通群众的榜样。

梁老师还说：“我感觉网格员需要不断地参加培训，积极提高自己的四力——脚力让人行动更迅速，眼力让人及时发现社区问题，脑力让人勤于思考解决问题，笔力让人提高总结经验的复盘能力。目前，我最不满意的就是自己的语言沟通技巧，一个优秀的网格员，在变成‘话痨’的同时，还要持续提高沟通的准确性、高效性……需要提升的方面太多太多了。”

梁老师的主动学习能力很强，自己购买了十几本提升表达沟通能力的著作，业余时间反复阅读，勤做笔记，再运用到工作实践中去。每次参加历下区政府组织的网格员座谈会，他总是精心准备，积极发言。

他对网格员的工作充满了热爱，也很有信心：“居民对我的工作很肯定，从最初的冷漠对待，到现在热情欢迎，是我个人的努力，也是网格员这项政府工作的大势所趋。有了网格员，居民就有了贴心人，逐渐养成习惯，有问题直接打网格员电话。他们跟网格员的沟通，从原先的发脾气、找麻烦变成了心平气和地沟通，然后大家共同提出解决意见，这才是解决社会矛盾的正确方法。目前来看，历下区的网格员工作卓有成效，已经成为社会治理的有力手段，每一位社区网格员都能够与群众保持联系，了解民情，转达民情，解决民情，帮助政府完成好社区的管理与服务，最大限度地减少矛盾，促进和谐，为历下区的社会发展贡献力量。”

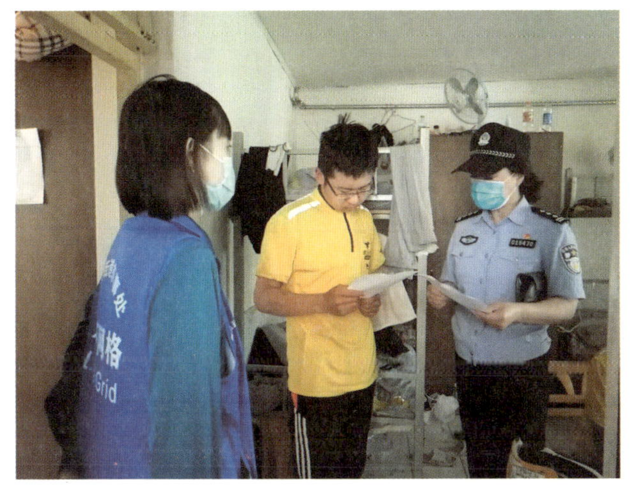

燕山街道燕子山小区社区第一网格入户排查群租房

跟梁老师交流，让我学到了很多。社区的管理与服务工作，充满了挑战性，也充满了人情味。网格员这份工作听起来简单，但实际做起来并不容易，需要具备高度的责任心，更要具备坚持为人民服务的奉献精神。一个优秀的网格员，就仿佛是一位高明的指挥家，能够把社区工作组织成一场和谐美妙的大合唱。

燕山街道的工作人员姜旭丹老师告诉我，为进一步加强和创新社会治理，提升基层网格化管理水平，燕山街道创新网格队伍建设模式，建成全省首个基层社会治理“网格学院”，邀请省精神卫生中心、燕山中学、辖区知名企业等单位的专家学者组成专家智库，为街道 46 名专职网格员提供了包含矛盾调解、城市管理、民生保障、安全生产等 9 大类 22 项方面的培训。经过两个月的培训，网格员们熟悉了必备的常识，掌握了很多工作的技巧，在工作中学以致用，更好地发挥出了自身作用。网格学院有力地加快推进了社会治理现代化、精细化，真正打通了服务群众的最后一米。

在深入了解燕山街道网格员工作的过程中，我越来越体会到，要想知道网格员的工作究竟有多高效、多完善，看看历下区的社区新风貌就知道了。身为历下区居民，我现在每次出行，都有切身体会。网格员的蓝马甲所到之处，天更晴了，水更清了，景更美了，街更净了，邻居们脸上的笑容更灿烂了。

问渠那得清如许？为有源头活水来。

这一切崭新变化，都是街道、社区、网格员共同努力的结果。网格员是居民的芳邻，居民也是网格员的芳邻。网格员这座连心桥，把政府和居民热忱地连接在了一起。

2018 年 6 月 12 日至 14 日，习近平总书记在山东考察时强调，城市是人民的城市，要多打造市民休闲观光、健身活动的地点，让人民群众生活更方便、更丰富多彩。要推动社会治理重心向基层下移，把更多资源、服务、管理放到社区，更好为社区居民提供精准化、精细化服务。民之所盼，政之所向。增进民生福祉是发展的根本目的。做民生工作，首先要有为民情怀。要多谋民生之利、多解民生之忧，在发展中补齐民生短板、促进社会公平正义。要坚持以人民为中心的发展思想，扭住人民群众最关心的就业、教育、收入、社保、医疗、养老、居住、环境、食品药品安全、社会治安等问题，扎扎实实把民生工作做好。

历下区在网格员工作领域做出的新探索，创造的新成绩，正是全区上下深刻领会习近平新时代中国特色社会主义思想的最新成果，只有扎根基层、深入人民，才能真正行之有效地做到为人民服务，为国家奉献。

我相信，在党和政府的关怀下，有了这么多热情洋溢、贴心服务的网格员“芳邻”，历下区的社会风貌必定越来越风清气正，历下居民的精神生活水平必将再上新台阶。

流动的蓝衬衫 温馨的红臂章

——说说历下区甸柳新村街道的网格员们

路小曼

正是金秋送爽的美妙时节。

走在历下区的大街小巷，你随时都会看到穿着蓝领衫戴着红臂章的人。看着他们忙忙碌碌的身影，禁不住想凑上前去问一句："你们是谁？是干什么的？"随便找一个闲逸老头老太问一下，他们都会很自豪地告诉你："他们啊，是我们的网格员，就是随时为我们居民服务的人啊！"也有人说，网格员是我们小区里的消息树，大喇叭，和事佬，总管家。关于网格员的定义，历下区委常委、政法委书记李乐军作词的《网格员之歌》做出了这样形象概况的解说：

红臂章，蓝领衫，穿梭在都市网格间。
大小事，我都管，阳光路上与您携手向前。
走街巷，进商圈，我们的身影随处可见。
您需求，我来办，奉献爱心滋润幸福笑脸。
啊，小小网格大空间，平凡岗位书写不平凡。
啊，复兴路上共筑梦想，我们是光荣的社区网格员……

就在这样快意的哼唱中，我走进了众多网格员的生活，亲近了那么多动听的故事……

优秀网格员：赵义弘

2021年9月16日上午9点，雨后，我在历下区甸柳新村街道办事处见到了网格员赵义弘。他憨厚的脸上带着腼腆的微笑，对网格员工作侃侃而谈。

“我叫赵义弘，今年 36 岁，山东广播电视大学法学专业本科毕业；2020 年 5 月 7 日，我正式考入甸柳新村街道办事处第四社区，成了该社区第五网格的专职网格员。

“我管理的网格位置东起甸新东路，至 15、16、17 号楼西侧，南邻甸新南路，北至甸新中路。服务辖区 6 栋楼，18 个单元，306 户，共 1162 人，重点服务人员（高龄独居、残疾人）共 24 人，60 岁以上常住户籍人口 195 人。

“我来到第四社区工作的一年多时间里，参加区委、街道办事处各类培训 31 场；结合学习的知识创造性地开展工作，完成和宣传各类事件 323 篇，阅读量达 4 万次；通过‘爱尚历下’APP 处理事件 976 起，工作中形成走访日志 1012 条。”

赵义弘又说，要想做好网格不是那么容易，得身兼数职：“做好信息员，做好协调员，做好巡查员，做好安全员，做好调解员，做好宣传员。”一气说了这么多，他又若有所思地给我讲了这样几个故事。

故事一：雷女士闹的“雷”动静

甸柳小区的房子都比较老旧，一般都是 20 世纪 80 年代中期的房子。2021 年 8 月 1 日，四区 10 号楼 2 楼张大爷听到楼上哐当哐当砸楼的声音，感觉整座楼都在颤抖，楼板也出现裂缝，紧急求助网格员。赵义弘第一时间来到 3 楼，发现正在装修，墙体地板都有非常大的变化。原来 3 楼雷女士刚买的学区房，年轻的房主对于装修事宜、房屋结构等都不了解，更不了解地面不是钢筋混凝土结构而是楼板的，就听从施工队

建议，才大范围施工。赵义弘一方面安抚2楼张大爷一家的情绪，另一方面在叫停施工的同时联系城管站工作人员。城管站工作人员紧急来到现场，问清缘由后，责令停止施工，并要求其提供施工资质等手续，强调邻里要协商一致才能开展下步施工。双方各执一词，赵义弘随即约着两家，面对面进行沟通因施工带来的维修、加固、修复等问题。经过“网格管家”的调解，两家情绪平复，坦诚地坐到一起商议具体解决方案。经过调解，两家达成一致意见，由三楼装修队将地面恢复，并对地面进行加固，对二楼造成的墙面裂缝损失进行修复。一场纠纷就这样在网格员的春风化雨手法中圆满解决啦。

故事二：5号楼高空有颗“定时炸弹”

2021年7月13日，甸柳第四社区各网格按照工作部署，结合工作计划，开展日常网格巡查。在巡查至四区五号楼时，薛爷爷拉着网格员说：“这几天狂风暴雨，一个太阳能热水器被刮到了楼体外面，非常吓人，随时有可能掉下来，多危险啊，砸着怎么办啊？！”

情况紧急，网格员立刻上报社区。社区党委书记陈浙红一方面联系辖区红色康都物业，调度安排专业力量配合社区开展工作解除隐患。另一方面安排网格员入户确权，以便更好开展清理工作。网格员雷丽婷、赵义弘发挥熟门熟户的“熟人”优势，组成特别行动小组，对5号楼40户居民逐栋逐户进行走访，利用居民午饭晚饭在家时间展开错时服务，最短时间把确权表“不漏一户”地确认完毕。

与此同时，甸柳第四社区红色康都物业王洪伟经理带领精干力量，与社区网格员一同来到5号楼顶，顶着40℃的高温，现场分工，网格员与物业师傅通力合

作，有序拆解废弃太阳能，分批将太阳能管、太阳能箱体运下楼顶，消除了隐患，并在楼宇群进行安全预警提示。

责任，使命，爱心，诚心，就在这一滴滴汗水中，化成了一个个动人的故事。

故事三：采访现场电话铃声响不停

采访正在进行中，赵义弘接到一个电话，反映装修垃圾堆放装运的问题。看小赵始终面带微笑一口一个阿姨叫着的情形，没人不感到妥妥的熨帖。

“阿姨，昨天晚上我跟装修业主联系了，他答应一早把垃圾运走并承诺打扫好卫生。您稍等一会儿，我这就跟他联系，催催他。阿姨，我开完会就过去，看一下落实的情况，您先别着急啊……”

小赵轻轻地对我解释说，昨天晚上接到电话他就赶赴了现场，装修工人把垃圾堆在了一楼住户附近，又加上拉垃圾时扬尘，完事后地面也清理不干净，阿姨出入家门很恼火。小赵联系到了装修业主，业主知道这事儿后，态度非常好，答应一早就运走。他说，像这种情况遇到太多次了，到了现场先拍照录像，掌握第一手资料，防止有业主不讲理，再跟他们聊，做到有理有据，晓之以理，动之以情。现在人的素质都提高了，一般业主也都配合。

故事四：厚厚的防疫工作日志一瞥

接受采访中，赵义弘拿出一本厚厚的防疫工作日志，仅仅是 2021 年七八月份的。短短两个多月的时间，疫情防控工作竟然做得这么多，这么细，这深深震撼了笔者。

就以一个社区居民为例，让我们体会一下网格员的辛苦吧。

4 月份从云南瑞丽（中风险地区）返济的某居民住辖区 14 号楼。他在云南瑞丽从事珠宝生意，往返于赵义弘所服务的辖区和云南瑞丽之间。接到当时“居民从中高风险地区瑞丽返济，要做好随访工作”的通报信息后，赵义弘就忙上了：

第一，把当事人行程全部落实清楚

1. 该居民在云南德宏傣族景颇族自治州瑞丽雅居乐国际花园居住工作；

2. 3月26日下午3点多到济南，从济南机场坐机场大巴到山大路站下车，打出租车到甸柳14号楼；

3. 26日住一宿；

4. 27日早8点多自驾回聊城东阿县人民医院，做核酸结果阴性后，在医院陪护；

5. 27日至4月1日都在医院；

6. 4月1日自驾回济南甸柳14号楼，4月2日做核酸检测，阴性；

7. 4月3日在家里居家隔离；

8. 4月4日自驾去聊城茌平，下午去聊城东阿县上坟；

9. 4月4日晚上自驾回济南；

10. 4月6日、7日一早一晚接送孩子（燕山中学），8日上午送孩子上学。

微信、电话要求他在家中居家，减少外出，如有生活所需，及时沟通。

第二，严格按照要求，推送核酸检测，并且嘱咐核酸检测一定要自驾，不要乘坐公共交通工具。

第三，网格员做好防护的同时，上门签订承诺书，保证不到其他地区，同时当面叮嘱，告知有任何生活需求，第一时间联系网格员。

第四，网格员详细记录情况，一人一档案，并且形成随访日志。

对赵义弘的采访接近尾声时，我越发感受到了他对工作的热忱，帮助居民解决问题时的喜悦，作为网格员的自豪。琐琐碎碎的工作中，他有甜也有酸辣苦。

“你在工作中受过什么委屈？可以讲讲吗？”我问道。

他低下头又抬起，眼里含着泪花，说时却轻描淡写：“这种情况，不多……”

这是2021年2月3日晚9点6分，租户刘女士在甸柳17号楼居民区给他打电话：大晚上的不知谁家还在用电钻，她要求网格员立即到现场排查17号楼2或3单元的住户，排查出噪音源。

当时赵义弘的孩子因发烧正在医院打着吊瓶。

“我们会联系的，会处理的。”尽管赵义弘说话的口气有点不太好，但也立马帮忙处理了事情，找到了用电钻的用户。因为他的水管漏水了，大晚上施工不得已而为之。

后来电钻用户向刘女士道了歉，赵义弘也道了歉，但刘女士说他态度有问题，怀疑他推脱工作，拨打了 12345。领导批评了赵义弘，赵义弘感到很委屈。因为，这件事对他个人有影响，他更怕给整个网格员队伍抹黑。

“是我做得不太好，网格员要求 24 小时开机，随叫随到，我不应该因为家庭的事影响工作。”赵义弘不好意思地抬起头，一字一句地对我说。实际上，由于赵义弘工作认真脚踏实地，工作能力强，居民普遍认为他“可好啦”。不信，您看他从事网格员工作以来获得了多少荣誉啊：2020 年度“优秀社区专职网格员”称号；“社区好干部、居民贴心人”锦旗一面，“传国家宗旨党恩浩荡，递万家民生鱼水情长”锦旗一面。

甸柳三区优秀网格员：杨帆

同样是网格员，三区的杨帆讲起故事来那可不一般：一五一十，绘声绘色，有情节有细节，那认真劲儿特能让人来电。

故事一：毛毛虫事件

杨帆说的这件事引起了我浓厚的兴趣。

他说，2021 年 7 月中旬，甸柳三区 5 号楼的一个阿姨打来电话，说毛毛虫成灾，床上地上窗户上到处都有毛毛虫，冷不丁就把她吓一跳，严重影响了她的休息及日常生活，希望能帮助解决一下。

杨帆和小伙伴来到实地考察发现，原来今年雨水充沛，辖区内树木生长茂盛，导致美国白蛾泛滥成灾，这毛毛虫就是它的幼虫。确实，对于家住甸柳小区的居民来说，开窗成了奢侈的事情，居民们甚至不敢在小区内多停留，树上、地上以及多栋楼体外围，都能看到这种蠕动的毛毛虫。这些可恶的虫子长约三四厘米，身体呈深褐色，周身长满白毛，还时不时掉落在周围的汽车上，让人心里发毛。

杨帆立刻把这个问题反映给社区主任，主任又找到园林局的领导。第二天园林局绿化所就派来了工人，立即因地制宜地采取措施，对甸柳新村三区 1 号楼至 6 号楼的树冠进行修剪，对墙体、地面地毯式打药消杀，毛毛虫得到了有效抑制。园林局里的领导还承诺，经常定时进行巡视，定期打药。毛毛虫一事解决了，速度又快，居民非常满意："杨帆这小伙真能干，真贴心，要不是他积极联络，咱不知啥时候才能安心呢！"

故事二：表扬信背后的故事

不光说自己的事儿，杨帆还讲了他同事孙超的一个故事。

"金奖银奖不如老百姓的夸奖，金杯银杯不如老百姓的口碑。"周一一上班，甸柳第二社区门前的这封表扬信就吸引了大伙儿的注意力，纷纷驻足细看起来。

话说 2021 年 1 月 7 日下午 5 点下班后，吕大爷在楼群发消息说家里停电了。当时网格员都已在回家的路上，看到微信后，一个网格员立马叫回回家路上的孙超，他们 2 分钟就到达居民家中。号称"小鲁班"的孙超，立刻给吕大爷查找停电原因，手到病除。吕大爷很感激，第二天就写了这封感谢信，张贴在居委会办公室门口。

这位吕大爷今年 69 岁，独自一人经营了一家水饺店做着小本生意，最近店里总是断电却找不到原因，冰柜里冻着上万元的货，让他整宿整宿睡不踏实。孙超发现吕大爷在空气开关上贴了一个胶布，据吕大爷说是预防再次跳闸断电，粘上去的。这显然是不对的。孙超向吕大爷普及了用电的安全知识，讲述了漏电保护器开关的作用，今后遇到这种情况该怎么做，等等等等。爷俩之间的一番温情软语，这才催生出这封发自肺腑的感谢信。

彭琳：美女留学生网格员

在众多采访对象中，当彭琳来到我眼前时，我心里怦然一动：嗬，网格员里还有这么美的女孩子。

有好多年轻人经过层层选拔和考试，也加入了网格员队伍，他们思想活跃，与时俱进，为网格员队伍注入了新鲜血液。彭琳就是其中一位。她是位年轻貌美的知识女性，1988 年出生。她说："和两位老师比，我资历太浅了，今年 5 月 25 日才来到甸柳第一社区居委会第二网格工作。"话虽说得谦逊，可工作中她利用自己懂英语优势，把网格员一职做得更上一层楼。

2021 年 6 月以来，广州、深圳、南京、扬州、武汉、郑州等地接连发现确诊病例，中高风险地区的数量有所增加，网格员们每天都在加班加点，打电话核查外来人员疫情情况及疫苗接种情况。这期间他们遇到了一个新情况。在疫苗定点接种医院，前来接种的外国人有不少，他们大都不会说中文，医院工作人员的英文也不好，互相之间只能听懂简单的词汇，沟通被语言一关难倒了。碰到这种境况，彭琳的同事经常找她援助，她英语口

语流利，和外国人交流畅通无阻。原来彭琳2011年毕业于泰山学院英语专业，从事一段时间教育工作后，2015年留学英国，2017年初才回国。

遇到不会中文的外国人多了，渐渐地，彭琳就有了个想法。她找网格长商量，给网格员个人价值赋能，在疫情期间办一个英语培训课堂，教网格员们如何用英语询问外国人的个人信息，地址，姓名，去过哪些地区等英文的表达，还有对疫情期间的新兴词汇进行学习，提高他们的英语口语水平，以便以后更好地跟外国人打交道。这个想法得到了甸柳一居许书记的大力支持。2021年8月16日，彭琳举办了第一期英语角活动。这次活动得到了小彭同事的一致认可和欢迎。趁着这个热乎劲儿，彭琳就跟许书记商定了，以后就把英语角课堂定期、长期办下去，让网格员们能够更好地服务各种类型的居民。

时间过得好快啊，我们相谈甚欢，采访结束时已近中午。仲秋，雨后初晴，阳光灿烂而不炙热，多像我们身边的这些网格员。我真的想对他们说一声："有你们，真好！"可我末了儿却什么也没说，只把这话、把他们的故事，全化成了文字。

副团级网格员

——姚家街道华能嘉苑社区第五网格员张宪刚小记

布建忠

退伍不褪色，不忘军人本色。留队甘做护绿卫士，退伍争当播绿使者。张宪刚始终用这两句话鞭策和约束自己。

城市的每条大街小巷，纵横交错，如网络密布。华能嘉苑社区的位置，恰恰处于两个区的临界线，道路两旁的楼宇星罗棋布，初来乍到的人们还真分不清这里是历下区，还是历城区。张宪刚就天天穿梭在这样的区域里。或许大家会想，一个副团职退休的干部，拿着过万元的工资，还在如此复杂的社区里，风里来雨里去，他到底图个啥？我带着一团疑问，在临近中秋的一天来到了华能嘉苑社区，找到了张宪刚同志。经过推心置腹的交谈和实地走访，我终于找到了最终的答案。

放下身段，定心社区

“感谢张老师出面协调，为我们几家改造了下水道，解决了我们的老大难问题。”“张老师当过兵，做事认真、公道正派，有情有义。”说到张宪刚，历下区姚家街道新龙科技园小区的居民纷纷为他点赞。张宪刚是一名退役军人，在部队服役期间特别能吃苦、特别能奉献，先后两次荣立三等功、三次被表彰为优秀共产党员，2020 年 5 月通过姚家街道网格员选拔，顺利成为华能嘉苑社区的一名网格员。

他所负责的网格是华阳路沿线与历城区搭界的 7 个小区、12 栋楼、594 户，全是 20 年以上的老旧小区，出租房多，独居老人、残疾老人、高龄老人、流动人口多，两个小区还没有物业管理，矛盾问题比较突出，给网格管理带来一定的难度。记得当时分配网格时，社区王书记就对他说：

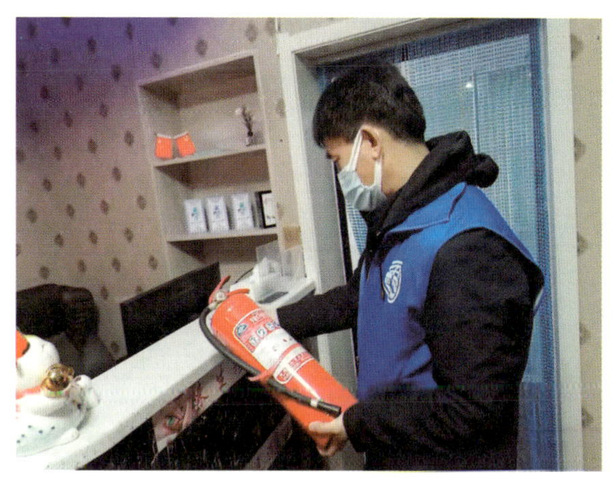
副团级网格员张宪刚

“张哥，你是部队回来的，又是党员，党性观念强，我相信你能干好！我们这边的老旧小区就全拜托你了。”张宪刚当时凭着在部队练就的血性，二话没说就拍着胸脯接下来了。

刚开始干网格员时，有些工作因为居民的不配合，他自己也纠结到底能不能干得下去。有邻居善意提醒他：“老张，网格员这个活直接去跟最底层的老百姓打交道，工资又不高，居民对你的工作有时不理解，可能会受委屈，你都这个年龄了，图啥？”也有战友说他：“你从一个部队副团级军官一下变成了基层社区的网格员，你能一下子适应吗？”听到这话他开始也有顾虑，害怕放不下架子、干不了这个工作，但一想到对社区王书记的承诺，想到老旧小区的低保户、残疾人、独居老人等困难群体对自己的期待和希望，想到部队这个大熔炉 20 多年对自己的培养，心一横，下定了决心：只要社区人民需要，就为居民群众实实在在做点积德行善的事。当年在部队是保卫人民，现在来社区是服务人民，本质都是为人民服务。

2020 年 5 月底的一天，他刚入职网格员十多天，老家的二弟打来电话说母亲便血，经医院初步检查为直肠癌，需要住院治疗。这事犹如晴天霹雳，给他一个沉重的打击。网格员的工作才刚刚开始，信息登记和疫情摸排任务也很重，家中的老母亲也需要手术，这怎么有心思干下去呢？社区王书记也看出了他的心事，主动找到他说：“张哥，老人的事要紧，抓紧回家处理，网格内的事你暂时不用管了。”就这样，在社区王书记的关心下，他抽出专门时间陪伴老母亲做了手术治疗，尽了为人之子的一份孝心。通过这件事，张宪刚感到组织对自己这么好，没有理由不干好网格员这份工作。

服务居民，快乐自己

做好网格员工作需要有强烈的责任感、使命感和乐于奉献的精神。入职以来，他主动把忠诚奉献的军人精神融入服务居民的实际工作中，做到退役不褪色，扎根社区，实实在在为辖区居民解决了一些操心事、烦心事、揪心事，用实际行动架起了党和政府与群众之间的“连心桥”，受到居民称赞。2020 年 5 月 25 日，他在巡查浪潮单位宿舍时，有居民跟他反映：华阳路 39 号浪潮宿舍，有业主在院内储藏室和传达室之间的公共空地上违规搭建木板房，已存在几年了，里面堆放了好多杂物，并且经常在里面为电动车充电，存在很大消防安全隐患。由于该小区没有物业管理，该板房存在好几年没人管没人问，周边堆放大量垃圾臭气熏天，居民意见很大，希望能清理掉，还居民一个干净安全的环境。他通过了解，此板房为 2 单元某住户违规搭建。为此，他多次给该住户打电话或尝试上门与该住户沟通，但该住户不是拒接电话就是给他吃闭门羹，有意躲避他。后来他从侧面了解到：近期该业主的丈夫因病刚在老家去世不长时间，孩子经营生意

也亏本了，生活比较困难，心情比较烦躁。但是，违建板房存在一天就会给居民带来一天的不安定因素。于是，张宪刚自费买上牛奶、水果，找到楼长和她熟悉的邻居一起给她做工作。最终，该业主答应拆，不过提了一个条件，就是要求把她家的储藏室给修好，说自己的储藏室房顶开裂多年，漏雨潮湿没法放东西，才不得已搭建的这间木板房。他把该业主的意见汇报给居委会后，居委会召集小区居民代表开会协商，同意给该业主维修储藏室。6 月 15 日上午，终于对存在多年的违建木板房进行了拆除，并根据居民意愿在原址建成了一个儿童乐园，为小区居民创造了一个和谐的生活环境。大家看到这些变化后，脸上都露出了满意的笑容。张宪刚自己也因为为居民办成了一件事由衷地高兴。

2020 年 5 月 13 日上午上班后，他正常到留学人员创业园小区巡查时，有居民向他反映道：小区内有一棵七八层楼高、长了二三十年的老杨树，近年因物业疏于修剪，几近疯长。每年从开春开始，有近半年时间树上的杨絮每天都会不停飘落进居民的家中和楼道里，院子里的各个角落都有杨絮积存。如果遇到明火会发生意想不到的危险；老杨树有两根很粗的树枝已经顶到了两座居民楼的窗户和阳台，一刮大风，树枝就可能会拍碎居民家的窗户玻璃；平时枯朽的树枝也时常从树上掉落，砸坏院内停放的车辆或砸到行人。为这事，小区居民也多次找物业反映过，物业感到树太高，南、北楼之间距离狭窄，不便于大型吊车靠近，一直拖着没有整修。他了解完情况并向社区汇报后，就多次上门找物业公司经理沟通。功夫不负有心人，最终，他和物业公司一同敲定了修树方案，把这棵困扰居民多年的老杨树进行了修剪，解决了多年未解决的老树扰民问题。居民群众纷纷为此事点赞，并专门写了一封感谢信送到社区居委会。

予人玫瑰，手有余香

在张宪刚看来，网格就是自己的另一个“家”，这个“家”里的每一位居民，都是自己的亲人，都需要热心照顾。新龙科技园小区是 20 多年前建成的老旧小区，1 号楼是原热电厂职工宿舍楼，里面住的人员大部分都是老人，最小的也有 60 多岁了。这个小区什么样的家庭都有，有的失独，有的失智以致卧床不起，有的高龄独居。困难群体多，矛盾问题多。针对这些实际，为了更好帮助困难群体解决生活中的难题，张宪刚在社区网格党支部的帮助下，率先在新龙科技园小区成立了党员互助组，选派一名有威信、公道正派的党员当楼长，负责整个楼的居民事务；在各单元推选出一名党员担任单元长，负责各单元的居民事务。这样，一家有困难，大家都互相帮忙。时间一长，邻里之间的关系更融洽了，居民有啥话也都愿意跟张宪刚唠一唠。结合高龄老人认证、节日慰问，他定期走访困难家庭，经常和他们聊聊家常、帮助解决一些力所能及的问题，树立他们生活的信心。去年有一户家庭，家中独生女在工作岗位上因病突然晕倒去世。家庭的突发变故，让两位老人一时无法接受残酷的现实，整日沉浸在悲痛中。张宪刚得知情况后，多次耐心地对他们进行心理疏导和劝解，虽然一时难以消除心底的伤痛，但终于使他们从不食不寝逐渐恢复到正常的生活状态。一年多来，张宪刚走遍了网格内的小区楼道，用朴实无华的言行，践行了一名共产党员对老百姓的至深大爱，得到了小区居民的赞誉。

一分耕耘、一分收获。一年多来，“民情日记”记录了张宪刚工作中的点点滴滴，发现和处理的多起矛盾纠纷见证了他走过的足迹。2020 年张宪刚先后被华能嘉苑社区表彰为“优秀共产党员”，被姚家街道党工委表彰为“十佳网格员”，被历下区网格化社会治理工作领导小组表彰为“2020 年度最美网格员”。尽管网格工作枯燥而且烦琐，也遇到过居民的不理解、也受到过委屈，但支撑他更多的是作为一名退役军人的责任、奉献和服务意识。他愿意在这个岗位上实实在在为老百姓做些积德行善的事，做到小事不出网格、大事不出社区，确保辖区内平安和谐。

他用残疾的身躯画出了网格同心圆

——姚家街道办事处浆水泉西路社区网格员许萌风采录

布建忠

这样一张网格员“名片”，足以令人肃然起敬：许萌，1980年2月出生，汉族，本科学历，2003毕业于山东大学，2003年7月至2004年7月参加了团中央组织的大学生志愿服务西部计划，服务单位为中共内蒙古额济纳旗纪律检查委员会，服务期满获得中国青年志愿者铜质奖章。

世上没有绝望的处境，只有对处境绝望的人。人生就是一个历程，既要追求结果的成功，更要注重过程的精彩。许萌就是这样，遇到了意想不到的处境，却在坚韧不懈的抗争中，谱写了催人泪下的奋斗篇章。

筚路蓝缕，迎难而上

在内蒙古支边的时候，由于气候条件比较恶劣，许萌经常腿疼，但他没有太在意。回济南工作后，有段时间经常发烧，经过医生详细的诊断，确诊为强直性脊柱炎，由于耽误了最佳治疗时期，病情发展得很快，并且引发了肺炎和滑膜炎等并发症，确诊一年后他被评定为肢体四级残疾。在病情最严重的那段时间，他的体重只有80斤，尝试了各种治疗方法都不见效，他的心情曾极度低落，对生活也失去了希望。记得有一次，大夫上门给他治疗，用了推拿加外敷草药的方法。在药力的作用下，浑身像针扎一样，他忍不住想要放弃治疗。这时候3岁的儿子搬了个小板凳坐在他面前说：“爸爸，你一定要坚持啊，就算上刀山下油锅也要坚持。”听到儿子稚嫩而坚定的话语，他的眼泪再也忍不住了。就这样，在身边亲朋好友的鼓励下，他经过两年艰苦的治疗逐渐康复。随着身体渐渐康复，许萌又对生活燃起了希望。在残联的帮助下他参加了很多残疾人技能培训，让枯燥的日子变得多姿多彩，并找到一份专职干事的工作。生病后他曾经问过自己一个问题：是接纳当下的“我”还是成为更好的“我”？其后有了答案，接纳和改变，这两者并不矛盾。

在生病期间，许萌得到了很多帮助，康复后他想自己应该做一些力所能及的事情来回馈生他养他的这片土地。2020 年初疫情暴发后，根据街道社区的安排，他在小区门口执勤，测温、登记信息，严格按照防疫要求检查进出小区的每一位居民。入职网格员后，防疫工作更加艰巨，在日常工作中，他从来没有因为自己的身体状况而甘落他人之后。

初心不渝，迎难不惧

浆水泉西路社区网格工作有一套“四用”服务标准：用脚步丈量网格、用服务温暖网格、用行动覆盖网格、用责任守护网格。许萌时时刻刻以这个标准要求自己，明确扎根网格、深耕网格的意义和重要性。根据网格情况，他从实际出发，以高度的责任感和使命感，精准服务网格内居民，着力打通基层社会治理的最后一公里。“用脚步丈量网格”，是四用服务标准的第一条，也是最基础的。浆水泉西路社区辖区面积 1.9 平方公里，东至回龙山，西至二环东路西侧，南至黄金谷景区，北至荆山路，常驻 2879 户居民，共分为九个基础网格，五个专属网格。许萌负责其中一个基础网格和一个专属网格，包括小区内楼房 212 户，水库周边平房散户 30 户，人口 500 多，其中 60 岁以上 85 人，18 岁以下 99 人。作为残疾人的许萌，从回龙山到东外环，从黄金谷景区到荆山路，处处都留下了他的足迹和汗水。前段时间，他接到上级安排的摸排散坟的任务，在社区党委的支持下，他利用有限的时间进入大山深处进行摸排。浆水泉村三面环山，好多老的散坟都分散在各个山头，最远的一座是在黄金谷景区往南一公里左右的棒子庙子沟内。在摸排的过程中，有很多散坟由于太久没人祭拜，而且地势又高，连路都没有，他只能手脚并用向上爬。尽管困难重重，但他和同伴还是加班加点，在规定的时间内按上级要求整理好了相关信息，确保任务及时完成。摸排任务完成后的第二天，他才发现之前受伤的膝盖，由于频繁地上山下山已经肿了个大包，连续贴了好几天膏药才有所缓解。

网格员许萌

在济南市二环东路怪坡东南约 1000 米处，是因有济南七十二泉之一的浆水泉在回龙山脚下而闻名的浆水泉风景区。浆水泉西路社区也在附近。浆水泉景区以水库为核心，东、西、南三面有山相围。山上佳木秀而繁阴，野芳发而幽香。春天满山的枣花香，青松的清香和各种花香汇在一起，加上沁人的新鲜空气，叫人心旷神怡，陶醉不已。这一景区也属于许萌管理的网格之一。由于景点分散，山道崎岖，管理难度可想而知。为做好景区防火及安全隐患排查工作，他几乎天天靠在这里。在清明祭扫的重点时期，为防止工作出现纰漏，他都坚持盯守在景区里，第一时间发现问题，第一时间排查隐患，第一时间上报情况，确保万无一失。

“用行动覆盖网格、用责任守护网格。”2021 年入夏以来，大风暴雨天气逐渐增多，许萌定期对网格内低洼地区和风险隐患地区进行安全检查，对在周边民房居住的散户进行安全知识宣传，引导他们注意防火防雷电，提高安全意识。遇到极端天气，他利用微信群及时向居民发送天气预报。在不久前的一场大风暴雨中，小区内的一面围墙被大风吹倒，他第一时间和物业人员一起，冒雨来到倒塌的围墙处拉上警戒线，告知居民远离此处。由于大风暴雨带来的雨水增多，小区的部分门头房、地下室、车库均出现不同程度的漏水现象。他和同事一起对每一处漏水和损坏部位进行了详细记录，并上报给住建部门。

“用服务温暖网格。”在完成日常工作的同时，许萌始终注重做好群众工作，积极推进和谐社区的创建工作。在他的网格内，不少年龄大的老人、刚动完手术的老人，由于不方便出门，理发成了一个大问题。有居民给他打电话问社区有没有上门理发服务，他高兴地想到，自己在残联工作的时候恰好参加过美发培训，于是就拿出自己的理发用具，抽出业余时间上门为老人们理发。

秉承初心，不负韶华

浆水泉名泉苑是回迁房，有诸多遗留问题亟待解决。面对各种矛盾冲突，许萌在工作中能够热情地接待每一位群众，不厌其烦地进行政策、法律、法规宣传。对群众反映的问题，他及时做好解释工作；对一些热点难点、情况复杂的问题，则及时上报分管领导，共同探讨解决方案。2021 年 6 月，网格内的吴大姐找到社区，反映自己家在旧村改造分房的过程中遇到了不公正的待遇，情绪很激动，表示如果不解决就继续上访。许萌得知此情后，第一时间对她进行了安抚。在她情绪稍微稳定之后，向其详细说明了问题的归属：由于撤村并居，原浆水泉村的各项工作分成了两部分，其中民生部分归属社区管理，涉及经济类的部分归属浆水泉村合作社管理，像她这种情况涉及个人财产纠纷，理应由合作社解决。许萌还向她解释道，由于刚刚撤村并居，各项工作还没有正式交接，好多工作都没法正常进行。之后的一段时间，许萌经常跟吴大姐联系，及时了解她的动态，跟她聊家常，打消了她继续上访的念头。正是许萌对类似杂事儿的不断化解，换来了辖区的社会稳定。

浆水泉西路社区坚持党建引领，创建了“初心同聚”党建品牌，寓意“秉承初心 家国同聚”。作为网格员，许萌的初心就是把居民的事当成自己的事，全心全意为人民服务。他通过各项基础工作，坚持将“同心、同治、同创、同聚、同享”的治理理念传达给辖区居民，坚持深入网格，耐心为居民解决各种各样的问题，使居民真正体会到融入社区的重要意义，为打造和谐社区贡献了自己的力量。

充满自信，坚韧不拔

充满自信，充满乐观，不断进取，坚韧不拔，是许萌走向新我的信念平台。这些付出的背后，很少有人知道，他为做好网格员工作，要比常人付出更大的艰辛。“病来如山倒，病去如抽丝。”他在生病期间实实在在体会到了这种感觉。那时候的他，尝试了各种治疗方法，效果都不是特别显著，也因此变得越来越抑郁，感觉时刻都处在崩溃的边缘。在治疗的过程中，他的爱人无微不至的照顾，成了他坚持下去的动力。在她的鼓励下，许萌试着忘掉自己的病情，走出自我封闭的世界。许萌的爱人是一名从事特殊教育的老师，平时接触的都是些身体有缺陷的孩子。在特教学校，她的身份不光是老师，还是医生、保姆、康复师、心理咨询师。同样，她对许萌的照顾和引导，也充分发挥了特教老师的优势。在许萌病情严重的时候，她二话不说，请假陪他远赴外地治疗。每天许萌都要进行几个小时的推拿和敷药，她毫无怨言，无微不至地照顾他，因为她知道那时候的许萌心理很脆弱，需要的是陪伴；后来许萌的病情慢慢稳定，一点点地恢复，但他还没有走出自我封闭的状态，她就不断鼓励他，偶尔也会跟他发发脾气，不过许萌知道，她是在激励他走出来；待许萌康复之后，她又鼓励他要融入社会，需要出去找工作，渐渐地才使许萌头顶上的阴霾逐渐散去，开始恢复了往日的乐观和平静。他找了一份离家近的工作，虽然工资不高，但是，这时候他觉得自己是一个正常人了。

当许萌看到了历下区要招考网格员的信息后，他第一时间就决定报考。他特别想为家乡贡献一点微薄之力，他的爱人也很支持。她常跟他说：“做人要懂得知恩图报，在你生病期间，我们得到了身边众多亲朋好友的帮助，这些温暖我们都记在心里，现在有这样一个为大家服务的机会，一定不要错过。”

对于工作，爱人对许萌的影响是巨大的，从她身上他学到了很多，她严谨的工作态度和认真负责的工作作风，时时刻刻都在引导他如何做好网格员的工作。她是一名特教老师，她的梦想却从来都不是桃李满天下，而是做残疾儿童生活的引路人，她用爱心、学识和热情浸润学生心田，用自身的模范行为影响和引领学生健康成长，她也因此获得了槐荫区道德模范、山东好人、济南市责任市民等称号。“身边的榜样，前行的力量。”有她在身边，许萌知道自己的职责，也知道自己的初心，那就是全心全意为大家服务。

在许萌心里，“不忘初心，牢记使命”不仅仅是一句口号，而是鞭策自己的动力。在网格员日常工作中，难免遇到不好处理的问题和不理解自己的人，这时候他会静下心来想一想自己的初心是什么，先让自己平静下来，只有不带着情绪去工作才能更快更好地解决问题。苦难是金，奋斗的成功，让许萌有了更多的自信与坚韧。“感谢命运让我知难而进，自强不息，在社区领导的支持下，我一定会超越自我。”面对社区居民的赞赏，许萌一如既往地微笑着展示他的心声：“残疾让我行走不便，身体虚弱，但不能阻止我前进的脚步。只要坚持奋斗，就一定能够战胜昨天，超越今天，迎接阳光灿烂的明天。”

"嫂子，您就像革命年代的红嫂啊"

——姚家街道汇隆社区军嫂网格员张军燕

布建忠

50岁的张军燕是汇隆社区第一网格网格员。1993年3月她在聊城参加工作，1995年9月入党，2010年因为爱人工作调动，随军来到济南。跟她一接触，你就会感到阵阵飒然爽风。她性格开朗、乐于助人又热心公益。2018年5月，她参加了山东省博物馆的志愿者选拔考核，成为志愿者讲解员；2020年通过历下区招聘考核，成为一名网格员。在做网格员的这一年多时间里，她始终把群众的呼声作为第一信号，把群众的需求作为第一选

网格员张军燕

择，把群众的满意作为第一标准。她在网格员岗位上兢兢业业、无私奉献，以社区为家，视居民为亲人，不分昼夜地穿行在社区院落，奔忙在东家西舍，为社区群众排忧解难，温暖了社区群众的心，赢得了广大群众的首肯。

一、主动请缨，扭转困局

2020年初，就在全国人民喜迎新春佳节的时候，新型冠状病毒性肺炎悄然来袭，一时间人心惶惶。社区作为疫情联防联控的第一线，任务繁重，居委会和物业工作人员不分昼夜，异常辛苦。张军燕看在眼里、急在心上，当居委会招募防疫志愿者时，她立即产生了参加志愿者团队的想法。她回家给老人一说，老人立即担心起来，觉得社区接触人太复杂，处处有危险。“这时候，能出力就出力，我只要戴好口罩、护目镜就没问题，不怕。”在张军燕的坚持和耐心解释下，家里的老人也只好同意了，并再三叮嘱一定要做好防护措施。在小区门口测量登记出入人员体温，过往车辆信息采集，楼道及小区环境消杀，为社区居民转送捐赠物品，这些工作让她既忙碌又充实。因为在志愿者活动中表现突出，她被社区推荐为汇隆社区“汇能隆+”志愿服务队队长，并和女儿一起接受了济南电视台都市频道的采访。女儿更是备受鼓舞，暑假期间主动到社区发挥特长，组织了一个形体培训班，很受阿姨们的欢迎；“八一”建军节晚会还演奏了铿锵有力、气势磅礴的古筝曲《战台风》，引起很多居民朋友的共鸣。这段志愿者工作，让张军燕感受到了社区的力量，体验到了奉献的快乐，更为她加入社区网格员队伍坚定了信心和勇气。

阻断新冠肺炎疫情，筑牢群防群控的人民防线，重点在社区，难点在社区，压力在社区，力量在社区，网格员的心思更是全部在社区。疫情如火：守住一座城，必须看好每一个人。从抵触，到理解，到感动，居民最终体会到了张军燕的奉献和忠诚。夯实疫情社区防线的关键是内防扩散、外防输入。守住社区防线，守好居民家园，也必须从看好每一个人开始。这个工作做起来非常不容易。一开始排查数据要得急，大半夜的，居民接到社区网格员的电话，有的抱怨，有的关机，个别还有骂人的。张军燕上门排查时，有的居民话都不愿多说一句就“哐当”关上门。她为了居民安全顾不上照顾自家老小，戴着一层薄薄的口罩选择了往前冲，冷脸、谩骂、误解，令人感到十分委屈，但“疫情就是命令，防控就是责任”。她更加关心居民的心理和情绪，时常电话沟通，帮助疏导压力，把疫情防控工作做细做实，做到居民心里去。慢慢地，社区居民对张军燕的态度变了，从抵触到接纳，再到理解、感动。居民情、社区情，在你来我往中悄然升温。一天下午，一位70多岁的老人来到张军燕工作的社区，扔下一包口罩道了一声“你们辛苦了”，转身就离开了。很长时间内，这包口罩静静地摆在社区办公桌上，没人舍得用。

二、军人情怀，体贴入微

张军燕负责的网格中有很大一部分居民是军人家庭，本身她也是军嫂，更加理解军人家庭的不容易。都说军队是钢铁长城，军人是最可爱的人，军嫂也被赋予了崇高的荣誉，但在这荣誉的背后是什么？是比常人更多的付出，是时间磨炼出来的坚强，是遇到困难时的坚韧。

张军燕做起事情来依然像军人般雷厉风行，心系社区群众。说起张军燕，社区居民无不竖起大拇指，都说她就是一个“进了楼栋就走不出来”的大管家，说她是居民愿意掏出心里话拉拉呱的知心网格员，更说她是对社区居民家庭情况了然于胸的“活字典”。住在二号楼一单元的一位居民曾经也是一名军嫂，她有一对可爱的双胞胎女儿，但她婆家离得远，自己在博物馆的工作也很繁忙，经常加班，只有她母亲一个人照料两个孩子，很是辛苦。张军燕了解情况后，只要有时间，就去她家帮忙照顾孩子，孩子跟她也很亲近。但很不幸的是，2020年3月这位军嫂的妈妈因病去世了，当时疫情防控形势严峻，很多亲朋好友都不能前来帮忙，一时间这位军嫂感觉天都塌了。在她处理母亲丧事期间，张军燕把孩子接到自己家中照料，有时间就做好吃的给孩子。张军燕说：“以后只要有事，随时跟我联系，我会尽自己所能帮你渡过难关！”这位军嫂感动地说：“嫂子，您就像革命年代的红嫂啊！我遇到困难时总能得到您的帮助。”这句话让张军燕感动不已，她觉得只要把社区当家，把群众当家人，就会赢得群众的尊敬和爱戴。

居住该社区的老人们都不约而同地告诉笔者：“小张就是我们大伙的家里人，杂事难事找到她，她都会尽心尽力给我们帮忙。”“把群众当家里人，真的不容易。我们身边需要这样的好人。”住在张军燕家楼上的一位“独居”军嫂，爱人在菏泽军分区工作，儿子也在外地参军，一家三口人居住在三个地方。前年，单位体检她被查出肺癌，当时这位军嫂几近崩溃。张军燕得知这一情况后，立即和周围的姐妹们行动起来，晚上经常陪她一起散步，锻炼身体，及时开导她，并陪她去多家医院检查，后来她在省立医院做了肺部切除手术。住院期间，除了陪护，张军燕还经常给她熬鸡汤，送饭。当时张军燕心里想的是：不能让军人家属因丈夫不能长时间陪伴而心生怨念，我也是军属，我愿意用微薄的力量尽自己所能帮助军属。这位军嫂出院后，半年必须复查一次。张军燕风雨无阻，每次都陪她检查。看着这位军属的身体渐渐康复，精神状态越来越好，张军燕从心里非常高兴，感觉自己又做了一件很有意义的事情。

三、党员先行，我是旗帜

张军燕是 1995 年 9 月光荣加入中国共产党的，党龄也不短了。社区党支部组织的各项学习活动，她都积极带头参加，分享学习心得；在网格工作中，则处处以党员的标准严格要求自己。七号楼三单元的马老今年已经八十多岁了，老伴的党员关系想转到社区来，但需要本人去街道办理一些手续。考虑到老人身体不好，行动迟缓，张军燕主动请缨开着自己的车接送老人办理转档关系，仅用一天就办好手续，老人那份感激之情就别提啦。

今年国家号召全员接种新冠疫苗，社区一些年龄偏大、行动不便的老人，大多都是由张军燕开车接送他们。她不仅服务态度得到了老人们的肯定，驾驶技术也得到了大伙儿相当的认可，这让她倍感自豪。二号楼三单元住着一对特殊的母女，母亲今年 72 岁，女儿 45 岁。去年女儿不幸脑出血，病情严重，又遭遇丈夫离婚，女儿的生活起居都由老人一个人照顾。张军燕在走访过程中了解到这个情况，立即将其列入重点帮扶对象，经常走访慰问，为她们争取各项福利补助，将党的温暖、政府的关怀送到她们身边。

做了网格员后，张军燕即使下了班也爱管闲事。2021 年 7 月一天的晚上 10 点多了，在小区北门附近，她发现一名喝醉酒的年轻人先是坐在路边，一会儿又站起来踉踉跄跄走向马路，身边车辆飞驰而过，很是危险。张军燕和朋友立刻上前，询问他的情况，但他喝多了，语无伦次。张军燕急中生智，抄起他的手机，查找他家人的电话。经与他家人沟通，张军燕和朋友把他送到了居住地，避免了危险的发生。小伙的家人对张军燕也是一个劲儿地感恩道谢。

温馨的故事不断，精彩的细节无限。

笔者在采访周边的群众时，居民董某这样说：“以前觉得现在身边好人好事不多了，道德模范也离我们很远，但真没想到我们身边就有这么好的人。军燕的工作是那样淳朴、那样贴近生活、那样鲜活，确确实实给我们大家做出了表率，值得我们每一个人学习。”

居民黄某则说：“像军燕这样的好人就在我们的身边。只要我们都能做到‘勿以善小而不为’，把‘小善’的行为坚持到底，就能成就‘大善’，那么我们的生活也会变得更好。”

“网格员工作真是辛苦，他们每天到小区，什么活儿都干。”家住汇隆社区的退休党员刘某满脸赞许地说，“为了社区的居民，军燕这个党员和其他网格员们经常没白没黑、没雨没晴，有的生着病还坚持工作，有的家里老人孩子照顾不上，她们都太拼了，太不容易了……”

一个家庭就是一座堡垒，一个社区就是一道防线。为了守护我们共同的家园，千千万万个社区网格员抛家舍业，顶风冒雪，像钉子一样死死地钉在自己平凡而伟大的岗位上。她们在奉献，她们在坚守，她们真的不容易……致敬！人民的守护神。

这里的黎明静悄悄

——历下区智远街道中海紫御东郡社区网格员群体素描

路洪图　李兴正

小家大家之间，她们选择奉献；遭遇急难险重，她们勇敢在前。

社区居民们也常给 12345 打电话，但那是对她们溢于言表的颂赞；每天静悄悄的黎明，清风云霓、熹微鸟鸣，都最早刻录下这些最美逆行者的足印和心帆。——她们，就是历下区智远街道中海紫御东郡社区的 8 位网格员。

漫步在高楼林立的中海紫御东郡社区，每个到访者无不为其深邃的优雅和洁净的园区由衷地点赞。

“居民们能有如此舒适的生活环境，离不开我们这些美丽善良、敢打

能胜的娘子军们。”社区党总支书记任艺边走边向我们介绍，这个小区含有 11 栋高层、169 栋别墅、283 户商铺，共计 2544 户居民。因应和遵循各级政府的号召，为把服务居民和社会治理工作不断提高到新水平，小区细化为 8 个网格。对应的这 8 名网格员在社区党总支的坚强领导下，一年来扎扎实实开展了各项工作，并使社区网格工作由过去的“独角戏”变成了现在的“大合唱”。

一

“都上有老下有小，她们能把网格工作做到这种程度，太不容易，太值得赞美啦！”伴着任艺书记的思绪，我们万端感慨地走进了这些女子网格员充满挑战、充满激情和充满喜悦的生活与工作之中。

万事开头难。何况，一个崭新的工作模式之于这样一些年轻女性呢！回想刚刚步入网格工作的初始，各种难事都一股脑儿堆在她们面前。为有效推进社区精准化管理服务，及时掌握人口动态情况，她们首先就要做好网格信息采集工作。面对居民对网格员身份的质疑、个人信息容易泄露的疑虑，网格员们工作起来异常艰难。但是，青春的力量和肩负的责任使她们没有向困难低头。她们积极想办法、出点子、调整入户时间。由于社区居民居住范围广且大多数都是白天外出务工，入户采集信息困难很大。对此，网格员们采用“白加黑”“5+2”相结合的模式，步步为营扎实开展信息采集，确保了工作保质保量完成。网格员入户是很艰苦的一件事，既要能吃苦耐劳，又要有很强的沟通能力，还要能承受被拒绝的尴尬。若问一年来娘子军们是怎么做到的？她们都羞涩地笑了：“在其职谋其责，不干好怎么能行呢？”

二

这是一种特殊的战斗。

中海紫御东郡社区每到夏天都会经历的突发停电事件，对于高层住宅区的居民来说是非常危险的。停电的时间点儿，正是放学、下班高峰，使用电梯的频率较高，居民被困在电梯内的概率比较大，容易危及人身安全，引起居民恐慌不安，也会造成不良影响。

停电就是命令，停电就是警报！

每遇停电事件，网格员们总是奋不顾身地一马当先。她们各负其责，担起自己网格内电梯被困人员的排查和救助工作，短短几分钟就完成所属住宅楼的摸排，准确掌握后立即上报被困人员的位置，为实施有效救援提供准确有效的信息保障。

2021 年 7 月 21 日晚，中海紫御东郡小区毫无预兆地突然全部停电，这个拥有 2544 户居民的大型社区顿时陷入黑暗。“出击，出击！出击！！”网格员们纷纷冲出家门，紧急赶到事发现场，经过一层一层地确认，在一栋楼宇的 23 层，她们发现了被困的老人和小孩。经与家属联系得知老人有肺栓塞，平时就呼吸不畅，现在情况非常危急。她们马上安抚老人情绪，直至消防赶来将老人和孩子解救出来。网格员们在确认老人没事后，又匆匆赶往下一栋楼，继续排查险情。

“请问您在几楼？我已经联系维修工人，马上到，请帮忙告知具体楼层。”

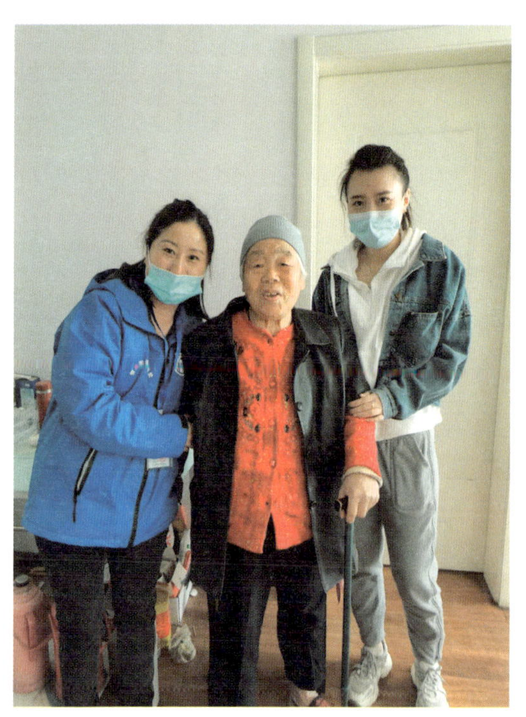

“30 层东梯。”

“收到。”

“维修工人已经到达，已经告知他具体楼层，请帮忙安抚被困人员，谢谢！”

“24 层已经解救完毕，我马上带维修师傅去下一栋楼了。”

这样的声音，在园区此起彼伏地回荡着。停电过程中，居民微信群里会不断有居民向网格员们哭诉：俺家里有婴儿啊；俺孩子自己在家啊；老人受不了啦，等等等等。当此时刻，网格员们为防止孩子恐慌，自己掏钱去买些蜡烛并在群中告知大家：“网格员会把蜡烛送到您的家中。”服务的楼房是高层，每个网格员负责3个单元，有的楼房高至32层。她们就会按照居民需要从高往低送。30多层的楼啊，连着跑，腿都软了。

三

“你有你的杂事无限海量，我有我的三头六臂硬扛”，是社区女网格员们不屈的豪言。不信？请看！

2020年8月，中海紫御东郡社区经历了一场创城攻坚战。在这场战斗中，网格员们按照创城要求精准对标，积极发挥街道、社区的宣传成效，在网格内通过走访楼长、深入居民群和走街串户等宣传方式，进行工作巡查。巡查哪些内容呢？请您看仔细喽：社区广告牌、垃圾桶、街道卫生、楼道安全通道堵塞、乱张贴现象；乱扔杂物、随地吐痰、损坏花草树木、吵架、斗殴的不文明或违法行为；所有室内公共场所和工作场所全面禁烟情况；大声喧哗、污言秽语、嬉闹追打现象，等等等等。

仅仅是日日例行巡查吗？不。她们的战场还有很多很多。她们要和社区工作者一起开展环境卫生大清理，开展商铺不合规大整改行动。网格员们还要在社区广场宣传创城知识，并积极准备PPT课件，走进学校进行创城知识宣讲。骄阳似火中，创城大考快来啦。于是，网格员们又加了一项“迅速行动起来”的内容，对主要路口、卫生死角、绿化带等垃圾进行集中清扫，就算累吐血，也要为创建文明城市交出一份满意的答卷！

“特别要赞美这些网格员们的，是在疫情反复过程中，她们表现出的无私奉献、自觉担当和勇于担当的新时代精神！”说到这里，任艺书记红着眼圈向我们介绍说，对抗击和防范新冠疫情这项全社会的重点工作，这些女网格员们从上岗以来始终抖擞精神，每天从黎明开始就全身心投入战斗，进行不间断和毫不松懈地摸底排查、统计。正在进行中的疫苗接种工作也是天天如此。对每天分发接种通知、做接种统计、对疫区返济人员的行程跟踪和值班值勤等大量琐碎而重要的工作任务，她们没有一个人喊苦喊累，而是克服种种困难坚决完成。在居委会换届期间，虽然各方面工作都处于交接过程中，但我们的娘子军们都能够积极主动地发挥自己的能动性，保证了疫情防控工作持续有力的工作节奏，为坚决打赢疫情防控阻击战、攻坚战，持续贡献着自己的青春和力量。

四

都说三个女人就一台“戏”。今天，就请读者朋友认识几位女网格员，看看她们是怎样同频合唱网格大“戏”的吧。

俊俏娴雅的刘姗姗：息纷罢争的“和事佬”

“入职一年来，每天从黎明忙到深夜，在网格里所经历的事很多很多，但有一件事给我印象最深刻。”刘姗姗幽幽地告诉我，网格内有一对夫妻闹矛盾吵架，在家里剪断了煤气管子，女业主还将剪断的煤气管口的照片发到了居民群。看到照片后，姗姗发觉事情的严重性，赶紧主动跟派出所、港华天然气工作人员联系上门解决。当民警在询问事情经过的时候，姗姗就观察到，这户人家 6 岁的小女孩很害怕民警的出现，悄悄地躲到了饭桌的下边。当民警说要带两个当事人去派出所做笔录时，为能让孩子的紧张

害怕情绪得到缓解，姗姗当即决定做起了“临时保姆”。在孩子的父母去派出所期间，她照看着小女孩，陪孩子写字，给孩子讲故事，帮孩子洗漱，哄孩子睡觉，直到凌晨两点多夫妻二人回到家后她才离开。事后，这对夫妻越发认识到此事的严重性，非常感激姗姗的及时处理和真心付出。他们写了书面保证书以表改正的决心，还特请姗姗保管保证书并对他们的日常行为进行监督。

社区是疫情防控的第一线，也是阻断疫情的关键防线。2021 年 8 月 5 日下午 5 点左右，1 号楼 2 单元两个黑人进入了小区居民的视野，由此引起了一场抗疫风波。东区居民群里一下子就沸腾起来，你一言我一语议论着：“疫情严峻期，这类人员流动会带来不可想象的安全隐患！”刘姗姗迅速把了解到的详细情况及时上报给居委会领导，并向社区民警报备了此事。直至当晚 9 点多了，姗姗还在尽力安抚着居民的情绪，可不解内情的居民却埋怨起来:“网格员为什么不能立即找房东终止这份租赁合同？”“为什么非要等到明天再去派出所？应当立即报警，要求警察马上处理……”群里也有相反的声音说：“我们单元的网格员已经很尽心尽力在解决了，她放弃下班时间，一晚上一直在处理此事，能在第一时间发现，第一时间处理，第一时间回复就足以说明她的工作态度。”还有的居民说：“凡是问题处理都需要时间，派出所也不是只为我们小区服务的，网格员也不是没家没口，也需要喘口气，不能每分每秒都支撑在居民杂七杂八的琐碎事务之中……”听到居民们的这些宽慰的声音，姗姗激动地流下了泪水。是啊，她也是上有四位老人、下有两个孩子的家庭妇女。她不能做到人人满意，但对得起良心和肩上的责任。第二天一大早，她就跟辖区民警和中介公司负责人，带着两个赞比亚人一起去派出所核实身份及居住等相关手续。6 日上午 10 点，姗姗在居民群里做了这样的回复：两名赞比亚租户的手续都已在派出所备案，全部手续都齐全并符合规定。请邻居们放心！

“有刘姗姗这样的网格员在，我们就是安全的！万分感谢她的付出。”这是居民王阿姨的点赞。2020 年的 8 月的一天，小区 3 号楼 1 单元的居民给姗姗送来了上书“尽职敬业 为民解忧”字样的锦旗。2021 年 6 月 15 日，小区 3 号楼一位居民打 12345 表扬刘姗姗说：“我们都十分感谢刘姗姗这样优秀的网格员，感谢她为社区的欢乐和谐而辛勤地付出和奉献！”

美丽善良的高敏：当好居民的防疫员、宣传员

北京疫情反复，青岛疫情紧迫……作为社区网格的管理员，高敏从来都未放松一根防控弦儿，第一时间摸排、第一时间预警推送、第一时间落实防控检测，并为全员核酸检测做好演练工作。在近期疫苗接种工作中，她夜以继日，废寝忘食，竭尽全力，得到了居民的一致肯定。5号楼1单元的任先生还特意给居委会打来电话，对高敏一个劲儿地夸呢。在日常工作中，高敏全力做到了及时将街道社区要求转发的通知、公告及时发送给居民，重点对维稳、防疫、电信诈骗开展了宣传。2021年以来，她舍家撇业广泛发动群众安装金钟罩、国家反诈APP，网格安装率一直走在街道前列。聪颖手巧的她还利用自己的专业，策划并剪辑了社区网格员工作的视频，以直观形象的方式加大社区网格工作宣传，让居民更加了解网格员的工作性质。

踏实能干的崔凤娟：让居民心疼的“小棉袄”

为响应国家号召，切实推进疫情防控工作全面落实，积极推进60岁以上，特别是70岁以上居民接种新冠疫苗，崔凤娟可忙了。

2021年8月31日这天，淅淅沥沥一直下着雨。当日15时30分许，崔凤娟得知自己网格内有两位80多岁的老人要去接种新冠疫苗，但老人的子女都不在身边。考虑到两位老人年老体弱，天气又不好，她赶紧主动上门询问老人最近身体情况，在确认老人近期身体条件符合接种要求之后，协助两位老人带齐证件添好衣服，撑着伞一路将

两位老人护送到了接种点。路上，凤娟热情地陪着老人聊天，了解他们的生活需求。到了接种点后，她的衣服都湿透了，可她顾不上擦拭，忙着帮两位老人填写疫苗接种单，带老人接种和留观，直至将他们安全送回家。第二天一早，崔凤娟还依然挂念着老人，又主动打去电话询问老人身体有无反应。两位老人发自内心地为凤娟的热情细心帮助而点赞。10 号楼 1 单元的钟师傅是这样评价凤娟的："群众的眼睛是雪亮的，凤娟不愧是咱们居民的'小棉袄'。将心比心，虽然是日常工作，但防疫这段时间凤娟为大家付出了很多很多，太让人心疼了。她每天的努力和丰硕的成果，我们都看在了眼里，记在了心里。"

任劳任怨的马兰兰：社区居民的好帮手

从"心"做起，心甘情愿担当居民的服务员和好帮手，是马兰兰一直秉承的信念。在兰兰的眼中，居民们要办的没有小事，全是大事，而且要用实际行动真切温暖居民的心。

2021 年 7 月的一天，社区突发停电导致高层住宅电梯中有被困人员。发现危情后，兰兰第一时间火速赶到，经过查检监控发现停电时电梯落在了第 13 层！为了更精准地确定信息，尽快地对滞留电梯中居民实施救援，兰兰和其他网格员一层一层地敲电梯门，确保了不落下一人。当确认电梯所停留的楼层后，兰兰跟大伙不停地安慰电梯内的居民，同时，还不停地与其家人保持通信畅通，让他们都安心、放心。直至专业救援人员赶到，直至被困人员全部解脱出来，她们仍悉心地慰问被困居民，了解其其他方面的所急所需，直把在场的居民感动得给 12345 打表扬电话："群众最危急的时刻，是我们的网格员冲锋在前，不知疲倦地给居民提供全方位的服务。"

当天边就要露出第一缕朝霞的时刻，英姿飒爽、斗志昂扬的网格员们，又背负着居民的嘱托和希望，信心百倍地向着各自的网格岗位出发了。

这里的黎明静悄悄，这里的社区好温馨。因为有网格员们舍身奉献的担当，社区的和谐稳定更有了切实保障，安居乐业更有了最便捷的保驾护航！

“从每一天和谐美好的黎明开始，在社区的每一天、每一处，居民们都能看到网格员操劳的身影。”任艺书记环顾着一栋栋高楼大厦给我们指点着说，“一年 365 天，我们的网格员们用全心全意为居民服务的精神，当好了最后一公里末端的接力手和践行者，做到了让群众满意、让领导放心。她们的豪言壮语和积极践行，就是从每一天静悄悄的黎明开始，在永无止境的奋斗路上延续、再延续！

俯瞰万家灯火的无声朗读者

李兴正

他蹑手蹑脚摸进家门，悄悄倒上一杯水。慢慢地，靠坐在窗前。

累极之后终于可以稍息的一声长叹，听起来像是折纸的声音，把刚刚过去的又一天，小心包好、珍重藏起，然后，俯瞰着窗外万家灯火。

天上飘着的微云，时而吻面的夜风，像是两位谦逊而高雅的合乐大师，给习惯于深夜归来无声朗读的卢传洋，送来阵阵背景小夜曲。是的，一年来，他习惯了回到家后用这种诗情的方式，跟往昔絮语，对来日遐思。

蓦地，不知发生在今天的一件什么趣事儿，让他不好意思地、默默地摇着头——笑了。

34 岁的卢传洋是一名网格员，龙洞街道全运村社区第七网格，亦即锦兰园北区的网格员。同时，在他名下，还缀着介绍他的两行特别文字：济南市朗诵艺术家协会会员；“声动泉城 2018 诗文咏颂会十佳音质奖”获得者。

每天，当收拾起纷繁的网格工作，他肯定似夜半急归的倦鸟；每天，当静夜里独坐窗前，他总觉得对居民们要说的还很多、很多。毕竟，12 座楼、20 个单元、315 户、1046 人，第七网格的家家户户都让他时刻萦怀；说过的每一句诺言和走过的每一段楼梯，都在期盼着他一如既往的朗朗笑声和矫健穿梭的青春的身影。

“啊，微风吹动了我头发，教我如何不想她？”读到这里，小卢浅浅地又笑了。此刻，深夜中，似乎还有个画外音在为他解读：此处之“她”，所指可是第七网格千余位好邻居，可是小卢365天风雨交织的点点“网”事。

一年间，从陌路走到情牵

无声的朗读，起始于2020年。

那时，当“网格员”仨字儿进入卢传洋的眼帘时，溅起的是一头茫茫的雾水。“啥？啥叫网格员？”一阵网上冲浪，一句话瞬间就把他深深吸住了：网格员是一个代表人民政府为基层群众办实事、办好事、讲奉献的职业……于是，当年5月，他就信心百倍地昂首踏入全运村社区专职网格员的队列之中。

流淌的时光，如歌的行板。在日复一日默默的穿梭忙碌中，清瘦而孤单的小卢由寂寥渐渐地感受到居民的理解与体贴，也从形同陌路一步步变成了与他们的相知与相亲。

经由市、区、街道网格监管中心统一安排，网格员需对所有居民入户走访、上门登记和日常巡查，采集和上报人口基础信息变动情况。与315

网格员卢传洋

户居民第一次的忐忑相识，年轻的小卢不知邂逅了多少个问号。

“网格员？网格员是干啥的？”

“我不认识你，为啥给你开门？”

“采集我的信息？你的信息是什么？”

“什么什么网格员？你的名字、电话？我问问居委会有无此人？”

……

有道是上善莫如水，果然见春风次第吹。当小卢用真诚美善的声音轻轻敲开第一扇居民家门的时刻，展开的是无垠的用武之地。

徐徐为您拉近，这样一个清气扑面的镜头：

在位居全运村社区至高点上的第七网格，通往小区的S型马路，入夜漆黑一团的境况由来已久。坏了没人修，修了也用不长，两侧路灯都像绝望的枯眼，愁对着“孤堡”社区里的惶惑，坐听着一声声愤懑和诅咒。物业说了：属于开发商打理的马路凭啥让我们管？居民恼了：这是通往小区的唯一道路，物业岂能坐视我们夜行摸黑？就这样，业主和物业之间背靠背一直乜乜斜斜，不解和龃龉则常常生发无妄之火。居民的事常惦念，再小的事也情牵。“大伙别着急，都看我来办！”洞悉来龙去脉的小卢振臂一挥，风风火火，不惮嘴皮磨破腿跑断，在社区书记、网格长和物业领导之间几经“穿梭”，终于解开这个老疙瘩，大功如愿告成啦。

明亮的路灯点燃了朵朵如花的笑靥，舒畅的歌声飞旋着柳暗花明的心情。居民圈儿里从此多了一个敢做善为、可亲可爱的“小老弟”，从此，他们慨然把卢传洋编入关联美好的所有的故事。

汗水里，浓情涟漪着相知

“不去想是否梦如当初，梦如当初的浪漫。既然选择了网格员，就只顾风雨兼程。目标就是，远方的地平线……”

在无声的朗读中，卢传洋的眼前频闪出无数多彩的画面，耳际总会传来一声声亲昵的呼唤。汗水滴溅到画面上，挥洒出使命责任；汗水浸润到声音里，浓情涟漪着相知。

看，这就是我们辛勤的网格员——

2020年，当济南市“全国文明城市”创建工作春风乍起，我们的小卢就像飞旋的陀螺和奔驰的赛手，投入到纷繁的创城之中：园区捡拾垃圾，街头劝阻涉违；帮助居民文明停放各种车辆，深入各个楼道小巷清理杂物；白天一通好忙乎，夜晚敲门去宣传。

说出我们小卢干劲儿的源头吧，那就是能作为善担当；亮出他制胜的诀窍吧，那就是有情且有爱。

在采集居民信息时，心细如丝的他对园区居民进行了周密的分类，特别是重点标注高龄老人、独居老人、孤寡老人及特殊人群，每周都会点对点摸排他们的身体状况。听闻拥有全运村户籍且为60岁以上老人均可免费领取一份保险时，他就第一时间拿出准确名单，帮助适龄老人们都及时享受到政策红利；当他每一次入户宣传时，也都会把历下最新的惠民政策一五一十讲解给各位好邻居。

人心都是肉长成，网格无处不深情。

“人家小卢为了咱大伙勤快得简直不要命啊！可以说，他一个人能顶一个物业公司。”居民吴大爷拉着他的手向身边的人们“推介”说：小卢是风风火火脚不沾地，各类信息宣传十分周详。光看在疫苗流动接种点上吧，招呼人员、布置现场、搬运物品、维护秩序，小卢是经常忙到夜里12点，换谁能受得了？再说啦，不管你找小卢办点儿什么事，人家准会第一时间帮咱好好地完成。

能让小卢感动而泪奔的类似画面，还有好多、好多。

2020年四季度陆续开展的人口普查信息登记，要求网格员必须做到见人登记、见户登记，以确保数据质量。可是，网格里很多年轻人白天不在家，小卢只好等晚上他们下班了，再挨家挨户去登记。那种“白加黑”“5+2”的忙乎劲儿，光想想就足以令人唏嘘。一天晚上10点多，热心正直的刘阿姨碰到了仍在工作中的小卢，见他这么晚还在上门登记信息，心疼不已，就趁他专心填写数据的当口儿，悄悄地，往他工作包里塞了一袋温热香甜的牛奶……

望征程，偏向风雨那边行

“我实在是太平凡，平凡到即使鸡毛蒜皮，都让我倾情关注、心甘情愿；我实在是太幸福，一年来我蹚过的雨雪风霜路，胜过世界上任何的财富。”

无声的朗读至此，卢传洋突感内心无限衷情翻涌不止，甚至，简直要惊涛拍岸了。

在一般人看来，网格员“职位卑微”“鸡毛蒜皮”“可有可无”，但在我们小卢的眼里和心中，网格员是代表党和政府沟通群众、服务群众的要岗要职，责任重大、使命光荣。就凭这至纯坚强的理念，他手底下总有干不完的活。“一要腿勤：每天网格里转一转。二需嘴勤：多跟居民们聊聊天；三要手勤：每天工作写出文案；四需脑勤：力助群众意足心满。”这既是他给自己制定的铁律，更是他以心换心并撬动所有工作的“独门秘籍”。

就这样，当初那一扇扇紧闭的大门才都打开了，当初那些冷漠、狐疑才变成了热切、信任，平凡的征程有风雨也更有了笑语歌声。

读一读我们小卢在网格微信群里推送的信息吧：剪纸、茶艺、健康养

卢传洋（左）

生咨询、智能手机应用……他已和网格里一众多才多艺、热情开朗的叔叔阿姨相亲无间。再看看，在他日复一日忙碌的身影中，叠加着多少个激情四射的璀璨时刻吧：仅在这一年的时间里，他就已参加主持了商户联盟文化活动、建党99周年文艺汇演、毛主席诗词咏诵会、全运村年度颁奖典礼等众多社区大型活动，展现了更多的热望和才能，结识了更多的伙伴与友朋。

就让我们跟小卢一起分享他溢于言表的快乐吧：2021年5月，他领到了全运村社区“中国梦 新时代 跟党走”百姓宣讲员的聘书；8月，又经社区党支部会议表决，他被确定为入党发展对象。

一天，听说有电视记者要采访网格员，可日复一日、活多事繁的小卢哪有时间接受采访？巧的是，在社区忙忙碌碌的他，还是没能逃过记者敏锐的眼睛。在中央电视台新闻联播播出带有小卢受访镜头节目的当天晚上，居民们争先恐后闹哄哄给他打来电话：“中央电视台上是你啊，真是你啊？”在得到肯定的回答后，他们更来劲儿啦，相互在电话里你一言我一语地说，干得这么好、服务这么好的网格员小卢，就该使劲儿宣传，让全市全省全国的网格员都来学习学习“我们家的小卢”。

“回首平凡而温馨的一切，我把静好的岁月呈献给万家灯火；遥望风雨并彩虹的征程，我势必一如既往快乐地负重前行。”无声朗读到此刻，也就是打开心门让浩渺的心事穿云破雾连接广宇的这一刻，小卢——我们的网格员卢传洋——早已心生双翼，飞向明天网格里又一场战斗的风雨。

爱上一个熟悉的陌生人

李兴正 路洪图

假期，当您带着家人去游览名胜古迹，他们却在一遍一遍督促您接种疫苗。在您带着家人尝遍天下美味的时候，他们却在工作现场吃着不温不凉的盒饭。当您和家人带着喜悦满载而归时，他们却拖着疲惫的身躯倒头就睡。您满不在乎您和家人在风险区的旅程，他们却没白没黑不厌其烦地联系着您。您和家人依偎在一起观看着电视，他们却对着电脑不断敲击着当天的防疫记录。您和家人在每一次的温馨出行时，请不要忘记他们是你们坚强的保障！或许，他们当中的很多人您叫不上名字，可正是他们把爱留给了居民，把遗憾留给了家人。请多给网格员一些理解和尊重，多给他们一些默契和热爱吧。

对保存在手机里的社区居民赞美网格员的这封倡议信，都臣一有空就翻出来读一读过过瘾。“一看到这封信，我就对居民的理解感慨万千，也增添了我更好地服务居民的信心和决心。社区居民出出进进，对我熟悉和陌生的都有。即使是那些对我们陌生的，也都有一个共同特点，看到我们身穿网格蓝的工作人员，都会友好

网格员都臣

地向我们打招呼。那份亲情和信赖，让我感觉特甜！”对我们说起这番话时，年已 35 岁的都臣俯首笑得像个孩子。

当都臣在 2020 年 5 月通过考试，正式成为一名社区网格员的时候，乍一下手干活可没有现在“特甜”的感觉。相反，有的只是冰冷、嘲讽和白眼。

“什么时候我也忘不了，当上网格员后，我初到社区干第一项工作的情形。”都臣指点着他所负责的龙洞街道龙鼎社区鑫源山庄二区网格，跟介绍自己的家一样对我们说。他刚干上网格员，区政法委就向他们下达了入户摸排、登记居民双实信息的工作任务。那个时候，居民们对网格化治理完全陌生。“居民和我们都太陌生了。有时我在大街上对他们做宣传工作，也像是干保险、搞推销的那样扭扭捏捏、别别扭扭。”他脱口说了这么一句。

“大爷，根据政府部门安排，我们要完善居民信息，需要抄录您的户口本。您看，这是我的工作证。”

“工作证？ 10 块钱一个，谁都能印这样的什么证。你说你是政府工作人员，那，你不跟派出所共享居民户籍信息吗？”

“是这样的，大爷，我们的双实信息采集是独立保密的，派出所的户籍信息也是保密的，是不能跟我们共享的。”

“保密？你回家保密去吧。俺的信息也保密。走、走走……”

都臣根本记不清跟居民们磨了多少嘴皮子，也不知通过多少种形式与居民们沟通并向他们提供体贴、温馨的社区服务，才终于把他们从完全怀疑、半信半疑一点点儿拉到了互信互尊和全力支持。

“事儿都是干出来的。你只要真心真意为居民服务，就算他们不认识你，凭这身网格蓝，你照样能得到他们的尊重和喜爱。”都臣翻开他记得密密麻麻的工作日志，绘声绘色地向我们说了这么一件事：

那是 2020 年 12 月底，一场大雪令都臣终生难忘。

南倚群山的龙鼎社区地处龙洞风景区，气候比较特殊。市里是中雪，这儿却是鹅毛大雪。一夜之间，龙鼎社区上下内外披上厚厚的银装。都臣所负责的网格区域北面的西山东路，是连接社区与其他网格的一条主干道，公交车穿行于此。由于这条主干道坡度很大，且处于背阴面，阳光不能直射到路面上，因此，雪后路面极易结冰，车辆无法正常通行。又因该路段

未进行城市卫生保洁工作划分，西山东路成了养护盲区。

大雪过后，社区立即做出反应，各部门负责人率领网格员队伍紧急出动，联合城管部门向主路两边商铺发放粗盐，与其商定在午后阳光较为充足的时间段，对路面铺撒粗盐；待温度升高后再对路面积雪进行清理。当日下午两点后随着温度的升高，加之粗盐铺撒的效应，路面积雪开始融化。此时，网格员们纷纷拿起工具开始清理路面积雪，周边商铺的商户们也赶忙出来帮他们一起清理。其中既有年轻力壮的青年，也有步履蹒跚的老人，还有身体孱弱的妇女。彼时彼刻，都臣深刻感受到群众的力量，感受到彼此之间虽系陌生但同频共振的和谐。“群众的事都是大事。全心全意为人民服务是我们网格员义不容辞的责任。在我们尽心履责的同时，很多群众虽然不知道我们的名字，但他们以实际行动表达了对网格员的理解、喜爱和敬重。”说到这里，都臣两眼潮湿了。

“尽心履责、全心全意”，这些字字千钧的坚守，究竟意味着怎样的付出和奉献啊。采访中，这样一个故事深深触动了我们的心扉。

2021 年 8 月 8 日 18 时 20 分，都臣接到辖区 GT 健身会馆一名主管人员的电话，称其店内前台员工是一名密切接触者！都臣获悉后迅即向其询问详细信息，并获取了密切接触员工的个人电话。经与密接者电话沟通了解到：户籍地为菏泽市郓城县、现为山东圣翰财贸职业学院在校生的李某某，先前在苏州市吴江区同里湖度假村打工，7 月 17 日从该处离职，同月 21 日 22 点左右飞抵济南，翌日入职 GT 健身会馆，23 日开始上班。8 月 8 日 15 时，苏州疾控中心致电李某某称，其原单位有一名顾客最终确认为感染新冠病毒患者，原单位已经停业；要求李某某到现打工单位所在的社区进行处理。

在详细掌握以上信息后，都臣立刻向社区主任赵珊珊、网格长王玉婷进行了汇报，并将已掌握的详细内容以文字形式上报。同时，他又联系 GT 健身总部运营副总，到现场商议相关处理事宜。结果，他们按照济南市疫情防控工作应急预案要求，在没有得到密切接触者的检测结果前，该会馆当晚 9 时通知已入馆会员离馆、歇业；与李某某合租居住的 7 名同事第一时间到历下区疾控中心指定地点进行核酸检测；同时，要求除以上 7 名员工外，该会馆所有员工在 24 小时内务必完成核酸检测工作。

因为考虑到 GT 健身会馆内存在感染风险，都臣从接到会馆第一个电话开始，为确保核酸检测不落一人、零漏洞，就配合相关专业人员在馆外席地而坐，对其全部员工进行信息采集。当他们将会馆内 122 名员工信息全部采集上传完成时，已经是第二天凌晨 1 点了。当获知密切接触者与其同居舍友经两次核酸检测均显示未被感染、其他 122 名员工也都未感染且会所进行了全面消杀后，都臣这才一下感受到了深重的疲惫，拖着灌铅似的双腿向着回家之路一步、一步地挨去。

“筚路蓝缕征程路，不负韶华追梦人。”在都臣办公桌桌面玻璃板下，压着他作为座右铭的这样一句话。

“从工作角度看，你的梦想是什么呢？”听我们这样一问，身材高大的都臣忽地站起身，拍着胸脯朗声说道：“梦想就是，用自己科学高效迅疾的行动，带动和联合所有的网格员，彻底打通服务居民的‘最后一公里’，让社区多一些安详、多一些和谐、多一些笑脸！”

铿铿锵锵这样一番关于梦想的表白，流露着都臣怎样诚朴的心思与何等瑰丽的愿望啊。就在这一瞬间的慨叹中，储存着多少他夜以继日忘我奉献的黑白影像。

2021 年中秋、国庆双节到来之前，因公出国人员回国与家人团聚的越来越多。按照济南市境外输入管控相关政策，网格员要在第一时间与境外返济人员取得联系，获取他们具体的返济时间、交通方式、接触人员等信息。虽然这些人员在归国刚落地时都已进行了多次核酸检测、抗体血清检测，但着眼于他们在返济途中不被感染或预防出现无症状感染情况，依相关规定，仍要求他们抵济后先去指定隔离点做核酸检测，并进行隔离。

都臣负责的网格内有位居民，从刚果回国后先在第一着陆点天津进行了 14 天的隔离。14 天后，他购买车票返济。一接到他的返济信息，都臣随即就跟他取得联系，添加微信，向他仔细告知返济相关政策和流程。8 月 26 日，通过微信沟通，都臣确认了他的返济时间是 8 月 28 日，乘坐的是由天津南到济南西的 G321 次高铁，发车时间是 9 点 30 分，到达时间是 10 点 42 分。随即，都臣告知他抵达济南后到出站口对接历下区疾控窗口。当晚 6 点 44 分，都臣再次联系他，得知他已顺利入住隔离酒店，并完成核酸检测；如核酸检测结果无异常，8 月 29 日晚 10 点以后就可离开隔离

酒店了。

为确保他不与外界人员接触，都臣确定了他返回社区的交通方式和接他的人员。情况是，该居民由他爱人去接，自驾返回社区。接着，都臣在29日晚10点就到了他所住的小区门口迎候。45分钟后，他一到达小区门口，都臣就陪他一同返回到他的家中，并一遍遍叮嘱：“进行健康隔离监测，每天上报两次体温，一次定位；非必要别出门，除了出现发热、呕吐、腹泻等症状外；如未出现以上情况，5天后，我就陪区疾控派送的医务人员到您家中进行核酸检测采样；采样结果确定无异常后，您就‘解放啦’！”

这一系列通畅、全面、即时和细致的操作，令该居民感动不已，“咱们虽然是陌生的，可是，您的顶格工作质量、您的热情似亲人，都让我难以想象。到哪里还能找到像您这样值得敬爱的陌生人？”

这时，都臣忽然扬了扬手中的“网格员工作日志”，兴高采烈地对我们说：“你们是不知道啊，现在，居民们对我们网格员有多么亲。”他说，干网格员这一年多来，他认识了很多善良可亲的居民。有的居民为他送来精心烘焙的点心、鲜美的水果和可口的清茶，有的为表达对其工作热忱的肯定而送来锦旗，甚至有的还为他和其他网格员写诗寄情呢。

白云奉献给蓝天，长路奉献给远方。

已荣获“历下区最美网格员”称号的都臣，能如此全身心投入网格工作的支撑究竟是什么？对此话题，他愣怔了一会儿，沉默着低下了头。

一年多的网格耕耘，都臣收获了居民的宽心与掌声，他们之间越来越熟悉了，可是，他却没空陪伴上小学三年级的儿子和仅仅两岁的女儿。一天深夜，为他打开家门的妻子撅着嘴对他说：“咱们都成了最熟悉的陌生人了。你三番五次答应参加的家长会呢？你承诺带孩子去看海的事儿办到哪里去了呢？”

“说归说。真正支持我能把网格员工作尽责干下来的，第一个还是归功于我媳妇和懂事的孩子。再说啦，”他清了清嗓子，有些俏皮地把面部表情调整为类似演说家的“节奏”，“不是有位名人这样说嘛：心中若无大爱，谈何家国情怀？”

附录 1：网格员之歌

1＝A $\frac{4}{4}$
坚定地、激昂地

李乐军 词
徐 鹏 曲

红臂章，蓝领衫，穿梭在都市网格间。
大小事，我都管，阳光路上与您携手向前。
走街巷，进商圈，我们的身影随处可见。
您需求，我来办，奉献爱心，滋润幸福笑脸。啊
小小网格大空间，平凡岗位书写不平凡，啊
复兴路上共筑梦想，我们是光荣的社区网格员。
我们是光荣的社区网格员，

附录 2：历下区网格员队伍建设“六个一”

后 记

著名军旅作家魏巍的《谁是最可爱的人》出版后，他在赠给率领战士参加松骨峰战斗的335团团长范天恩的书上写道：“范天恩同志，你们才是这本书的作者。”

《网事如歌》一书编者、作者在对一位位外表质朴内心灿然的网格员的对谈采写中，在对街头巷尾寻常人家的侧面走访中，无不为网格员在平凡岗位上写就的不平凡故事所感动，无不为他们将素常时光镀上一束束耀眼的金光而心生感佩。在本书即将付梓之时，由衷地发出这样的心声——历下区的网格员们，你们才是这本书真正的作者。

历下区政法委和历下区委区政府的各级领导，无疑是该区网格化管理的直接设计者和引领者。春江水暖的政治敏锐性、我将无我的高度人民性、摸着石头过河的实践探索性，分明深深地镌刻在了这项工程的奠基石上。

值此书付梓之际，仍未见到此类题材的图书。此书当是专门书写网格员队伍工作风采的东风第一枝。此书的开拓性毋庸置疑，但问题和遗憾亦相伴而来。受容量的限制，许多优秀网格员的先进事迹没有收入；反映该项工程的空间嫌窄，像党建等重大领域涉笔较少；许多已写网格员非常自谦，闪光点“暴露”不够。

但愿随着东风第一枝的出现，该书既能成为本区网格员学习榜样的枕边书，又能成为社会各界了解网格员新职、兄弟单位交流工作经验的漂流瓶。

此书的诸位作者随网格员行走网格，以情怀书写情怀，是新时代的都市魏巍。山东省写作学会、《都市头条·济南头条》顺势而为，策划和组织编撰，将作者所酿之蜜加以罐装。在奔向第二个百年雄伟目标的新征程上，我们将继续为新时代的建设者摇旗呐喊，持续推出带有人间烟火气的精品力作。

编　者

2022 年 2 月